醫統江山

卷1 丹書鐵券

石章魚 著

沒有私心，也沒有雜念
不為追求技術、不為名利的手術
單純對生命的尊重
讓他的內心有一種說不出的感動

目錄

第一章

奸臣之子

去年十月十五，天生異象，紅月當空，
尚書府後花園流杯亭前的那株百年鐵樹於當夜開花，
幾乎就在同一時刻，
這位當了十六年啞巴外加癡呆兒的官二代，
突然就恢復了神智。

記憶是不可靠的，遺忘也可能是美好的。

胡小天對過去的一切並沒有任何眷戀，他甚至懶得去回憶，前世並不美好，所以今生他寧願選擇遺忘。

他終於明白生命的真正意義在於享受人生，再沒有什麼理想抱負，再沒有什麼雄心壯志，只想在這個世界做個衣食無憂的富家子，每天揮霍點小錢，然後找個清秀可人的女人結婚生子，最好生兩個小孩，一女，一男，當女兒出嫁，兒子成家之後，他就開始頤養天年，在某個溫暖的午後，帶著一條忠實的老黃狗，坐在花香四溢的庭院內，沐浴著陽光，沏一壺好茶，下兩三盤象棋，兒孫繞膝，過著悠閒自在的平淡生活。

本來他應該可以輕鬆實現這個願望的，因為他的父親是大康戶部尚書胡不為，在胡小天過去的那部分記憶中，這一職位等同於財務部長，而今在大康是正三品官員，手握大康財政重權，深得大康皇室信任，歷經兩代皇帝，地位始終穩如泰山。

胡小天身為這位朝廷重臣的獨子，三代單傳，自然被胡家上下視為掌上明珠，只可惜這個世界上也同樣存在著這樣或那樣的遺憾，胡小天意識的萌芽剛剛始於半年之前，去年十月十五，天生異象，紅月當空，尚書府後花園流杯亭前的那株百年鐵樹於當夜開花，幾乎就在同一時刻，這位當了十六年啞巴外加癡呆兒的官二代，突然就恢復了神智。

胡小天甦醒後的第一件事，只記得他還有兩台手術未做，而此前他已經連續在手術臺上工作了三十二個小時，因為過度疲憊累死於手術臺上的胡天，他的意識在跨越時空長河，游離三千大世界之後，最終落戶在大康戶部尚書府這個癡呆兒的軀殼裡。

他的年齡神奇地變成了十六歲，而他的名字也多了一個小字，從這一天起，胡天變成了胡小天，二十八歲的思想意識也一併融入了這個空洞無物的身體內，還好他的外貌並沒有太大的變化，只是年輕稚嫩了一些。也就是從這一天起，他決定開始享受人生，輕鬆愜意地過好這一輩子。然而人生不如意事十之八九，忘不掉記憶，就擺不脫煩惱，沒過多久，胡小天就發現，做聰明人未必比做傻子活得開心，過得快樂。

大康隆啟八年，正是四月的下旬，胡小天懶洋洋地坐在精緻的上房裡，房間雕樑畫棟，室內陳設也是極盡精美奢華，外面就是長長的走廊，八根朱紅色的立柱將陽光分隔開來，走廊外，是一個四四方方約有一畝的庭院，院落中春花燦爛，團團簇簇，在嫩黃的葉叢中競芳吐豔，微風過處，絲條般的藤蔓隨風蕩漾，一股暗香悄然襲來，讓人心曠神怡。

陽光從枝葉中、窗格中透射進來，留下斑駁的光影。胡小天深深吸了一口花香，背著雙手，緩緩走入了光影裡。一草一木如此親切，如此熟悉，和記憶中的一切沒有任何的分別，只是他在過去從未仔細去留意過生活中的美景，更談不上什麼享受，回憶對他而言枯燥而乏味，除了一門心思的專研醫學技術，他似乎找不到任何愉悅的亮點。沒親情、沒友情、沒愛情、那樣的生活並不值得他去留戀。

青衣小帽身材臃腫的梁大壯，是尚書府的家丁，半年前開始奉命跟班伺候這位小少爺，他躡手躡腳走了過來，見到胡小天，頓時就笑顏逐開，一雙小眼睛瞇成了兩條細縫，八字鬍微微翹起，眼角的褶子把這廝的大臉裝點得就像一個特大號的肉包子：「奴才恭喜少爺，賀喜少爺！」

奴才是他自己，少爺自然就是胡小天。

胡小天也是用了整整半年時間來瞭解並適應發生在他身邊的所有變化，而現在他已經可以做到坦然面對，應付自如，這就是常說的，徹底進入了角色。

懶洋洋的瞇起了一雙眼睛，同樣的表情在不同人的臉上出現，就可以呈現出截然不同的兩種效果，在梁大壯就是獻媚討好，而在胡小天卻是高端大氣，一個傻子的身上當然不會有什麼貴族氣，可當這個軀體被突然賦予了醫學博士的意識，他的一舉一動就顯得生動且睿智：「何喜之有？」

語言當然不會成為胡小天前進道路上的障礙，要知道他二十歲就已經通曉當時世界上最有代表性的六國語言，大康的語言文字和過去並沒有多少的不同，就像是漢字的一個變種，只是發音稍有區別，遣詞用字半文半白，對曾經輕鬆拿到國學碩士學位的他來說根本沒有任何問題。

梁大壯低頭哈腰道：「少爺，我聽說老爺和夫人剛剛為您定下了一門親事！」

聽到是這件事，胡小天的表情瞬間變得鬱悶而苦惱，在大康，還不提倡什麼自由戀愛，父母之命媒妁之言還佔有絕對主導的地位，雖然沒有戀愛婚姻自由，但是也有一個好處，在大康一夫多妻那是合法的，只要你有錢有勢想娶幾房，就娶幾房。這是個強者為王的時代，只要你擁有足夠的實力，你就可以盡可能多地佔據資源，金錢、土地、房產、美女……

大康也流行訂娃娃親，講究門當戶對，像胡小天這種官二代天生就是搶手貨，他娘懷胎三月的時候就已經定下了一門親事，親家周睿淵曾是當朝一品大員、官拜大康右丞相，太子太師、翰林學士奉旨、同平章事、上柱國，在大康可謂是顯赫一時，在胡家來說也是攀了高枝，別看胡不為手握財政大權，畢竟只是一個三品官，可就在胡小天兩歲的時候，人家就打聽到胡家小子是個癡呆兒，於是就毫不猶豫地將這門親事給退了。

官大一級壓死人，胡不為當然不敢在當朝一品大員面前說什麼，只能老老實實將這門親事給退了，不但賠著笑，嘴上還得陪著不是，心中卻對周睿淵恨之入骨，三年前東宮太子龍燁霖因失寵被廢，身為太子太師的周睿淵難免受到了牽連，而胡不為也沒有放過這個落井下石的機會，跟著眾位朝臣狠狠參了這貨一本，直接導致了周睿淵被削職為民，也算是出了心頭的一口惡氣。

雖然胡小天癡呆一事在京城內幾乎人盡皆知，可登門想要聯姻者仍然絡繹不絕，當然全都是下級官員，沒有人真心想把自己的女兒嫁給一個傻子，他們看中的無非是戶部尚書胡不為的權勢。

胡不為為官多年，當然清楚這幫人的真正用心，雖然他擅長投機鑽營之道，可在他心底卻是極其看不起這幫趨炎附勢之輩，來了個一概拒絕，兒子雖傻，可是也不能被他人平白利用，一來二去，所以胡小天到了十六歲婚姻大事仍無著落。

胡不為原本已經打算就這樣供養傻兒子一輩子，以這孩子的資質顯然不能建功立業光大門楣，可在他的庇護下至少可以平平安安，無憂無慮的幸福一生，胡不為並非是沒有野心之人，可再大的野心在現實面前也不得不低下頭來。

胡小天的突然覺醒帶給胡不為驚喜的同時，也讓他深藏在內心中的野望重新躁動起來，他很快就給胡小天選定了一門親事，親家是劍南西川節度使、光祿大夫、檢校兵部尚書、同平章事、西州尹、西川開國公、食邑三千戶的李天衡，雖然和他在大康同為正三品，但人家卻是不折不扣的封疆大吏，且深得當今太子龍燁慶的信任，日後太子登基之時就是李天衡的發達之日。身在朝堂要熟知歷史，要懂得把握現在，更要懂得著眼將來，胡不為主動提出和李家聯姻，正是出於這種政治目的。

其實胡不為早就有過這方面的暗示，聯姻是假，結盟是真。李家有個女兒是個癱子，據說長相也是醜陋不堪。既便如此，李天衡也不會情願將女兒許配給一個傻子，可在證實胡家少爺突然恢復了神智和說話能力之後，李天衡終於點頭答應，兩家互換生辰八字，並定下婚期。婚期就在十月初六，距離成婚之日滿打滿算已經不到半年。

一紙婚約讓胡小天頓時意識到他悠閒一生的理想已成奢望，迎娶一個素未謀面、下肢癱瘓，且據稱還是絕世醜女的老婆，哪還有任何的幸福可言。

是以梁大壯提起這件事就引得胡小天心頭不快，他歎了一口氣道：「不提也罷！」

梁大壯雖然長得蠢笨，可腦筋並不愚魯，此人尤其是善於察言觀色，否則也不會被胡家委以重任，成為胡小天的貼身家僕。看出胡小天的心情不好，梁大壯小心翼翼道：「少爺，今日天氣晴好，不如我陪您出去散散心？」

胡小天點了點頭道：「也好！」

戶部尚書的公子出門在外，雖然不需要鑼鼓開道的陣仗，可前呼後擁，吆五喝六斷斷然是不能少的。除了梁大壯之外還有三名家丁隨行，這三名家丁一水兒的青衣小帽，走在胡小天身後仰頭挺胸，耀武揚威，狐假虎威狗仗人勢用在這幫人身上最貼切不過，當朝三品大員，大康戶部尚書的家丁怎麼也得抵上一個九品縣令吧，高官家的奴僕自我感覺就是良好。

胡小天雖然恢復意識已有半年，可是他恢復身體健康卻足足用去了四個月的時間，老天送給他的這副身板兒並不健壯，羸弱蒼白，四肢瘦軟，氣虛無力。胡家家資頗豐，每天錦衣玉食的供著，按理說不會營養不良，真正的原因是胡小天在過去的十六年一直都害怕陽光，總喜歡躲在陰暗的角落裡，長期缺乏陽光的照射，自然影響到維生素D的生成，進而影響到身體對鈣質的吸收，也就是說在過去的十六年中，他不但少腦而且缺鈣。

這半年時間，胡小天悄然瞭解新世界的同時，開始有計劃有目的地鍛煉自己的身體，有了燦爛的陽光、新鮮的空氣、純淨無污染的水源、營養豐富種類繁多而又安全放心的各種美食，胡小天僅僅用了四個月的時間就將他的身體鍛煉到了堪稱健美的地步，只有經歷過死亡的人才知道健康對於自己的重要性，身體是革命的本錢，同樣也是享受人生的本錢。

胡小天走在最前方，一襲青衣，領口和袖口都繡著銀絲邊流雲紋路的滾邊，腰間束著一條寬邊錦帶，頭戴黑色紗帽，額上的位置鑲著一塊晶瑩潤澤的藍玉，他的身高一米七八，腳上蹬著一雙薄底馬靴，說是薄底，實際上也有三公分的高度，雖然比不上老爺子為了增強身高，刻意定製的足有七公分的厚底官靴，可畢竟也有了一定的增高效果，於是胡小天的身高就自然而然地超過了一米八零，走在人群中雖算不得鶴立雞群，多少也能湊合著玉樹臨風。

胡小天出門沒有乘轎，馬卻是必備的，和美利堅某位總統重名的馬夫胡佛一手拎著水火棍，一手牽著匹棗紅色駿馬跟在最後，鑾鈴輕響，引得不少路人側目，胡小天曾經不止一次地想過，胡佛在這裡也只有為我牽馬的命。

胡家少爺的身上有著很多讓人無法理解的怪癖，比如他喜歡穿著一條內褲躺在庭院中曬太陽，非要把一身白淨的皮子曬成小麥樣的棕黑色，又比如他新近讓人在後院挖了一個池塘，裡面既不養魚蝦也不種荷花，用青石砌得方方正正，然後每天抽時間脫了衣服在裡面游來游去，嚇得丫鬟婆子都羞於前往，每每經過那裡，也是儘量選擇繞行。實在繞不過去，也得把眼睛給閉上，因為這件事，丫鬟婆子經常有人被廊柱撞得鼻青臉腫。

最離譜的是，他還在院子裡的大樹上掛上了幾個大小不同的沙袋，沒事就衝上去又踢又打，有如發瘋，直到折騰得筋疲力盡汗流浹背才肯作罷。

胡家家大業大，有馬車，有軟轎，也有成百匹駿馬，可這貨有限的幾次出行都是選擇步行，至於這匹棗紅馬，幾乎每次都是胡佛牽著走再牽著回來，很少見他騎過。

在胡家家丁的眼中，這位少爺是個喜歡折騰自己不懂享受的人，雖然恢復了神智，雖然能夠開口說話，可這腦筋仍然很不正常。對胡家來說，一個傻子即便是變成了一個瘋子也是可以接受的喜事，有了十六年傻子的經歷，再壞又能怎樣？

翠雲湖畔遊人如織，湖水平整如鏡，水色碧綠，下午的陽光照在湖面上，銀光如錦。一排排的遊船畫舫正在湖心移動，驚起的鷗鷺不時從棲息的湖面飛起，舒展白色的羽翼，在春日溫潤的天空中劃出一道道美麗的銀色弧線。

胡小天的目光被這春日美好的景致所吸引住了，白雲倒映在湖面，他看到游魚在白雲裡穿行，鳥兒在湖水中飛翔。

一艘艘蘭舟和畫舫內不時飄出悅耳的絲竹之聲，偶爾會夾雜著一串串銀鈴般的笑聲，這樣美好的天氣裡，在深閨中悶了一個冬天的女孩兒也忍不住借著踏青的名義出來透氣，湖畔上也有無數學子遊覽踏青，也就是常說的體驗生活，當然其中也不乏富家公子打著體驗生活的名義趁機獵豔。

有獵豔的公子自然就會有懷春的少女，這樣的季節，原本就是個容易萌發情竇的季節，胡小天望著身邊擦肩而過的青春少女，或美貌嫵媚，或青春可人，一個個打扮得花枝招展。再想起和自己定親的李家女兒，據說癱瘓五年，而且容貌奇醜無比，剛剛因為春日景致好轉的心情頓時就變得惡劣起來，真要是守著這麼一位癱瘓病人過上一輩子，比殺了他還要難過。

前方的人群突然變得慌亂起來，人們紛紛向兩旁避讓。一陣急促的馬蹄聲，踏響在春日溫暖的空氣中，青石築成的道路和馬蹄撞擊出極有韻律的節奏，道路兩旁霏霏細草在震動下微微顫抖。

一位紅衣小妞騎在一匹胭脂紅的駿馬之上，朝著胡小天的方向狂奔而來，她一邊奔行一邊呵斥道：「讓開，讓開！」說時遲那時快，轉瞬之間已經來到胡小天的面前。

胡小天因為剛才正想著心事，等他意識到的時候已經晚了，眼看駿馬就要撞在他的身上，那紅衣小妞眼疾手快，雪白的纖手用力勒住馬韁，胭脂馬止住高速奔馳的勢頭，不由發出一聲長嘶，前蹄高高揚起，幾乎要原地站立起來。

馬蹄驟然落下，踏在青石板地面上發出蓬的一聲巨響，距離胡小天不過兩尺的距離，當真是驚心動魄，如果那少女再有一刻的遲疑，馬兒肯定要將胡小天撞飛出去。

胡小天身後的家僕嚇得一個個面無血色，他們的職責就是保護這位寶貝少爺，如果少爺出了什麼三長兩短，尚書大人一定要將他們扒皮抽筋。

胡小天也被這突然出現的意外場面給嚇了一跳，抬起頭，卻見那少女身穿紅色箭袖對襟武士服，外披翠紋織錦羽緞斗篷，紅色燈籠褲，外罩鏤空金挑線紗裙，黑色薄底繡花馬靴，頭上束著垂鬟分髾髻，黑色秀髮分成兩股，結鬟於頂，不用托拄，自然垂下，束結髾尾、垂於肩上，宛如春燕之尾，眉目如畫，配上她的這身裝扮當真是嬌俏可人。

胡小天看到這小妞，打心底萌生的第一個念頭就是——美女噯！因為曾經經歷的二十八年潛心工作和業務，感情生活一片空白，因為對自身婚約的不滿，因為陽光明媚的春日人心思動，因為愛美之心人皆有之，更因為他壓抑兩世的雄性荷爾蒙起到了作用，所以這貨對美女變得格外敏感。

如果李家小姐生成這個模樣那該有多好？胡小天暗暗想到，我不介意跟你同床共枕，也不介意跟你結婚生子，平平淡淡悠閒自在地混上一輩子也不失為一樁美事。

那紅衣小妞俏臉緋紅，因為剛才的一路狂奔，也因為胡小天色瞇瞇看著她的緣故，這是個講究君子發乎情止乎禮的時代，是個非禮勿視的時代，同樣也是個男女授受不親的時代。

紅衣小妞原本就不是什麼好脾氣，先被胡小天阻住了去路，又被這廝肆無忌憚地盯著看，心頭火氣頓時就上來了，揚起手中的馬鞭照著胡小天劈頭蓋臉就抽了過去，嬌叱道：「無恥之徒，有什麼好看？」

胡小天也沒想到這紅衣小妞居然會出手傷人，倉促中抬起手臂擋了一下，馬鞭抽打在他的手臂上，啪的一聲將胡小天的外衫抽得撕裂開來，在他手臂上留下一條長長血痕，火辣辣好不疼痛。

四名家丁一看這紅衣小妞竟然敢出手傷人，而且打的是他們少爺，馬上一擁而上，最先衝上去的是梁大壯，他是胡小天的貼身家奴，主子遇到傷害的時候，他當然要衝鋒在前。紅衣小妞武功不錯，手中馬鞭如有神助，指哪打哪，打得幾名家丁苦不堪言。

胡佛雖然最後才動作起來，可是他的手段卻是最為高明的一個，擒賊先擒王，射人先射馬，這貨悄悄繞到胭脂馬後面，挺起水火棍照著胭脂馬臀部中間的位置狠狠搗了進去，三尺長的棍子頓時戳進去了大半截，胭脂馬痛得蹦跳嘶鳴起來，胡佛養馬多年，對馬兒的脾性瞭解得極其透徹，讓一匹馬聽話不容易，可要是讓一匹馬不聽話，他能找到成千上萬種方法。

紅衣小妞的馬鞭雖抽得威風，可明槍易躲暗箭難防，她萬萬沒有想到自己的坐騎會被人暗算，嬌軀被那匹胭脂馬猛甩了出去，騰雲駕霧一般飛了出去。

胡小天挨了那一鞭子，疼痛不已，沒等他恢復過來，就聽到那紅衣小妞一聲嬌呼，從胭脂馬上飛了出去，不得不承認，這小妞在空中飛行的動作還真是好看，如同天外飛仙一般，在空中連續完成了一連串優雅曼妙的轉體動作。

可無論中途飛行得如何美妙，最終還是要落地的，地心引力！牛頓早就證明了這個道理。胡小天的目光追隨者這小妞的嬌軀，期待看到一幕臉部著地，鼻青臉腫的場面，誰讓你抽老子來著？戾氣，胡小天最近的戾氣好像出奇的大。

紅衣小妞到底沒讓胡小天誠心如願，飛行距離超出了所有人的想像，飛離馬背、飛越青石道路，飛躍湖邊的茵茵綠草，直奔波光粼粼的翠雲湖而去。

胡小天暗忖，難不成這小妞會輕功，要將計就計來一個凌波微步不成？到底是美女啊，連摔跤都摔得那麼拉風。

當紅衣小妞看到身下湖面的時候，她發出了一聲足以震裂現場不少人耳膜的尖叫，然後以一個反身轉體跳水的動作栽入了翠雲湖中，這落水的動作很不到位，明顯是屁股先接觸水面，激起一大片白花花的水花，兩隻在不遠處游泳覓食的鴨子很無辜地被澆了一頭一臉的湖水，可憐兮兮地望著泛著水花的湖面，扭著肥碩的屁股迅速游走。

現場突然就靜了下來，周圍遊人聞訊趕來，一個個貴介公子文人墨客，向那紅衣小妞落水的地方指指點點，搖頭晃腦，可並沒有一個人主動跳水救人。

胡小天當然也擠了進去，四名家丁幫著他擠開周圍眾人，來到湖岸第一線，絕佳的觀景位置。

水花真大啊，真是看不出，那紅衣小妞落水居然能夠引發這麼大的動靜，屁股入水果然是跳水大忌，明顯壓不住水花啊，這樣的水準若是參加奧運，準保評委齊刷刷地亮出零分。

嘩啦、嘩啦……水聲響起，那紅衣小妞披散著頭髮從湖水中冒出頭來，一雙手瘋狂舞動著，腦袋不停地晃，跟吃了搖頭丸似的：「救……咕嘟……」小妞不叫咕嘟，她是想叫救命來著，可惜命還沒出口，一口湖水就吞了進去。距離產生美，翠雲湖是要離開一段距離欣賞的，真要是離得太近，非但不美而且危險，尤其是對紅衣小妞這種如假包換的旱鴨子來說。

梁大壯在胡小天身邊嘿嘿笑道：「少爺……這小妞不會水嗳！」

紅衣小妞的腦袋又從湖水中冒出來了，披頭散髮，哪還有半分的美貌風姿，簡直就像從七夜怪談中爬出來的女鬼，這次連救命都不會喊了，只剩下咕嘟了。

胡小天看看左右：「救人啊！」

梁大壯吞了口唾沫，咕嘟！胡佛和另外兩名家丁也跟著吞了口唾沫，又是三聲咕嘟，這四名家丁清一色的旱鴨子。

胡小天心頭這個鬱悶吶：「全都是些廢物！蠢材！」於是胡小天只能脫去自己的青色長衫、薄底靴。

梁大壯趕緊上前拉住他的手臂道：「少爺，水深危險啊，您是何等身分，犯不著為一個刁蠻小妞冒險啊！」胡佛和三名家丁全都點頭。

「邊兒涼快去！」胡小天沒好氣道，很快脫得就只剩一條短褲，然後在眾人的目光中跳進了清澈的湖水中。梁大壯也只是裝模作樣地拉他一下，他對這位少爺的水性是瞭解的，胡家新挖的池塘，少爺幾乎每天都會在裡面來來回回游上一個時辰，興致上來，他還會四仰八叉地漂在水面上，這等水性絕對是老鴨級的存在啊。

湖水比起胡小天預想中要淺得多，游到紅衣小妞的身邊，看到這小妞仍然在水中掙扎，不過明顯有氣無力了，胡小天發現所在地方的水深不過七尺左右，看這小妞的身高怎麼也得一米六五吧，也就是剛剛沒了她的鼻子，怎麼會淹成這副慘樣。胡小天將紅衣小妞從水中撈了出來，然後橫抱在懷裡，腳踩在湖底一步步向岸邊靠近。這會兒紅衣小妞老實了，一動不動躺在胡小天的懷裡，一隻手臂耷拉著，在虛空中一蕩一蕩，看著跟挺屍似的。

湖畔上看熱鬧的那幫人開始交頭接耳，竊竊私語，這小妞莫不是被淹死了？

胡小天當然知道這小妞沒死，只是被水給嗆暈了。周圍看熱鬧的女子看到這廝精赤著上身一步步走上岸的時候，一個個不由得臉紅心跳，紛紛扭過頭去。胡小天這四個月的鍛煉沒有白費，他的膚色栗色而光亮，肌肉線條優美，飽滿而充滿彈性和力量。

在這種封建時代，即便是男子也很少當眾展露身材的，四月的天氣還有些微涼，無論是莘莘學子還是世家公子，全都將自己包裹在形形色色的長袍中，大袖飄飄才能顯現出他們的儒雅風度，一個時代會有一個時代的審美觀，可對身體美的欣賞卻是永恆不變的。

胡小天健美的形體當眾展示，這種場面極其少見。那幫圍觀的女子雖然感到害羞，雖然覺得不雅，可心中還是癢癢得想看，女性也有欣賞美的權利，一樣有欣賞美的要求，越是偷偷摸摸地瞄上兩眼，越是臉紅心跳刺激十足。

有十多艘畫舫也因為這邊突發的事件而向這片水域聚攏，很多藏身在畫舫內的富家千金、官家小姐，紛紛透過珠簾，紗幔偷看胡小天健美的後背，湖水將胡小天的大褲衩完全打濕，這貨結實而飽滿的臀大肌也半隱半露，自然又讓不少的美女佳人眼泛春波，大膽的女孩子已經挑起珠簾，堂而皇之地欣賞，更有不少人已經在悄悄打聽胡小天的出身來歷。

胡小天可不是有意要展示自己的健身成果，這貨從來都不是暴露狂，顧不上穿上衣服，抱著紅衣小妞來到樹蔭處，讓四名家丁驅散圍觀的群眾，四人背身將胡小天和紅衣小妞阻擋起來。

醫者仁心，雖然胡小天在恢復記憶之後決定再也不當什麼醫生，可真正遇到有人需要他來解救的時候，他卻沒有絲毫的猶豫。

胡小天首先做的就是解開紅衣小妞的裙帶，這年頭流行束腰，小妞的腰肢已經夠細，還用巴掌寬的鑲金玳瑁織錦帶紮得很緊，這腰帶解起來可真是麻煩啊。

梁大壯一邊驅趕著圍觀百姓，一邊偷看少爺的舉動，看到胡小天正在解紅衣小妞的腰帶，頓時就有點腦袋發懵了，這可是光天化日，眾目睽睽啊，少爺啊，咱可千萬得有點節操啊。除非是傻子才敢在這種狀況下幹出這種事情，寬衣解帶，這下一步就得那啥了……

圍觀百姓雖然站開了，可仍然遠遠觀望著這邊的動靜，四名家丁身材都不弱，但畢竟無法做到將胡小天和紅衣小妞完全擋住。

胡小天解小妞裙帶的時候，就有人看見了，一個個憤憤然開始嘟囔：「無恥之尤，光天化日之下，竟敢做這種傷天害理之事。」「還有沒有天理，還有沒有王法……」

有人已經知道了胡小天的身分：「多一事不如少一事，人家是戶部尚書胡不為的公子，聽說是個傻子，傻子就算幹了什麼也不用坐監……」「真是豈有此理！」有低聲唾罵的，有指指點點的，有駐足觀望的，還有等著大飽眼福的，可就是沒有一個人敢於向前阻止胡小天主僕的惡行。事不關己高高掛起，能譴責兩句已經是正義感十足了。

胡小天從紅衣小妞的嘴巴裡清理出幾根水草，又從她臉上揪下幾顆吸附其上的蝸牛，清除口鼻雜物是必要的一步，看到小妞的肚子有些微微隆起，顯然在剛才喝進了不少的湖水。於是胡小天一腿跪地，一腿屈膝，將紅衣小妞的腹部擱置在自己屈起的大腿上，然後扶著她的頭部，讓她面朝下，另外一隻手壓著她的背部。

人們遠遠眺望著，雖然看不太清，可仍然能夠看到尚書公子正抱住紅衣小妞，這廝真是無恥，居然在光天化日之下，做此非禮之事，哎呀，真是有辱斯文啊！實在是不忍卒看啊！可圍觀的那幫世家公子文人墨客，壓根就沒有一個閉上眼睛的，一邊低聲咒罵指責，一邊還有那麼點小小的期待，這場面還真是有些熱鬧呢。

梁大壯悄悄回身看了一眼，趕緊把一雙小眼睛給閉上了，心中暗歎，少爺啊少爺，傻病又犯了！

紅衣小妞被胡小天這麼一折騰，噗！噗！噗！連續噴出幾口清水，因為喝水過多導致腹壓過大，噴出的清水也是勁道十足，無一例外地擊中在胡小天的身上，畢竟是經過三十七度體溫加熱後的水流，胡小天冰涼濕透的身上頓時感到一片淡淡的暖意。

控水之後，按照常規的搶救步驟就是人工呼吸，口對口呼吸法，胡小天原本已經做好了這方面的準備，可真正要付諸實施的時候，發現紅衣小妞已經恢復了自主呼吸，雖然微弱，可從她目前的生命體徵來判斷應該沒有大礙，所以胡小天也沒必要繼續做出挑戰世俗觀念，震駭圍觀群眾眼球的事了。

他正準備將小妞輕輕放下，外面突然傳來一陣急促的馬蹄聲，圍觀人群紛紛閃避，卻見一名身穿綠色錦袍的黑臉壯漢帶著二十多名武士縱馬奔來，那黑臉壯漢國字面龐，八字粗眉，牛蛋眼、塌鼻子，厚嘴唇，長得雖然粗壯，可面相實在是醜陋無比，胯下一匹烏騅馬，那黑大漢吼叫道：「哇呀呀呀，我操他八輩子祖宗，誰敢搶我妹妹，老子定要將他碎屍萬段！」

一行二十多人衣鮮馬怒，氣勢洶洶，所到之處，嚇得遊人紛紛散開，深恐避之不及。

梁大壯在京城中也算得上是見聞廣博，看到黑臉大漢，馬上就認出，對方是駕部侍郎唐文正的大兒子唐鐵漢，要說這唐鐵漢可是京城之中的一霸，仗著老子有點權勢，暗地裡控制京城馬市交易，從中牟取暴利，平日養了一幫閒散打手，欺行霸市，做了不少的壞事。京城馬市距離翠雲湖不遠，他也是剛剛聽到消息，說妹妹被一幫無賴給扔下湖去，然後又撈出凌辱。要說無賴，這馬市一帶還有誰敢比他更加無賴。誰敢欺負他妹妹，就是不想活了，那就是當眾打他們唐家的臉。唐鐵漢當下就集結了二十多名手下，全副武裝縱馬前來解救妹妹。

梁大壯看到唐鐵漢率眾前來，頓時臉色就變了，慌忙提醒胡小天道：「少爺，大事不好……人家來找麻煩了。」

其實根本不用他說，鬧出這麼大的動靜，胡小天早就已經看到。

胡佛也道：「少爺，您上馬先走，奴才們斷後……」說得忠心無比，其實兩條腿如同篩糠，聲音明顯變調了。這幫家丁雖然身體健壯，可他們沒多少實戰經驗，也就是仗著主子的官位耀武揚威，若是說到打鬥，以眾凌寡還行，看到對方忽然二十多人衝了過來，只差沒把膽子給嚇破了。

胡小天看了看樹上拴著的棗紅馬，別說他騎術不精，就算他騎術嫻熟也不可能從那二十人的追擊中順利逃走，不過胡小天一點都不害怕，望著那幫殺氣騰騰的武士，只是輕描淡寫地說了一句話：「為什麼要逃？大康也是講法律的。」

梁大壯握住腰刀的刀柄，壯著膽子向前攔住了唐鐵漢那幫人的去路，猛然大吼了一聲，這聲大吼不是為了嚇住對方，而是要給他自己壯膽子：「咄！來者何人？」

唐鐵漢率領那幫黑衣武士宛如烏雲壓境，轉瞬之間已經來到距離梁大壯不足五丈的地方，唐鐵漢手中拎著熟銅棍，怪眼一翻，怒吼一聲，如同平地起了一聲驚雷，把梁大壯嚇得一哆嗦：「老子是打遍馬市無敵手的唐鐵漢，操你大爺的，不開眼的混帳東西，竟然敢強搶我妹妹。」

梁大壯暗暗叫苦，今天這事情還真是棘手，這少爺還真是不省心。梁大壯向前湊了湊，低聲道：「大水淹了龍王廟，一家人不識一家人，唐兄，我們家老爺是戶部尚書胡大人！給點面子！」關鍵時刻不得不把主人的名號抬出來。

唐鐵漢看到妹妹躺在草地上一動不動，胡小天半裸著身體就在她身邊，妹妹的束腰帶也扔在不遠處，還不知道剛才這貨對自己妹妹做了什麼喪盡天良的事情，一時間心頭火氣，管他什麼尚書公子，你爹是官，俺們家老爺子也是朝廷命官，再聽到這個家丁打扮的胖子居然敢跟自己稱兄道弟，更是氣不打一處來，這不是寒磣老子嗎？

想到這裡，唐鐵漢才不管三七二十一，一提馬韁，烏騅馬揚蹄向梁大壯當胸撞去，嚇得梁大壯趕緊閃向一邊。唐鐵漢揚起手中熟銅棍大吼著朝胡小天衝去，大有要將胡小天一棍給砸成肉泥的氣勢。

包括梁大壯在內的家丁全都嚇得躲到一旁，關鍵時刻才暴露出這幫奴才的本性，一個個膽小如鼠，沒一個願意替主人擋棍的。家丁也是有原則的，賣身不賣命！

胡小天卻依然笑瞇瞇的，他的手中不知何時多出了一柄匕首，鋒利的刃緣輕輕貼在紅衣小妞雪白柔嫩的脖子上，然後笑瞇瞇望著唐鐵漢道：「信不信我一刀把你妹妹的脖子給割斷！」

唐鐵漢嚇得猛一勒韁繩，烏騅馬發出一聲長嘶，雙蹄高高揚起，險些將唐鐵漢魁梧的身軀從馬上掀翻下去。他氣得目眥欲裂，可偏偏投鼠忌器，總不敢拿自己妹妹的性命冒險，他威脅道：「你敢動我妹一根汗毛，老子定要將你碎屍萬段！」

胡小天歎了口氣道：「威脅我？老子死都不怕了，還怕你威脅我？」手中匕首一動，竟然將小妞的長髮削下一縷，一根汗毛？老子直接切你一縷頭髮。

「你……」

胡小天冷冷望著唐鐵漢道：「你雖然不怎麼聰明，可總要學著怎麼放老實一點，你妹妹要是死了，就是你給逼死的，只怕你這輩子良心難安吧？還不趕緊給我退後一點！」

此時那二十多名武士也跟了上來，將胡小天一行人團團圍住。

胡小天摟著迷迷糊糊的紅衣小妞站起身來，匕首抵在她的後心，笑裡藏刀道：「全都給我下馬，不然老子就當著你的面把你妹妹給喀嚓了！」胡小天心中明白，自己只是出言恐嚇，如果這黑大漢率領手下人一擁而上，自己也不可能做出傷人性命的事情，可他算準了唐鐵漢不敢這麼幹，想不到向來遵守法律的自己居然幹出了挾持人質的事情，眼前的局面下也只有這個辦法才能控制住大局。

看到唐鐵漢仍然沒有下馬的意思，胡小天厲聲喝道：「下馬！是不是真想欣賞本少爺來個現場解剖？」

唐鐵漢不知道啥叫現場解剖，不過也被胡小天這一嗓子給嚇住了，慌忙擺了擺手，示意眾人一起下馬，得了他的命令，那幫武士紛紛下馬。

胡小天讓手下人去牽了三匹馬過來，將紅衣小妞交給了梁大壯，讓他採用刀架脖子的方式繼續挾持，自己則翻身上了棗紅馬。

唐鐵漢道：「放了我妹妹！」

胡小天笑道：「放了她？呵呵，等我回家好好想一想。」他揚起馬鞭，駕馭坐騎向尚書府的方向逃去，四名家丁騎了搶來的駿馬，挾持著紅衣小妞緊隨在胡小天的身後逃去。

唐鐵漢看到他們居然帶著自己的妹妹逃了，慌忙翻身上馬，率領眾人在後方緊追不捨。圍觀百姓都跟著起哄，也有人拚著腳力跟在後面看熱鬧的，一時間人聲鼎沸，只聽到有人叫道：「搶親了……搶親了……戶部尚書家的公子強搶民女了……」

胡小天聽到眾人的呼喊，心中不由得大樂，強搶民女，哈哈，當個強搶民女的惡衙內倒也不錯！

翠雲湖距離尚書府本來就不遠，胡小天一行輕車熟路，雖然唐鐵漢那群人繼續追來，卻又不敢追得太近，生怕惹毛了胡小天，一刀真把他妹妹給掛了，也只敢在身後不停吆喝，威逼恐嚇，服軟哄騙，什麼招都用上了，可胡小天就是無動於衷，眼睜睜看著這幫人把他妹妹給劫入了尚書府。

唐鐵漢率領手下衝到後門前，後門已經緊緊關閉，幾名家丁從裡面插上門栓，唐鐵漢揚聲叫道：「胡小天，你給我聽著，我爹乃是當朝駕部侍郎，你敢強搶我妹妹，只要他在皇上面前參你一本，定讓你滿門抄斬人頭落地。」這貨說話的時候並沒有想過，以他老子的官階，想見到皇帝可不是那麼的容易。

一回到尚書府，那幫家丁頓時就恢復了精氣神，胡小天讓人把仍然迷糊的紅衣小妞給捆了，這小妞的火辣彪悍他剛剛是見識過的，小娘皮的，剛剛抽老子的一鞭還火辣辣地疼痛呢。

聽到唐鐵漢在外面不停唾罵，胡小天笑道：「什麼駕部侍郎，不就是一弼馬溫嗎？」他向梁大壯道：「駕部侍郎幾品？」

梁大壯低聲道：「正六品！」然後又充滿獻媚的低聲道：「老爺是正三品！」言語之中充滿得意。

胡小天掐指一算，他老子是正三品，兩家差得這可不是一星半點，官大一級壓死人，我老子憑著官位分分鐘把你老子碾壓成渣。

胡佛畢竟年紀大了一些，經歷頗多，他知道強搶民女是違反王法的事情，已經觸犯了大康律例，低聲奉勸道：「少爺，這事兒要是讓老爺知道，一定會怪罪下來，真要是傳出去，對您的聲譽也會有不好的影響，您畢竟才和李家小姐定親，要是傳到他們的耳朵裡……」胡佛所說的都是實情，言者無心，可聽者有意。

胡小天這幾天一直都在為這門親事苦惱呢，聽胡佛這麼說，乾脆一不做二不休，強搶民女怎麼著？聲譽不好怎麼著？老子就是要把名聲搞臭，只要我不幹什麼實質上的壞事兒，大不了就是挨點斥責，老爹既然是當朝三品，這麼點小事應該能夠擺平。我就是搶親，就是要讓李家知道，就是要把這門親事給攪黃了，想給我找個奇醜無比的癱子做老婆，門兒都沒有。

胡小天對這位戶部尚書的老爹過去還是有些好感的，畢竟錦衣玉食地供著自己，可自從胡不為做主給他訂婚之後，胡小天馬上就明白，敢情這位老爹是把自己當成政治砝碼了，壓根就沒把兒子的個人幸福放在心裡。

有了這種想法，胡小天自然就不怕把事情鬧大，他哈哈大笑，將仍在昏睡的紅衣小妞從地上抱了起來，舉步就向自己的房間走去。

一幫家丁望著他的背影都是目瞪口呆，他們算是看出來了，這少爺一點都不傻，但是絕對夠色！

胡佛用手臂搗了梁大壯一下：「大壯，你去勸勸……」

「你咋不去呢？」

第二章

搶親？

唐輕璇睜開一雙美眸，憤憤然盯住胡小天道：
「你想搶親，我告訴你，我爹可是朝廷命官，駕部侍郎唐文正，
你敢對我無禮，小心我爹去聖上面前參你一本，將你們家滿門抄斬！」

唐鐵漢急得抓耳撓腮，站在外面叫罵不止，又讓人招來一截樹木，準備撞門，他的那幫手下並不都是愚魯之輩，有人攔住他道：「大哥，這裡是尚書府，千萬不能硬來啊，胡尚書是大康的財神爺，深得當今聖上寵幸。」

唐鐵漢怒道：「他爹是官，俺爹也是官，他搶了俺妹妹，就算到皇帝面前說理也不怕。」

那人歎了口氣：「人家是三品大員啊！」

唐鐵漢聽出這貨的言外之意，分明是說自己老子不及人家老子，反手就給了那貨一巴掌，打得那貨原地兜了兩圈，發洩過後，唐鐵漢多少冷靜了一些。他雖然暴躁性急，可並不糊塗，他知道自己老子是六品，跟人家差了不止一個級數，別的不說，單單是尚書府的後門，也比他家的大門氣派得多。在馬市一帶，從來都是他唐鐵漢欺負別人，沒想到今天被人家給欺負了，這貨急得團團亂轉。

手下人出主意，先讓人去給他老子駕部侍郎唐文正報信，又讓家裡人去京兆府擊鼓鳴冤，今兒反正是占盡了道理，是唐家被人給欺負了，所以不怕事情鬧大。

唐家有三個兒子，可閨女卻只有一個，女兒叫唐輕璇，平日裡被駕部侍郎唐文正視為掌上明珠，三位哥哥也對她處處寵讓，一來二去造成了這妮子狂傲驕縱的性子，如果不是她性情過於刁蠻狂妄，當街縱馬狂奔，一語不合揮鞭打人，也不會遇到今天的這場麻煩事。

唐家老三唐鐵鑫在京兆府擊鼓鳴冤之時，正逢退朝之時。

戶部尚書胡不為坐在自己的馬車內，正盤算著胡李兩家的聯姻之事，李天衡深得太子龍燁慶的信任，過去曾經從刺客手上救出太子的性命，對太子有再造之恩。當今皇上已經六十三歲，身體和精力顯然一日不如一日了，幾次都流露出要將皇位傳給太子的意思，看來距離太子即位之日已經不久。

可以預見，只要龍燁慶登基，李天衡必然受到重用，自己身為李天衡的親家，就算不能再進一步，也能確保如今的地位穩如泰山。

想到這一層，胡不為的唇角不禁露出一絲會心的笑意，可一想到李天衡癱瘓醜陋的女兒，再想到自己突然恢復正常理智的兒子，胡不為的內心中隱隱又感覺到一些歉疚，讓兒子迎娶李家的女兒實在是委屈了他，可為了胡家的前程和地位，也只能犧牲他個人的婚姻幸福了。

胡不為之所以這樣做還有一個不為人知的原因，他曾經得罪過龍燁慶，這位如今的大康太子爺對他一直沒什麼好感，雖然胡不為這些年來百般補救，看來起到的作用微乎其微，一朝天子一朝臣，就怕新天子登基會大開殺戒，到時候非但官位保不住，只怕連性命……胡不為倒吸了一口冷氣，還好自己已經留好了退路。有李天衡的這層關係在，應該可保住胡家平安。

一陣急促的馬蹄聲迎面而來，胡不為聽到外面侍衛腰刀出鞘的聲音，他的兩名貼身護衛全都是一等一的好手，警惕性超人一等，侍衛胡天雄大吼道：「前方何人，竟敢攔住胡大人座駕？」從說話的氣勢上就已經證明，他其實是已經分辨出了來人身分，至少可以肯定對方的官銜要比胡不為低，不然他也不敢說得這麼氣勢，官場有官場的學問。

馬蹄聲突然停歇，迎面一個焦急但謙恭的聲音道：「下官駕部唐文正，有急事拜見胡大人！」

胡不為緩緩挑開車前布簾，卻見駕部侍郎唐文正正翻身從一匹雪花驄的背上下來，駕部雖然是六部中的一個部門，可隸屬於兵部，和胡不為主持的戶部並沒有什麼直接關係，唐文正只是一個正六品的小官，可此人在京城的名氣卻是不小的，他擅長相馬之術，有當世伯樂之稱。兵部尚書張志澤對他頗為倚重，私下裡兩人也是莫逆之交。

唐文正身高膀闊，膚色黝黑，在這一點上他的三個兒子都得以繼承，反倒是女兒唐輕璇長得肌膚勝雪眉目如畫，但凡見過她本人的都不相信老唐能夠生出這麼漂亮的女兒，可說到脾氣，唐輕璇卻像極了唐文正。

六品官見到三品大員，下馬是一種起碼的禮儀，雖然唐文正性情暴烈，心中對胡不為的為人和官聲鄙夷不已，但是在表面上仍然做得畢恭畢敬，這幫京城的官員對官場中的一套早已爛熟於心。想要在波譎雲詭的朝堂中站穩腳跟，首先就要學會虛與委蛇。即便是心頭再恨，臉上也不能有絲毫的表露。忍字頭上一把刀，任他怒火心中燒。

唐文正下馬，胡不為卻沒有從車內走出來的意思，微笑道：「我當是誰，原來是文正兄，說起來咱們也有些日子沒見了。」他並不問唐文正找他有什麼事，不過心中已經料定了唐文正有事找自己。胡不為身為大康戶部尚書，掌管大康疆土、田地、戶籍、賦稅、俸餉以及一切財政事宜，他手中權力極大，下屬還有負責鑄錢的錢法堂和寶泉局，掌管庫藏的戶部三庫，掌管長處及漕運業務的倉場衙門，是大康不折不扣的財神爺。在胡不為看來，唐文正十有八九是為了錢財用度之類的事情想找自己幫忙，之前皇上將軍山馬場的事情交給了唐文正，籌建馬場的那筆經費就是胡不為出面解決的。

唐文正將馬韁扔給了隨從，心中又是擔心又是惱火，胡不為應該還不知道他兒子擄走自己女兒的事情，唐文正也算沉得住氣，他向前走了幾步，來到車前，附在胡不為耳邊，低聲在他耳邊耳語了幾句。

以胡不為的鎮定功夫，聽到唐文正的這番話，也不禁勃然色變。這還了得，兒子居然幹出了這種事情？其實胡不為對自己的這個兒子也並不是特別瞭解，這絕不是因為他對兒子的關心不夠，從小到大，他盡一切可能讓兒子生活得舒適，只可惜兒子天生癡呆，父子間從無交流，也就是半年前這孩子突然就恢復了理智，而且能夠開口說話，可這孩子的言行舉止說不出的奇怪，兩父子之間也少有交流。胡不為驚喜之餘也感到這件事頗為奇怪，但無論如何都是上天賜給他的一件禮物。

胡不為三十五歲才得了這個兒子，他妻子胡楊氏這輩子也就生了這個孩子，胡不為雖然為人奸詐，但對妻子家人卻是極好，直到現在對妻子的感情始終如一，從未納妾，也沒有和任何女子有過情感上的糾葛。這段時間妻子去了金陵老家，他又整天忙於政事，不免對兒子的事情有所忽略，想不到妻子剛走五天就發生了這麼大的事情。胡不為不由得有些頭疼，不過他畢竟是兩朝老臣，工於心計，臉上的表情很快就恢復了古井不波，向唐文正道：「文正兄，請移步上車一敘。」

唐文正這會兒心頭就快被火給燒著了，恨不能身插兩翼立刻就飛到胡家將自己女兒救出魔爪，但是他更清楚對方的身分，胡不為是當朝戶部尚書三品大員，不是自己這個六品官能夠得罪的，即便是道理都在自己這邊，自己也不敢冒冒然張揚到皇上那裡去，更何況女兒還是雲英未嫁之身，這件事如果鬧大，即便是能夠將女兒順利解救出來，只怕女兒的名節也……唐文正越想越是難過，越想越是怨恨。

可心頭再恨，也得強壓著怒火，他進入馬車之中。胡不為這會兒功夫將貼身侍衛胡天雄叫了過來，附在他耳邊低聲交代了幾句，胡天雄得到命令之後，馬上縱馬朝著尚書府的方向狂奔而去。

胡不為安排完這一切，轉向唐文正，低聲道：「文正兄，這件事我一定會查個水落石出，你不用擔心。」他說的是查個水落石出，並沒說我要給你一個交代。

唐文正心頭暗罵，查什麼查？事情全都擺在面前，不擔心，老子如何能夠不擔心，女兒被你那混帳兒子擄去了，現在還不知她到底怎樣，想到這裡一口氣頓時堵在心頭，悲憤交加道：「胡大人，咱們還是儘快趕回去看看吧！」礙於胡不為官大，即便是再多憤怒也得強行忍住。

車馬重新啟動，胡不為讓胡天雄先趕回去的目的，就是要搞清楚事情的來龍去脈，如果唐文正所說的事情屬實，看看能不能阻止自己的傻兒子做傻事。強搶良家閨女，搶的又不是普通民女，而是朝廷命官的女兒，這件事如果鬧大，對他們胡家絕沒有好處。

此時的尚書府場面已經非常混亂，唐鐵漢原本就帶去了二十多人，他二弟唐鐵成聽聞這件事之後，又糾結了五十多名兄弟朋友風急火燎地趕了過來，唐鐵漢雖然是家中的老大，可是論膽色，三兄弟之中要首推唐鐵成，唐鐵成來到之後，帶著兄弟們來到後門前，握緊拳頭狠砸門環。

唐鐵漢向唐鐵成道：「二弟，我砸了半天，裡面就是不開門！」要說這尚書府的大門品質還真是不錯。

唐鐵成憤憤然瞪了大哥一眼，他聽聞這件事之後氣得破口大罵，連大哥也一併罵了進去，唐鐵漢帶了二十多人居然眼睜睜看著胡不為的傻兒子把妹妹給擄走，這簡直就是笨蛋之極，唐鐵成揮了揮手，大吼道：「砍樹，把大門撞開！」手下人馬上轉身去一旁砍樹，還有一幫人去找梯子。

唐鐵漢來到二弟身邊，低聲道：「二弟，這是尚書府。」

唐鐵成滿肚子的火氣都被勾起來了，他怒吼道：「尚書府怎麼著？天王老子敢搶我妹妹，老子一樣把他給砍了……」唐家三個兒子一個比一個脾氣大，發起火來六親不認。唐鐵漢趕緊把這貨的嘴巴給捂住，這話真要是傳出去那還了得。

唐鐵成掙脫開他的大手，怒吼道：「裡面的人聽著，惹惱了老子，我一把火將你們尚書府給燒了！」

胡家有十多名家丁護院都集中在後門處，聽到外面人聲鼎沸，這幫家丁也都是忐忑之極。梁大壯踩著梯子爬上了圍牆，看到後門外已經圍攏了百餘人，還有不少人正在那裡砍樹，遠處有幾個人正扛著梯子朝這邊趕來，梁大壯趕緊爬了下來，向周圍家丁道：「大事不好，他們借來了梯子，砍倒了大樹，看來要發動進攻了。」

胡佛急得直搓手：「這可如何是好。」主人上朝未歸，夫人剛巧又回了老家，最近這尚書府內的大小事情都是老管家胡安在管，可胡安今天剛巧又臥病在床，至於那位惹事的少爺，這會兒說不定已經爽上了，整個尚書府處於群龍無首的狀況。

幾個人商量大計的時候，外面已經將梯子搭在了圍牆上，梁大壯率領幾名家丁，迅速爬上圍牆，利用手中的棍棒，將想要翻牆而入的那幫人給擋了下去，梁大壯和另外一名家丁合力將搭在院牆上的梯子大力推翻，扔在扶梯上的兩人慘叫著摔到了下去。

唐鐵成氣得雙目冒火，此時一棵大樹被伐倒，十多人扛起大樹一起呼喊著號子，向尚書府的後門衝撞而去。

胡佛率領十幾名家丁利用各種工具將後門抵住。

匡地一聲巨響，後門被震得塵土飛揚，兩名家丁因為抵受不住震動的力量噗通一聲摔倒在地上，唐鐵漢的戾氣也被弟弟給感染起來了，這貨脫了上衣，露出一身虯結的肌肉，跟上去扛起樹幹，大吼道：「曰他姥姥的，給我撞！」

梁大壯已經看出勢頭不妙，這貨跌跌撞撞地從梯子上爬了下來，一臉惶恐道：「我……我去保護少爺……」

一群家丁極盡鄙視地看了這廝一眼，想跑，能找個更無恥的理由嗎？

匡！第二聲巨響來得驚天動地，在眾人齊心協力的作用下，粗大的樹幹尾端重重撞擊在尚書府的後門，堅實厚重的門板再也承受不住這強大的衝擊力，門栓斷裂，門板在煙塵中倒了下去，壓住了三個不及逃離的家丁，現場慘叫聲不斷。

唐鐵漢、唐鐵成兄弟兩人赤裸著上身，宛如鐵塔般從瀰漫的煙塵中走出，在眾家丁的眼中簡直是兩尊天神下凡。他們身後還有近百名雄赳赳氣昂昂的弟兄，乍看起來如同神兵天降。兩兄弟已經殺紅了眼，今天定要讓老胡家還給我們一個公道！

胡小天雖然住在內院，可外面這麼大動靜，他不可能沒聽到，他將唐輕璇抱回了自己的房間，剛一將她放在床上，這小妞就醒了。

唐家四個子女如果說到脾氣和膽色，最大的還要數唐輕璇，她睜開雙眼，看到自己被捆得就像個粽子，渾身濕漉漉地躺在一張陌生的床上，嚇得她啊的一聲尖叫起來，可聲音剛剛發出，就被胡小天把嘴巴給捂住了。胡小天將手中明晃晃的匕首在她眼前一晃，然後道：「你敢叫，我就劃爛你的臉！」

恐嚇，絕對是恐嚇，真讓他劃，他也未必下得去手。

不過恐嚇還是相當有效的，這世上又有哪個女孩子不在乎自己的容貌？要說毀她容比殺了她還管用，唐輕璇咬了咬嘴唇，一雙眼睛眨了眨，看到胡小天慢慢移開了手掌，終於不敢大聲尖叫了，小聲道：「你想幹什麼？」

胡小天嘿嘿一笑，在床榻對面的太師椅上坐了，一條腿翹在太師椅上，這貨還沒來得及穿衣服，腿剛翹起來，就發現唐輕璇突然把眼睛給閉上了，俏臉變得通紅，顯得嬌羞無限格外動人。

胡小天這才意識到自己搶人之後一路狂奔，甚至還沒來得及換衣服，剛才的這個無意動作，很有走光之嫌，這貨咳嗽了一聲道：「這問題問得很愚蠢啊，把你帶到這裡來，你說我想幹什麼？」胡小天感覺自己沒那麼卑鄙，明明想說一些卑鄙的狠話，可終究還是說不出口。

唐輕璇睜開一雙美眸，憤憤然盯住胡小天道：「你想搶親，我可告訴你，我爹是朝廷命官，駕部侍郎唐文正，你敢對我無禮，小心我爹去聖上面前參你一本，將你們家滿門抄斬！」

胡小天望著這妮子，心中暗道你好毒，老子對你怎麼了？你就要把我滿門抄斬？這是哪個王八蛋把她捆成了這樣？捆得凸凹有致輪廓分明，夠專業的，過去這種捆綁法只有日本ＡＶ裡面見過。

唐輕璇見他盯著自己看，不由得有些慌張，再膽大畢竟是女孩子，更何況現在自己被捆得跟粽子一樣，毫無反手之力。

胡小天道：「駕部侍郎很大嗎？不就是個放馬的。」

「你……」

胡小天正想打擊一下唐輕璇的囂張氣焰，就聽到外面響起了梁大壯上氣不接下氣的聲音：「少爺……大事不好……大事不好了……」

胡小天將匕首從桌子上拔了下來，走出房間反手將房門關上，卻見梁大壯躬著身子，手臂扶在兩條大粗腿上，呼哧呼哧地喘氣：「殺……殺進來了……他們……

殺……進來了……」

話還沒說完呢，就看到唐家兄弟兩人率領著近百名大漢氣勢洶洶地衝入了花園內。

梁大壯嚇得臉色慘白，當即拔腿就想逃，可走了兩步，心中又想起自己的職責所在，如果現在跑了，恐怕等這件事過去，胡家就再也沒有自己的容身之地了，權衡利弊之後，這廝馬上拔出腰刀，鼓足勇氣道：「少……少……少爺……您先逃……我……我掩護……」

胡小天有些鄙夷地看了看這廝，渾身上下從眼睫毛到手指頭無一處不在顫抖，膽子都快嚇破了，還談什麼保護自己。胡小天道：「你懂不懂什麼叫投鼠忌器？」

梁大壯搖了搖頭。

「你懂不懂什麼叫肆無忌憚？」

梁大壯又搖了搖頭。

「靠！真沒文化，人在咱們手裡，你怕個屁啊？」胡小天實在受不了這貨的窩囊樣，忍不住爆粗。

一語驚醒夢中人，梁大壯聽到這話，頓時把胸膛又挺了起來：「不……怕……不怕！我什麼都不怕！」這貨一聲狂吼，把胡小天耳膜給震得嗡嗡響，奴才就是奴才，費了老子這麼多口舌來教導你！

胡小天擺了擺手道：「去，把小妞帶出來，用刀架在她脖子上。」

梁大壯連連點頭，轉身來到門前，這貨又想起了一件事：「少爺，她穿……衣服沒？」

胡小天發現這家丁也算是個極品，該聰明的時候不聰明，不該他想的事情卻想了個周全，於是嘿嘿一笑道：「光溜溜的，便宜你了！」

咕嘟！梁大壯吞了口唾沫，眼前浮現出那小妞細皮嫩肉的情景，還沒等他往下想，腦袋上已經被胡小天狠狠拍了一巴掌：「靠，老子的女人你也敢想？」

梁大壯這邊進了房間，那邊唐鐵漢、唐鐵成兄弟已經帶人來到了胡小天的面前，看到胡小天穿著大褲衩，半裸著身子大模大樣地站在陽光下，唐家兄弟虎目圓睜，怒火中燒。

唐鐵漢用刀指著胡小天道：「胡小天，你把我妹妹怎麼了？」

胡小天笑瞇瞇道：「你想我把她怎樣？」

「呃……」唐鐵漢居然被他給問住了，撓了撓頭轉向二弟唐鐵成低聲道：「老二啊，咱們想他怎樣？」

唐鐵成吼道：「呲！那小子，你只要敢動我妹妹一根汗毛，我們兄弟就把你這尚書府燒個片瓦不留。」

唐鐵漢搗了弟弟一下：「老二，他動過了，動過了！」剛才胡小天當著他的面就斬斷了妹子的一縷頭髮，唐鐵漢是個老實人，有什麼就說什麼。

唐鐵成氣呼呼道：「也不早說！你只要敢動我妹妹一根手指頭……」

胡小天打斷他的話道：「別廢話，你妹妹從頭到腳我都動過了，怎樣？」

「你……」

此時梁大壯用腰刀押著唐輕璇從房內出來，這貨抱著一覽無遺的念頭進去，可一進房間看到唐輕璇穿得齊齊整整不免失望，這少爺也實在是太陰了，自己吃肉，湯也不給下人留一滴，你把好事辦完了，這麼快就把衣服給穿上幹什麼？還包紮得如此結實，讓我過過眼癮也是好的。

梁大壯心中腹誹著，臉上的表情卻是兇神惡煞，腰刀架在唐輕璇的脖子上，走到胡小天身前，這會兒他已經徹底鎮定下來了，內心有了底氣，說出的話也是格外氣勢：「全都給我退出去，信不信我一刀把她砍了！」

唐鐵漢捂著大腦袋無比痛苦道：「又來……」對方的這一手他是一點辦法都沒有，唐鐵成也有點傻眼，妹妹在人家手裡啊，投鼠忌器。

梁大壯看到那群人被自己嚇住不免得意，正想再說兩句拉風的話，感覺肩頭被人輕輕拍了一下。

胡小天向他點了點頭道：「借光，借光，你擋我鏡頭了！」

梁大壯雖然不知道鏡頭為何物，可擋住小主人他是知道的，梁大壯認為自己是好意，他是想保護小主人來著，狗咬呂洞賓，不識好人心，梁大壯心中嘟囔著，卻拉著唐輕璇老老實實向後退了一步。

唐輕璇一雙美眸狠狠盯著胡小天，連吃了他的心都有。

胡小天這才發現她嘴巴裡被塞了一個布團，顯然是梁大壯所為，難怪這麼老半天她老老實實一言不發。

胡小天向前一步：「剛誰要說燒尚書府的？」

唐鐵漢看了看自己兄弟，唐鐵成拍了拍胸脯：「老子說的，你敢動我妹一根手指頭，我就把尚書府燒個片瓦不留。」

胡小天伸出手去先是摸了摸唐輕璇的小手，然後又挑起她曲線柔美的下頜，嘿嘿笑道：「我動了，你燒啊！」

「呃……你以為我不敢……火拿來！」

百餘人中果然有好事者，一人將火把遞了過去，唐鐵成揚起火把，尋找適合點火的地方。

胡小天道：「點火容易救火難，你現在點火，水火無情啊，姑且不論咱們這麼一大群人能不能活著逃出去，火燒尚書府這件事要是讓朝廷知道，你們唐家免不了是個滿門抄斬的結局。」

唐鐵成心中一震，火把停頓在手中：「嚇我？」

胡小天道：「你帶了一百多人過來，強闖尚書府，撞壞我家大門，打傷我家家僕，搞得尚書府雞飛狗跳，狼藉一片，現在還要燒我們家宅子，這行徑和強盜又有什麼分別？」

「你才是強盜，你搶我妹妹……」

胡小天嘿嘿冷笑道：「現在是在我家地盤上啊，我有人證、物證，我說你帶了一百多人擅闖我家，意圖搶劫，你說官府是信你還是信我？」

唐鐵漢道：「明明是你搶我妹妹，現在還捆著她當人質，你休要信口雌黃。」

唐鐵成道：「大哥，別理他，他有證人，我們也有證人，我們人多……」

「人多了不起啊？」胡小天發現這幫傢伙的智商實在堪憂，他向前跨出一步：「一百多號人手持刀槍棍棒，擅闖尚書府，不是搶劫是什麼？難道是造反？」

「你……」

「你什麼你？大康法律，只要落實謀反的罪名，你們這一百多人全都要滿門抄斬！」

嘩啦！唐家兄弟身後的那群人同時撤了兩步，都是被胡小天這句話給嚇的，的確真要是誣他們謀反，那可是滿門抄斬的大罪。

唐鐵成吼叫道：「以為老子是嚇大的，胡小天，今天我絕饒不了你。」

「拉倒吧，覺得自己嗓門大了不起？靠！還拿著火把，還想放火，你老舉著不累啊？來了這麼多兄弟給你捧場，都等著看你放火呢，你總不能讓他們失望？要放火趕緊放！」

唐鐵成咬了咬嘴唇，此時一個黑衣漢子從後面擠了過來，前面的人被他擠得一個踉蹌，正撞在了唐鐵成的手臂上，手上的火把一時拿捏不住呼的一聲飛了出去。

所有人的目光都盯著那火把，看到那火把高高飛起，最終落在花園中的草亭頂上，草亭上面全都是茅草，加上被太陽曝曬了一天，一點就著，轟的一下就燃燒起來，頃刻間草亭之上已經燃起了熊熊大火。

唐家過來的那幫人頓時傻眼了，唐鐵成怒吼道：「哪個王八蛋撞我？」

身後的那群人全都向別人看去，誰也不敢承認是自己撞他的。

有人叫道：「草亭失火了……草亭失火了……」

胡小天惡狠狠盯住唐鐵成：「你還真燒？」

唐鐵成道：「我沒燒！」他看了看自己大哥，想讓大哥給自己作證明。唐鐵漢誤會了他的意思：「我也沒燒啊，火把在你手裡，跟我沒關係！」靠啊，親兄弟也靠不住。

草亭雖然失火，不過因為位於花園內池塘邊，火勢應該不會擴展到府內的其他建築。

唐鐵漢知道放火燒尚書府絕不是小事，趕緊讓手下的兄弟去救火，以免火勢擴大，那邊胡家的家丁們也聞訊趕來，被打得鼻青臉腫的胡佛大聲道：「唐家放火了，唐家放火了。」

現場亂成一團，此時有人叫道：「大哥……京兆府來人了……」

梁大壯這會兒一點都不害怕了，他感覺現場最拉風最威猛的那個人是自己，正是自己用刀架在唐輕璇的脖子上，才威懾這一百多名大漢不敢輕舉妄動。但凡是個人都有控制欲，都追求自我滿足感，梁大壯押著唐輕璇，不覺又有些飄飄然了，這貨挺刀在手，大吼道：「還不快快束手就擒！」

一不小心又擋住了胡小天半個身位，胡小天極其不滿地瞪了這廝一眼，又擋我鏡頭，分不清誰是主角誰是配角嗎？這種喧賓奪主的奴才實在是太沒有眼色了。

還好梁大壯很快就反應了過來，趕緊又拉著唐輕璇後退，就在這時候，一道黑影從身後的屋頂倏然射了下來。梁大壯意識到的時候，劍鞘已經撞在他手腕上了，痛得梁大壯慘叫了一聲，手中刀噹啷一聲就落在了地上。

一道窈窕的身影從屋頂上飛掠而下，三丈多高的屋頂，一掠就下來了，如同鳥兒一般。頭戴烏紗英雄帽，身穿紫色開襟雲紋織錦外袍，內穿紅色武士服，黑色薄底長靴，肌膚嫩白，劍眉斜插入鬢，一雙明眸寒如秋水，英姿颯爽，翩若驚龍，卻是京兆府排名第一的女捕頭慕容飛煙，她在空中身軀連續旋轉幾周。

圍觀眾人齊聲喝彩。

胡小天雖然承認她這跟頭翻得的確是不錯，可心中不由有些納悶，這裡的女人難道都是練體操出身的嗎？幾乎每個人出場都得來幾個前空翻外加三百六十度轉體，生怕別人不知道她會翻跟頭嗎？招搖，實在是太招搖了。

慕容飛煙的動作雖然招搖，出手的速度可不含糊，不等梁大壯做出反應，已經抬腿將這廝從唐輕璇身邊踢了出去，左手將唐輕璇拉到自己的身邊護衛起來，右手中的長劍已經指向胡小天。

本來胡小天在她跳下來的時候應該有足夠的時間逃離，可是他發現梁大壯那個慫包如此不堪一擊，所以胡小天的第一反應不是逃走，而是要去控制住唐輕璇，在眼前的混亂局面下，只有控制住唐輕璇，才能震住這幫人，讓唐家那群人投鼠忌器，不敢胡來。

胡小天的策略本來沒有任何的錯誤，但是在執行的過程中發生了偏差，首先他過高估計了梁大成的實力，其次，他認為這英姿勃勃的男裝小妞空有花架子沒有太雄厚的實力，第三他認為自己能夠在這段時間內穩穩控制住唐輕璇，可真正行動起來，胡小天才意識到大錯特錯，歸根結底他高估了自己的實力。

梁大壯根本沒有給慕容飛煙製造任何的障礙，胡小天的手剛剛觸及唐輕璇的衣角，人就被慕容飛煙給搶了過去，然後她手中明晃晃的長劍就抵在了胡小天的咽喉，森寒的光芒刺激得胡小天下意識地閉上了雙眼。

梁大壯此時從地上鼻青臉腫地爬了起來，看到小主人被制，他大叫著衝了上來，慕容飛煙看都不看，一腳踹向身後，正蹬在這廝的胸膛上，梁大壯發出比剛才還要驚天動地的慘叫，四仰八叉地躺在地面上。

慕容飛煙冷冷望著胡小天，胡小天的臉上毫無懼色，笑瞇瞇望著這個女扮男裝英姿勃勃的小妞道：「美女，你是誰啊？」

慕容飛煙道：「京兆府洪大人門下八品護衛慕容飛煙！」

胡小天一聽對方來的是位女警官，一顆心頓時就放了下來，既然是女警官就不敢胡來，他伸出手，輕輕用手指彈了彈劍刃道：「麻煩把劍移開一些，真要是走火了可不好。」

慕容飛煙當然不知道走火是什麼意思，冷冷道：「你身為大康子民，朝廷命官之子，沐浴皇恩，卻不知以身作則，居然幹出光天化日強搶民女的無恥行徑，你可知罪？」

胡小天聽到慕容飛煙這一連串的質問，馬上明白這小妞是個黑哨，你搞清楚事情的來龍去脈沒有？一上來就把所有的罪名都扣在老子頭上，我招你惹你了？胡小天認定這個慕容小妞不是跟他老子有仇，就是跟唐家有交情，所以才表現得那麼偏袒。

胡小天道：「光天化日之下，你私闖民宅，攜帶兇器，威脅我這個守法公民的生命安全，你可知罪？」

慕容飛煙道：「我是捕快！剷除犯罪是我的職責所在。」

胡小天道：「捕快了不起？你有搜查令嗎？你當尚書府是什麼地方？你說來就來？」

這句話還真把慕容飛煙給問住了，搜查令這個詞兒對她雖說有些陌生，可搜捕令她是知道的，胡小天沒有猜錯，慕容家和唐家是世交，慕容飛煙和唐輕璇又是閨中密友，是以聽說唐輕璇被擄，第一時間就帶人趕過來了，倉促之中也沒有想到先到京兆尹洪大人那裡申請一張搜捕令。

如果辦普通的案子倒無所謂，可今天她闖的是尚書府，即便是她的頂頭上司京兆尹洪佰齊也只不過是個從三品，見到胡不為也要禮讓三分。她隱然意識到，今天可能捅了一個大漏子。

胡小天一直都在留意慕容飛煙的表情，看到她目光中的猶豫，頓時推測到慕容小妞已經被自己的話給震住，不知道老子還順手拿過心理學碩士學位嗎？

胡小天用手小心捏住劍鋒，慢慢後仰，將脖子從劍尖移開，接著後退了一步。

慕容飛煙美眸閃爍，心中舉棋不定，不過今天她的主要目的是來救人，其他的事情等回頭再說，跑得了和尚跑不了廟，她扯下唐輕璇嘴裡的布團，用劍斬斷了捆住唐輕璇的繩索，唐輕璇心中羞憤到了極點，剛一獲得自由，一把就將慕容飛煙手中的長劍給搶了過去，嬌叱道：「淫賊！我殺了你！」舉步就向胡小天追了過去。

胡小天一看勢頭不妙，拔腳就溜，他朝著胡佛那幫家丁的方向跑去，那幫家丁非但沒有衝上來保護，看到唐輕璇手握兇器殺氣騰騰地追過來，嚇得呼啦一下四散逃竄，胡小天這個怒啊，一幫貪生怕死的廢物，平時吃我們胡家的用我們胡家的，老子需要你們保護的時候，一個個竄得比兔子還快，一點職業道德都沒有。

但胡小天這四個月的訓練可不是蓋的，跑起來絕對是風一樣的漢子，更何況今天沒了長袍的羈絆，只穿著一條短褲，大步流星，步伐優美，甩開唐輕璇還不是小菜一碟。

真論到跑步，唐輕璇百分百不是胡小天的對手，可人家會輕功，看到跑步攆不上，小腳尖在地上一點，然後騰的一下就飛了起來，在空中前空翻外加轉體三百六十度，錯！七百二十度。

胡小天一邊跑一邊抬頭，看著唐小妞就要追上自己，這飛的就是比跑的快。作弊！絕對是作弊！胡小天看到如同蒼鷹搏兔一樣俯衝下來的唐輕璇，從她羞憤交加的臉色已經看出這妞兒已經完全喪失了理智，女人一旦喪失理智，任何事情都幹得出來，好漢不吃眼前虧。

家丁，家丁！胡小天發現那幫家丁溜得比他還快，不過總算有個夠忠心的，關鍵時刻，梁大壯從地上昏頭昏腦地爬了起來，這廝可不是想捨身護主，只是剛巧在這時候爬起來，想灰溜溜地閃到一邊，遠離這片是非之地。而他高高胖胖的身材正好成為了一個絕佳的掩護，胡小天繞到這廝身後，一把將他給推了出去。

梁大壯頭腦都沒清醒呢，看到唐輕璇從空中揮劍衝了下來，這才明白少爺為啥推自己，這廝慘叫一聲，把吃奶的勁兒都用上了：「我操你大爺……」雖然這句話是看著唐輕璇罵的，可罵的是胡小天，老子是家丁，賣身不賣命，你怎麼這麼卑鄙，居然把老子推出去給你擋劍。

還好唐輕璇功夫不錯，手中劍收放自如，看到梁大壯被推了出來，把劍一收，然後抬起小腳，蓬的一聲就踏在梁大壯的頂瓜皮上，別看腳不大，可這力量實在是不輕，梁大壯被踹得雙腿一軟，咚地跪在地面上，如果不是這驚天動地的一跪起到了緩衝作用，只怕腦袋都要被踹進肚子裡去了。

胡小天也因此而獲得了喘息之機，他沒有繼續往前跑，因為前面唐鐵漢率領一幫人衝上來圍堵包抄，胡小天一掉頭朝慕容飛煙跑了過去，在外人看來這貨有自投羅網之嫌，可胡小天卻認準了目前慕容飛煙那裡才是最安全的地方，她是京兆府的女捕快，應該是這群人中最知法守法的一個，總不能眼睜睜看著唐小妞把自己給劈死，再說這把劍是唐小妞從她的手裡搶過去的，如果自己有什麼三長兩短，她也難逃罪責。

胡小天的心理學碩士可不是白拿的，慕容飛煙看到胡小天朝自己跑了過來，表情顯得矛盾複雜。

唐輕璇借著梁大壯頭頂的反彈之力，又在空中來了兩個後空翻外加七百二十度轉體，再次迫近了胡小天，嬌叱道：「淫賊！看劍！」

關鍵時刻慕容飛煙一把將胡小天的手臂給抓住了，一牽一帶，已經將他擋在身後。

唐輕璇想不到慕容飛煙居然會出手幫助胡小天，這一劍刺到中途不得不停頓下來，她充滿不解道：「慕容姐姐，你讓開！」

慕容飛煙卻道：「輕璇！你冷靜些！」

唐輕璇怒道：「我今天一定要殺了這個淫賊！」

胡小天聽著她們兩人的對答，心中已經明白了，這倆小妞果然是閨蜜，難怪這女捕快能在第一時間就來到案發現場。

唐輕璇想要繞開慕容飛煙一劍刺出，慕容飛煙心裡雖是站在好朋友的立場上，但她身為京兆府第一女神捕，對大康律例相當熟悉，唐輕璇真要把胡小天給殺了，只怕就惹了天大的麻煩，雖然王子犯法與庶民同罪，可胡小天的罪孽畢竟還沒到該殺的地步，看唐輕璇身上的衣服穿得齊齊整整的，應該也沒有受到侵犯，就算是胡小天犯罪，也得先審後判。看到唐輕璇又是一劍刺出，慕容飛煙慌忙伸手將她的手腕握住，低聲道：「輕璇，你要冷靜！」

唐輕璇又羞又急，連眼圈都紅了起來，咬碎銀牙道：「慕容姐姐，你若是還念著咱們這些年姐妹的交情，就讓開，我一定要殺了這個淫賊。」

胡小天藏身在慕容飛煙身後，一邊朝後面退一邊道：「慕容捕頭，你可是執法人員，要秉公處理，孰是孰非，咱們到官府上說個明白。」

慕容飛煙轉身瞪了這廝一眼，心想我捍衛大康律令原本就是我的職責所在，還需要你這個紈絝子弟提醒？稍一走神，卻想不到唐輕璇一掌擊打在她的肩頭，打得慕容飛煙一個踉蹌，慕容飛煙根本沒想到唐輕璇會向自己出手，唐輕璇脾氣是唐家兄妹中最壞的一個，性情剛烈，受了這般奇恥大辱，現在一門心思要在胡小天的身上戳出幾個透明窟窿方才解恨。

唐輕璇奪回長劍，看到胡小天正在加速逃離，趁著慕容飛煙沒有站穩之時，長劍脫手飛了出去，寒光一閃，直奔胡小天的後心而去。

胡小天聽到後方風聲颯然，馬上感覺不妙，身上的汗毛都豎了起來，心中暗叫，我命休也，早知道這唐小妞這麼強悍，就不該演出這麼一場搶親的戲碼，老子真是聰明反被聰明誤，悔啊！

劍鋒距離胡小天的後心只有一尺之遙，慕容飛煙俏臉失了血色，即便是她想救也已經來不及了，心中叫苦不迭，我的傻妹子，若是胡小天就這麼死了，不知要有多少人因此而人頭落地。

一枚鐵膽斜刺裡飛了過來，噹的一聲，正撞擊在擲向胡小天的劍鋒之上，長劍被這麼一撞，頓時偏離了原來的方向，斜斜飛了出去插在花園的草地內。

生死關頭卻是胡不為的貼身護衛胡天雄及時趕到，正看到唐輕璇飛劍要刺胡小天的一幕，胡天雄及時出手利用鐵膽震飛了長劍，將胡小天從生死邊緣拉了回來。

胡天雄是尚書府武功第一，他的到來頓時讓現場形勢為之改變，右腳在圍欄漢白玉蓮花柱頭上猛然一頓，然後騰空飛起，雖然不及唐輕璇和慕容飛煙飛得姿勢飄逸曼妙，可他的跟頭也是又高又飄，在半空中前空翻加轉體，落地的時候已經護在胡小天身前，手中腰刀在面前挽了一個寒光凜凜的刀花，一手提起外袍，一手將腰刀橫握在身前，刀刃朝外，典型的英雄出場架勢，胸膛用力一挺，中氣十足道：「咄！大膽鼠輩，有我胡天雄在此，誰敢傷我家少爺！」

唐輕璇才不管他是什麼人，現在心中想著就是將胡小天給殺了，還想往前硬衝，被慕容飛煙一把給抓住了，慕容飛煙這次學了乖，乾脆從後面將唐輕璇給抱住了，低聲道：「輕璇，別鬧！」

唐輕璇掙扎一下，沒有掙脫開，這會兒唐鐵漢和唐鐵成兩位當哥哥的全都趕了過來，這兩兄弟看到妹妹已被成功救出，頓時沒了顧忌，唐鐵成大吼道：「兄弟們，上，殺了這個淫賊，給我妹子討還公道！」

他們帶來的百餘號弟兄在他的鼓動下頓時又有了底氣，齊聲叫囂道：「殺了淫賊，給唐小姐報仇！」一百多人同時發聲，這動靜可非同凡響，方圓一里之內只怕都能聽得清清楚楚。

胡不為雖然派遣貼身侍衛胡天雄先行，表面鎮定如常，可內心中也頗為忐忑。雖然半年前兒子奇蹟般恢復了理智，可胡不為總覺得這事來得蹊蹺，很難說兒子的病情會不會反覆，所以今天聽到唐文正說起這件事，第一反應就是兒子可能又犯毛病了。

唐文正坐在胡不為的馬車上，也是心如火燎，雖然馬車跑得已經夠快，他仍然恨不能肋下生出雙翅，馬上就飛到尚書府救出自己的寶貝女兒，前來找胡不為的途中他已經知道兩個兒子已先後前往尚書府救人，唐文正一面派人去阻止兩個兒子鬧出亂子，一面親自來找胡不為。唐文正心中恨不能殺了胡不為的傻兒子，可畢竟他們同朝為官，胡不為又是戶部尚書，他心底深處頗多顧忌，唐文正此時心中甚至不敢多想，萬一他的寶貝女兒被胡不為的傻兒子給玷污了清白，這件事該如何是好？

兩人來到尚書府大門外的時候，剛巧聽到那震徹雲霄的喊殺之聲。

「殺了淫賊，給唐小姐報仇！」

唐文正聽得清清楚楚，頓時大驚失色，心中暗叫不好，難道自己的女兒已經遭了淫賊的毒手，哎呀呀呀，若是我家輕璇如果有了什麼三長兩短，我唐文正拚著身家性命也要找你胡不為討還公道！

胡不為聽到這聲呼喊也是心驚肉跳，他只有這麼一個寶貝兒子，十六年癡癡傻傻，連句話都不會說，這才剛剛恢復神智半年，卻惹出了這樣的禍端，胡不為現在最擔心的不是兒子惹了多大的禍端，反而是兒子是否平安無事。

一時間群情洶湧，局面大有控制不住的勢頭，胡天雄雖然武功高強，但是雙拳難敵四手，尚書府的那幫家丁見眼前形勢不妙，一個個嚇得不知躲到哪裡去了。

唐家兄妹和那百餘名朋友兄弟正準備對胡小天誅之而後快的時候，慕容飛煙看出形勢危急緊緊抱住唐輕璇，然後大聲道：「大家聽我一言，胡小天目無法紀為非作歹，自有官府懲戒，你們千萬不可意氣用事。」她明面上是在阻止唐家兄妹保護胡小天，可實際上是為了唐家著想，慕容飛煙畢竟是在官府中任職，對於其中的厲害還是有些瞭解的。

胡小天在這種情況下居然沒有表現出半分的懼色，臉上仍然露出笑瞇瞇的表情，跟著點了點頭道：「慕容捕頭說得對，衝動是魔鬼，大康有大康的國法律例，孰是孰非自有官府來決斷！」

慕容飛煙狠狠瞪了他一眼，心中暗罵，這個紈綺子真是無恥到了極點，做了那麼不要臉的事情，現在居然還恬不知恥的說出這種話，你敢抬出國法律例就是知法犯法！

胡小天此時已經看到父親的身影出現在院門處，一旁跟著個又黑又壯的中年人，兩人都穿著官服，從官服上也能夠看出區別，胡不為胸前的圖案是孔雀，朝冠頂飾紅寶石一塊，上方銜接鏤花珊瑚。唐文正是六品官，胸前的圖案是鷺鷥，朝冠頂飾小藍寶石，上頂硨磲。

孔雀和鷺鷥對比，顯然前者更為高端大氣，至於朝冠上的寶石，胡不為的那塊紅寶石要比唐文正的小藍寶石至少大出四倍，正所謂人比人得死，貨比貨得扔。三品官和六品官往外這麼一站，差別頓時顯現出來了。

胡不為看到眼前亂成一團的局面，先從人群中找到了自己的寶貝兒子，看到他無恙，頓時就放下心來，從鼻息中冷哼了一聲：「胡鬧！」他的聲音雖然不大，可是中氣十足，一出場就已經將眾人的目光全都吸引了過來。

唐文正關心的是自己的女兒，看到兒子女兒都好端端地站在那裡，也是打心底鬆了一口氣，大聲道：「都給我住手！」他這一嗓子倒是起到了作用。畢竟現場想要動手的都是他們唐家的人，看到老爺子到了，唐家兄妹馬上都冷靜了下來，唐文正在家裡是極有權威的，既然一家之主到了，再大的麻煩都要看父親的處理。

唐輕璇看到父親來了，眼圈兒一紅，嬌軀一擰掙脫開慕容飛煙的懷抱，叫了一聲爹，然後飛奔了過去，撲入父親的懷抱中，頃刻間淚如雨下，她平時性格剛烈強硬，少有在人前落淚的時候，可今天被胡小天一番羞辱，心中委屈到了極點，見到父親前來，所有的委屈和酸楚一股腦湧上心頭，這眼淚就如傾盆大雨一般止不住地流了下來。

唐文正看到女兒哭得如此傷心，眼圈不由得也紅了，他低聲道：「乖女兒莫哭，天大的事情有為父為你做主！」說這番話的時候，他冷冷看了胡不為一眼，意思表達得已經很明顯，你胡不為的兒子幹的好事，今天我一定要討還公道！

唐鐵漢和唐鐵成也湊了上來，要說這倆小子也都不是什麼精明貨色，唐鐵漢粗著喉嚨道：「爹，胡小天那個淫賊，居然強搶我妹妹，咱們不能饒了他！」

胡不為聽到這小子出言不遜，眉頭微微皺了皺，他並未多說什麼，緩步走向胡小天。

慕容飛煙看到戶部尚書迎面走來，慌忙低頭彎腰，小步疾走迎上，這叫以趨致敬，來到距離胡不為還有七尺左右的地方，雙手當胸，微俯首，微動手，微屈膝，這叫女人拜，她只是一個八品帶刀侍衛，在當朝三品大員面前必須要做足禮節。

胡小天看著慕容飛煙的一舉一動，發覺大康的禮節和古時華夏並沒有太多的不同，他的國學知識頗為淵博，看到他們的舉止動作，不知不覺間會拿來對比。

慕容飛煙恭敬道：「京兆府洪大人座下護衛慕容飛煙拜見胡大人！」

胡不為微微頷首，表情溫和道：「想不到胡唐兩家的家務事居然驚動了京兆府！」胡不為老奸巨猾，雖然沒有斥責眼前這位年輕的女捕頭，可他輕描淡寫的一句話卻點出了兩個重點，第一他將今天的衝突定性為家務事，在此前提下京兆府插手就意味著多管閒事。

慕容飛煙道：「胡大人……」

胡不為根本不聽她解釋，舉步從她的身邊走過，顯然沒把一個小小的京兆府捕頭看在眼裡。目光盯住寶貝兒子胡小天，頃刻間變得疾言厲色，怒吼道：「孽障，回頭我再跟你算帳！」

換成普通人十有八九會問到底是怎麼回事？可胡不為才不會犯這種錯誤，眼前看到的一切表明，十有八九道理在唐家的一邊，他可不想在眾目睽睽之下把事情的真相給問出來。如果在這麼多人的面前將兒子強搶民女一事落實，形勢只會變得更加不利，到時候人家要追究，自己肯定要弄得極其被動騎虎難下。

胡小天卻笑眯眯地站在那裡，沒事人一樣，彷彿整件事情跟他沒有一絲一毫的關係。

此時有人嚷嚷道：「去官府論理！」「對！抓他去見官！」「尚書兒子了不起啊！」

胡不為表情古井不波，轉身回到唐文正面前低聲道：「文正兄，你放心，今日之事我一定會查個水落石出，只是現在是不是先讓這幫人散了，如此嘈雜混亂的局面，不乏別有用心之人妖言惑眾，非但解決不了問題，反而會將事情越鬧越亂。」

胡不為所說確是事實，唐文正摟著女兒，心中怒火填膺，可又礙於胡不為的官位，不敢發作出來。他猶豫思量的時候，兩個兒子已經沉不住氣了，唐鐵漢吼道：「什麼叫查個水落石出？事情明擺著的，所有人都看到了，那龜兒子強擄我妹，壞我妹妹清白，此人罪大惡極，不殺此賊決不甘休……」話沒說完呢，唐文正已經揚手甩了他狠狠一記耳光，怒斥道：「混帳東西，那裡有你說話的份兒？」

唐鐵漢活該挨打，一時氣憤將龜兒子都罵了出來，胡小天是龜兒子，豈不等於當面罵胡不為是一隻老烏龜，再加上他嚷嚷胡小天壞他妹子清白，這麼多人全都聽得清清楚楚，姑且不論胡小天到底有沒有壞了唐輕璇的清白，別人以後會怎麼看？就算什麼事情都沒發生，唐輕璇的清譽也難免會受到影響。

這時候京兆尹洪佰齊帶著幾名手下慌慌張張地趕了過來，和他一起過來的還有唐家老三唐鐵鑫。看到眼前情景，洪佰齊暗暗叫苦，胡家和唐家就算怎麼衝突，他也無所謂，可今天慕容飛煙聞訊之後率先帶著幾名捕快來到尚書府，這就不可避免地將他牽連了進來。如果不是慕容飛煙參予此事，洪佰齊才懶得蹚這渾水，你們兩家愛怎麼折騰就怎麼折騰，等折騰完了，打傷了我幫忙送醫，打死了我幫忙收屍，至於孰是孰非，咱們最後再說。京官難當，京兆尹聽起來也算威風，勉強也是一方大員，可放眼這京都，比他官大的不知要有多少，更不用說那幫皇室宗親。在京城做官，方方面面的關係都得照顧到，稍有不慎就不知會得罪什麼人，當真是夾縫裡求生存，舉步維艱。

洪佰齊走過來先跟胡不為和唐文正見了禮，胡不為道：「洪大人，你來得正好，這件事你來處理吧。」

洪佰齊暗暗叫苦，心想你們家的事情怎麼推到了我的頭上，這不是為難我嗎？洪佰齊咳嗽了一聲道：「兩位大人，我看還是讓閒雜人等退下去再說。」閒雜人等指的自然是唐家兄弟倆帶來的那些幫手。

唐文正雖然心中惱火，可頭腦並不糊塗，就算己方占盡了道理，可擅闖尚書府，大打出手也是事實，先讓這幫人散去最好。

唐鐵漢剛剛挨了父親一巴掌，捂著臉正在委屈呢，聽到京兆府尹來到之後馬上就要他們退走，滿腔的怒火頓時被激發了起來，他大聲抗議道：「憑什麼要我們走，今天不給我們唐家一個公道，我們絕對不走！」

人多力量大，再加上多數人都有法不責眾的心理，聽到唐鐵漢這麼說，頓時又跟著起哄。

唐文正真是拿這個兒子有些沒轍，暗罵這混小子不識時務。

此時一個懶洋洋的聲音道：「的確不能放他們走！」

第三章

草亭與朝廷

胡不為彷彿頭一次認識兒子一樣，
內心中震駭和驚喜參半，這真是我兒子嗎？
明明是全面被動的局面，被他幾句話就給徹底改變了，
草亭！朝廷！妙哉！妙到了極點，老子歷經大康兩任皇帝，
為官幾十年，陰人無數，都沒有想出這麼絕妙的主意！

眾人循聲望去，卻見胡小天從那邊走了過來，這貨不知何時弄來了一件藍色長衫穿在身上，只是裡面沒穿褲子，露出兩截光溜溜的小腿，比起剛才更顯得不倫不類。

胡不為也是眉頭一皺，在他看來兒子也不是什麼聰明人，這頭腦還是不正常，只有先將這幫人支走，才好大事化小小事化了，事情鬧大了肯定對他們胡家不利。

胡小天道：「你們這群人，砸了我們家的大門，打了我家家僕，侮辱我胡家清白，詆毀我的名聲，壞事全都讓你給幹了，現在居然想拍屁股走人，天下間哪有那麼便宜的事情！」

唐鐵成的口才在三兄弟之中算最好的一個，他向前一步指著胡小天道：「你信口雌黃，明明是你強搶我妹在先，現在居然惡人先告狀。」

胡小天嘿嘿笑道：「你說我搶她又有什麼證據？」

唐鐵成怒道：「我們都看到了，我妹妹就是證人！」

胡小天指著仍然在冒著火苗的草亭道：「那草亭是不是你燒的？」

唐鐵成看了看那草亭，他也是響噹噹的漢子，幹了就不怕承認，雙目一瞪：「怎樣？是我燒的！」

胡小天道：「你該當何罪？」

唐鐵成道：「不就是破草亭，別說燒了，就算我將這草亭拆了又能怎樣？大不了賠間新的草亭給你！」

胡小天用手指點著唐鐵成：「你真是大逆不道，居然要拆朝廷，還要建一個新的朝廷，這是對大康不敬，你分明這是謀反啊！」人家說的是草亭，他偏偏說成朝廷。

唐鐵成氣得滿臉通紅，怒道：「你敢污蔑我，我說的是要拆了草亭，我何嘗說過要拆了朝廷？」

「諒你也不敢推翻朝廷，瞧你賊眉鼠眼的窩囊樣，你哪有那個膽子！」

唐鐵成那裡經得起他的激將法，怒吼道：「怎樣？老子什麼都不怕，推翻朝廷又能怎樣……」話說到這裡，方才意識到自己著了人家的道兒，頓時呆在那裡。

唐家那邊的人全都嚇得面無血色，天啊，這貨什麼話都敢說。

胡小天手指不停指點唐鐵成：「喔……你果然是個大逆不道的叛國分子，居然要推翻朝廷？」

唐鐵成氣得渾身發抖，大吼道：「我說的是推翻草亭……」

所有人都聽得清清楚楚，還是推翻朝廷。

胡小天攤開雙手一副無能為力的樣子：「大家都聽到了，他要叛國謀反，你們看著辦吧！」

唐鐵成百口莫辯，哇呀呀一聲怪叫，抽出腰間刀就要向胡小天撲上去：「氣死我了，奸賊！納命來……」刀剛剛拔出一寸，就被唐鐵漢給摁了回去，身後唐鐵鑫撲上來牢牢將他抱住，大聲提醒道：「二哥，你冷靜！」

胡小天環視唐家兄弟身後的那幫人：「剛才燒草亭的還有誰？」

面面相覷，無人回應。

「還有誰？」

呼啦一下，一百多人頃刻間散了個一乾二淨，燒草亭大不了就是坐監，可燒朝廷那是要砍頭的，剛才胡小天當著眾人的面把唐鐵成逼得頭腦發昏，連推翻朝廷的話都說了出來，真要是把這個罪名給扣在他腦袋上，那可是要誅九族的，此時不走更待何時。

京兆府尹洪佰齊望著那一百多名鬧事者頃刻間逃了個乾乾淨淨，也沒有讓手下人阻止，他對這件事的處理原則就是儘量把稀泥和好，大事化小小事化了。

那邊唐文正被嚇得七魂不見了六魄，雖然知道兒子是被胡小天給坑了，可推翻朝廷的話斷斷然是不能隨便說出來的，這件事要是傳到皇上的耳朵裡，別說他的官位不保，只怕他們唐家所有人的腦袋都得落地。都說胡不為的兒子是個又聾又傻的癡呆兒，可今日得見，方才知道這小子不但聰明絕頂而且陰險狡詐，壞到了極點，自己兒子的智商跟他簡直是一天一地。同樣是兒子，看看人家是怎麼生的？

胡不為一直沒怎麼說話，其實他腦子裡一直都在盤算如何逆轉之事，事實擺在眼前，應該如何扭轉乾坤，將這個麻煩化解掉。胡小天剛才的那番話不但嚇走了一百多名唐家的幫手，而且將胡不為這位老爹震撼得難以形容。

胡不為彷彿頭一次認識兒子一樣，目瞪口呆地看著他，內心中震駭和驚喜參半，這真是我兒子嗎？混淆黑白，信口雌黃，轉敗為勝，轉危為安，明明是全面被動的局面，被他幾句話就給徹底改變了，草亭！朝廷！妙哉！妙到了極點，老子歷經大康兩任皇帝，為官幾十年，陰人無數，都沒有想出這麼絕妙的主意，這兒子肯定是我親生的，這麼奸，這麼壞，如此陰損的招數都能想得出來，除了我胡不為誰還生得出這種極品貨色，哈哈哈，爽！老天有眼，我胡門有後啊！

雖然唐鐵成說出了推翻朝廷這種大逆不道的話，可洪佰齊在一旁看得明明白白，這傻小子根本就是被胡小天用激將法給繞了進去，洪佰齊對此的看法是怒其不爭哀其不幸。這種時候，老子裝聾子，裝啞巴，只當什麼都沒聽見。

胡不為此時開口道：「洪大人，你看……」他雖然沒說什麼內容，可是關鍵時刻的留白意義非同尋常，這分明是逼著洪佰齊表態。

洪佰齊實在是為難，不說話害怕得罪胡不為，可真要是向著他說話，等於助紂為虐，明擺著陰唐家，正在為難的時候，唐文正說話了。

唐文正不能不說，再不說話，還不知道他兒子給捅出怎樣的漏子來，他低聲道：「胡大人、洪大人，我看咱們還是坐下來搞清這件事再說。」明明是他受欺負了，可他卻主動服了軟，這可不是被胡不為的官威給嚇住，根本是被兒子衝口而出的那句話給弄得被動了，推翻草亭，這小子怎麼就這麼蠢，居然上了人家的當。

胡不為點了點頭道：「大家一朝為官，沒有什麼事情是不能解決的，先把火氣放一放，坐下來說清楚最好不過。」他的意思已經充分表明，今天這件事不用提上公堂了。不管怪誰，你唐文正先服軟要談判的，你只要敢揪著我兒子不依不饒，我就追究你兒子帶人燒草亭的罪責，到時候我在皇上面前將你兒子的這番話原封不動地重複一遍，嘿嘿，就算害你不死，也得讓你們唐家褪層皮。

胡不為將眾人請到前堂，不相干的人大都已經走了，胡不為讓胡小天去換了身衣服，又差遣丫鬟婆子找合適的衣裙給唐輕璇換上，慕容飛煙自然是全程陪同。

等一切安排停當，所有人都來到前廳相聚。因為不是正式審案，所以也就沒了那麼多的規矩，胡不為在左側太師椅上坐了，胡小天老老實實站在他身後。京兆府尹洪佰齊和胡不為平起平坐，慕容飛煙和另外一名捕快立於他的身後。

至於唐文正，以他的官位原本是沒資格和這兩位平起平坐的，可因為今天特殊的緣故，胡不為對他也是格外禮遇，安排他在洪佰齊身邊坐了，唐文正的四個子女全都站在他的身後，唐輕璇換了新衣服，披散的頭髮也重新梳理，這會兒情緒平復了許多，只是一雙美眸哭得紅腫，一時半會兒是無法消褪了。

家僕上茶之後，胡不為端起青花瓷茶盞，蓋碗輕輕在茶盞上掠了兩下，湊在茶盞邊緣啜了口香茗，輕聲道：「今天的事情，咱們還是問個清楚，如果犬子的確有錯，本官絕不偏袒！一定會給文正兄一個交代！」說這話的時候，他冷冷橫了胡小天一眼，將茶盞重重頓在紅木茶几上：「孽障，你有什麼話說？」

胡不為剛剛見識了兒子舌燦蓮花顛倒黑白的本事，所以才會有此一問，先入為主，他要盡可能地給兒子創造先下手為強的機會。

胡不為表面上公正無私，可心中真實的想法確是偏袒回護，只可惜胡小天似乎並不領情，他一雙眼睛直勾勾望著唐輕璇，這唐小妞換了一身衣服還真是漂亮啊，除了脾氣不好，這臉蛋這身段還真是不錯，嘖嘖，比起李家的那個癱子不知要強上多少倍，周身洋溢著青春健康之美，當真是秀色可餐啊！

所有人都發現這貨仍然在色瞇瞇地盯著唐輕璇，唐家人都是怒形於色，胡不為也是頗為無奈，自己這兒子何時變得這麼輕浮？他有些尷尬地乾咳了一聲。

京兆尹洪佰齊道：「賢侄你有什麼話說？」這聲賢侄叫得非常不恰當，洪佰齊出口就有些後悔，這不是等於告訴所有人他想要偏袒胡小天嗎？至少目前這貨還是個嫌疑犯，身為京兆府第一長官，至少在表面上要把這碗水給端平了。

胡不為心中領了洪佰齊的這個人情，向胡小天道：「洪大人的話，你聽到了嗎？」

唐文正一旁看著，心中暗歎，果然是官官相護，今天的事情只怕唐家是要吃虧了，誰讓人家官大，官大一級壓死人，他剛剛已經讓慕容飛煙問過女兒，確信女兒的清白之身仍在，所以這心中的怒氣也就消了三分，只要女兒沒被那惡少玷污，這件事他也不想過於追究。

胡小天道：「這件事唐小姐應該清清楚楚，不如你先說！」

胡不為不由得暗自歎息，估計剛才兒子只是靈光閃現，這麼好的開脫機會給了他，他卻主動放棄，將發言權奉送給了唐輕璇，實屬不智。

唐輕璇咬了咬櫻唇道：「好，說就說，今天我好端端地在翠雲湖騎馬遊覽，是不是你帶著四名惡僕突然衝上來攔住我的去路，害得我馬兒受驚，將我甩了出去？」

胡小天笑瞇瞇看著這小妞，唐輕璇顯然說的不是實話，當時明明是她縱馬在湖畔狂奔，驚擾路人，自己躲避不及，還被她狠狠抽了一鞭子，現在這小妞居然顛倒黑白，信口雌黃，胡小天也沒反駁，靜靜聽她下面怎麼說。

唐輕璇道：「我不幸落入了湖裡，接下來的事情……我……我就不記得了……」她櫻唇一扁，眼圈一紅，兩串晶瑩的淚珠兒順著俏臉滑下，當真是我見猶憐，眼淚是女人最有效的武器，尤其是美人流淚，威力更是非同凡響。連京兆尹洪佰齊也在心中暗罵胡小天，當真是膽大妄為，無恥之極，光天化日之下居然敢欺侮良家女子。

唐鐵漢道：「我妹子不記得，我是記得的，當時我聽說有人欺負我妹子，就帶人從馬市趕了過去，等我趕到現場的時候，看到這無恥之徒……」說到這裡他猶豫了一下。

胡小天嬉皮笑臉道：「你看到了什麼？」

唐鐵漢伸手指著胡小天道：「這無恥之徒讓四名惡僕圍在周圍，把我妹妹橫抱在腿上，還……」

「還怎樣？」胡小天追問道。

唐鐵漢想起當時的情景真是羞於啟齒，一張大黑臉憋成了紫紅色。唐輕璇當時一直都是昏迷狀態，不記得具體發生了什麼，聽大哥這樣說，頓時羞不自勝，螓首低垂恨不能找個地縫鑽進去。她用手搗了大哥一下，示意他別再說下去了，實在是羞死人了。

唐鐵漢道：「我羞於啟齒！」

胡小天道：「那就是什麼都沒看到，你根本是在惡意中傷我！」

唐鐵漢怒道：「我都看到了，你當時把我妹妹的頭塞在你雙腿之間……」這句話說出，頓時滿堂皆驚。

唐文正的一張老臉也變成了紫茄子，雖然吃虧的是他閨女，可他聽到這件事也覺得老臉掛不住，自己的這幾個兒子真是一個比一個蠢笨，這種話哪能當眾說出來，唐輕璇悲悲切切嚎哭了一聲，直挺挺就向後面倒去，慕容飛煙眼疾手快，搶上前去將她抱住，唐輕璇竟然羞憤交加暈過去了。雙眸緊閉，一動不動。

慕容飛煙卻從唐輕璇的呼吸中看出了端倪，唐輕璇應該沒有昏迷，可能是唐鐵漢剛才的那番話讓她實在難堪，所以只能裝暈，躲避眼前的尷尬。

唐文正重重拍了拍桌子，此時不發威，你們還當我唐文正是病貓呢，怒吼道：「真是欺人太甚！」他雙手一拱：「兩位大人，你們可要為小女做主啊！」

胡不為心中暗罵，給你做主，豈不等於要辦我兒子？可事情的發展的確讓他有些頭疼，明明已經對己方有利，可兒子卻將主動權雙手奉送給唐家，真不知道這傻小子葫蘆裡賣的什麼藥？

胡小天道：「我將她的腦袋塞在褲襠裡做什麼？」

唐鐵漢道：「你問我，我還要問你呢！」

胡小天道：「我且問你，當時唐輕璇落水，她不懂水性，究竟是什麼人把她救了上來？」

唐鐵漢被他問住：「呃……這我沒看到！」

胡小天道：「你好歹還算誠實，你沒看到，可現場有不少人看到，我的四名隨從也看得清清楚楚。」他繞到洪佰齊面前，深深一揖道：「洪大人，晚輩想傳我的四位隨從作證！」

唐家老三唐鐵鑫道：「你的隨從當然要向著你說話，他們的證詞肯定不實！」唐鐵漢和唐鐵成同時道：「不錯！」

胡小天轉向唐家兄弟三人：「剛剛你們為唐輕璇作證，我可曾有一言半語的抗議？按照你們的道理，我的隨從會向著我說話，那麼你們這些做兄長的自然要向著你們的妹子說話，你們剛才的那番話肯定是大大的不實，完全是污蔑！」

「呃……」

唐鐵漢急得滿頭大汗道：「大人，我說的都是實話！」

洪佰齊輕輕撫了撫頷下的三縷長髯，輕聲道：「胡公子所說的確很有道理，既然你們可以為唐小姐作證，緣何他的隨從不能出面作證？孰是孰非，孰真孰假，本官還分得清楚。」

胡不為看到兒子已經開始絕地反擊，頭腦之清晰言辭之犀利實在是給了自己不小的驚喜，再看唐家三個兒郎，被兒子弄得張口結舌面紅耳赤，以這三個小子的智慧加起來也不是兒子的對手，胡不為心中暗自得意，索性一言不發靜觀其變。

不多時，胡家的四名家丁一瘸一拐的走了上來，他們在今天的這場衝突中都光榮掛彩，最慘的是梁大壯，鼻青臉腫嘴歪眼斜，被揍得跟個豬頭似的。

四名家丁來到前廳，撲通一聲齊齊跪下，齊聲道：「冤枉啊，大人要給我們做主啊！」

胡不為冷哼了一聲，端起茶盞繼續喝茶，他的表現反倒是像個局外人了。

洪佰齊也沒有讓這幫奴才起身，沉聲道：「你們給我聽清楚，本官接下來的問題你們要老老實實的回答，如果爾等膽敢撒謊欺瞞，本官一定從嚴懲處！」他習慣性地去抓驚堂木，抓到的卻是茶盞，揚起之後方才意識到，只能輕輕落下，目光向胡不為悄悄一瞥，打狗還得看主人，洪佰齊之所以表現出這樣嚴厲，是要給雙方造成自己不偏不倚的印象，嚇唬嚇唬幾個奴才應該沒什麼，他對胡小天這位正主兒可是相當的客氣。

胡不為當然知道洪佰齊是在演戲，也知道洪佰齊看自己的目的是為了徵求自己的意見，他神情平淡依然一言不發。

洪佰齊只能硬著頭皮繼續問下去：「你們老老實實告訴我，當時唐小姐是因何落水，她落水之後又發生了什麼？」

梁大壯歪著嘴巴道：「啟稟青天大老爺，當時那唐家丫頭騎著一匹大紅馬在翠雲湖畔橫衝直撞，我們陪著少爺正在湖邊漫步，看到她縱馬狂奔，我當時想要保護少爺，可那馬兒來得太急，根本來不及了，眼看我家少爺就要被她的坐騎撞上，她及時勒住馬韁，我們本想上去理論，可少爺說了，好男不跟女鬥，既然沒被傷到，這件事就算了，只是不曾想……」梁大壯臉上做出悲悲切切的樣子。

這貨被打得跟豬頭阿三似的，此時做出任何的表情非但引不起任何人的同情，反而看起來非常的可笑。

胡佛跟著道：「我們誰都沒想到那唐家丫頭如此刁蠻，揚起馬鞭照著我們少爺劈頭蓋臉的就是一鞭，少爺伸手一擋……被打得皮開肉綻！」

胡小天搖了搖頭，歎了口氣，恰到好處地擼起衣袖，將他手臂上的那條清晰的鞭痕展示給眾人。

胡不為心中暗贊，好兒子，此時無聲勝有聲，這就叫後發制人，先讓你們唐家信口雌黃，等你們說完，再做出反擊，以事實證據來證明你們的謊言，嘿嘿，居然欺負到我們胡家頭上來了，唐文正啊唐文正，你一個六品馬倌也敢挑戰我的官威，我看你是不想在京城混下去了。

唐文正看到胡小天亮出那條傷痕頓時內心一驚，知女莫若父，他當然知道自己女兒的驕縱脾性，鬧市縱馬本來就是違反律令的事情，如果這幫家丁所說的話屬實，那麼女兒肯定是先抽了胡小天一鞭子，丫頭啊丫頭，你可捅了天大的漏子啊！

唐輕璇原本躺在慕容飛煙懷抱裡裝暈，可聽到這裡再也不能沉默下去了，她突然就睜開了雙眼，把慕容飛煙嚇了一跳，唐輕璇怒沖沖道：「根本就是你們弄了我的馬兒，把我推落水中。」

胡小天心中暗歎，這小妞可真不厚道，老子沒打算跟你計較，可你一個勁地在眾人面前顛倒黑白，不用問剛才暈過去也是裝的，老子看你外表長得青春靚麗卻想不到內心如此險惡，媽媽滴，真要逼我對你下狠手啊！

洪佰齊皺了皺眉頭道：「唐小姐，你可要想清楚，剛剛你說馬兒受驚，你被甩了出去，怎麼現在又說他們將你推落水中？」洪佰齊也是個老油子，他心底是向著胡不為的，抓住唐輕璇言語中的錯處不放，有心將之放大。

唐輕璇含淚道：「大人明鑒，小女子剛剛是羞於啟齒，我哪有在湖邊縱馬狂奔，是他們主僕幾個看到小女子有些姿色，所以生出歹意，他們上前調戲於我，我一個弱女子心中害怕，縱馬想逃，可這個惡少！他……」她伸手指了指胡小天，惡少當然指的就是胡小天。

這唐輕璇顯然也不是個省油的燈，臉上的表情說變就變，淚水如同斷了線的珠串一樣落個不停，那裡還有剛才的彪悍和刁蠻，整一個弱不禁風忍辱負重的柔弱女子：「他……滿口污言穢語，百般調戲……小女子怎麼鬥得過他們五個彪形大漢，急切間才揮鞭自衛……大人啊……」

胡小天冷冷望著唐輕璇，小娘皮的，真看不出謊話說得這麼漂亮，這演技也算不錯，沒有滿分也有八十了，揮鞭自衛？就憑你這點道行還想坑我，真是瞎了你的一雙眼睛。

唐文正怒目圓睜，他是真生氣，在他看來胡小天那邊自然說的都是謊話，女兒肯定句句屬實，這胡家真是欺人太甚。

洪佰齊原本想當個和事老，把稀泥和好，弄個皆大歡喜兩不得罪，可看事情發展的局勢，居然一波三折，狀況百出，還真是很不好辦，他安慰唐輕璇道：「唐小姐，你不要哭，先把事情說清楚。」

唐輕璇來到胡佛的面前，美眸盯住胡佛道：「當時是不是你一棍將我的馬兒捅傷？」

胡佛眼巴巴望著胡小天，他得看少爺的意思。

這種時候胡小天居然還是平靜如故，他笑道：「你只管把實話說出來，你又不是女人，千萬別說謊話！」胡小天的言外之意就是唐輕璇說的全都是謊話，不過他也不急於揭穿，就看這小妞如何表演。

胡佛得了他的允諾，心中再無顧忌，點了點頭道：「是，當時我看到她縱馬要去撞我家少爺，所以我就揚起水火棍，一下捅進了她胯下坐騎的屁眼裡！」這些家僕原本就沒什麼素質，說起話來也是粗俗直白。這話一說，不少人已經忍不住笑了起來，即便是胡不為也不禁莞爾。

唐輕璇羞得滿臉通紅，今天就算能夠爭回這口氣，這臉面也丟盡了，她用力咬了咬櫻唇道：「我的馬兒被他們弄驚了，上躥下跳，將我甩了出去，我這才落入了翠雲湖中，小女子不通水性，幾乎要被他們給害死了……大人，您一定要給我做主啊……」她又抽泣起來。

梁大壯實在是看不過去了，大聲道：「你根本就是顛倒黑白，你落水之後，是我們少爺把你從湖水中救了上來，你有沒有良心？」

唐鐵漢道：「你們才是顛倒黑白，當時是不是你們劫持我妹妹，胡小天，是不是你用匕首抵在我妹妹的脖子上，威脅我們把馬給你們，然後你們搶了我妹妹就逃往尚書府？」

梁大壯道：「當時你帶了幾百號人過來圍攻我們，少爺要是不那麼做，我們此刻已經被你們剁成肉泥了。」

唐鐵漢道：「我們是想救人，根本沒想過要殺你們！」

梁大壯還想說什麼，胡小天做了個手勢制止住他們說話，輕聲道：「你們先下去吧！」

四名家丁望著胡小天，目光中充滿了不解之色，真是搞不懂這位少爺，需要他分辯的時候居然一言不發，難道真要把這個黑鍋給背下來不成？

等到四人離去之後，胡小天緩步來到唐輕璇面前，望著她道：「唐小姐，你說我在翠雲湖邊調戲你？」

唐輕璇看到他來到自己近前，一雙朗目盯住自己的眼睛，心中不由得有些發慌，點了點頭道：「你此刻不承認了？」

胡小天道：「你的確有些姿色，可你覺得自己的姿色是不是到了傾國傾城，舉世無雙的地步，讓我按捺不住心頭欲望，非得要當街調戲的地步呢？」

唐輕璇當然不認為自己長得舉世無雙，黑長的睫毛垂落下去：「你什麼壞事幹不出來？」

胡小天哈哈大笑，他轉向慕容飛煙道：「慕容小姐，你和唐小姐關係不錯，她應該是會武功的，而且武功相當不錯，我對武功一竅不通，我的四名隨從武功也是稀鬆平常，照你看，就算我們五個人合力，打不打得過唐小姐？」

慕容飛煙心想你幹嘛問我？她剛才親歷了那場混戰，看得清清楚楚，胡小天肯定是不會武功的，唐輕璇是她的閨中密友，她對唐輕璇的武功是瞭解的，和自己在伯仲之間，真要是打起來，唐輕璇對付十多名大漢也不成為問題。她低聲道：「唐小姐不通水性！」她這句話等於變相承認了唐輕璇如果沒有落水，胡小天那幫人是打不過她的，退一萬步來說，唐輕璇就算不能打贏，自保也沒什麼問題。

胡小天道：「唐輕璇落水之後，到底發生了什麼她已經完全不記得了，是我把她從水中救了出來，現場圍觀的人很多，不難找到證人。」

京兆尹洪佰齊緩緩點頭。

胡小天又道：「唐鐵漢說我將她妹子的頭塞在我雙腿之間，的確有這件事，可當時的情況是，她喝了一肚子的湖水，我用膝蓋抵住她的腹部，擠壓她的後背，好將她肚子裡的湖水給擠出來，唐輕璇，你仔細想一想，當時我是不是穿著褲子？」

唐輕璇想不到他居然問出了這麼寡廉鮮恥的問題來，她紅著臉道：「你當時自然是穿著褲子！」說完這句話，馬上意識到自己可能著了他的道兒。

胡小天笑道：「我穿著褲子，把她的頭塞在雙腿間能幹什麼？唐鐵漢，你以為我在幹什麼？」

「這……你……」

胡小天道：「你一定是以為我逼迫你妹妹用嘴幫我做那種事……」

「我沒有，我沒有想過我妹妹用嘴幫你做那種事……」兩人一問一答，雖然沒有明說做的到底是哪種事，可現場每個人都心知肚明，所有在場的女性都聽得那是臉紅心跳，唐輕璇羞得恨不能一頭撞死過去，我的傻哥哥啊，你可真是夠蠢的，怎麼那麼容易上這壞人的當啊！

「你撒謊，你敢對天發誓，你若是那麼想過，你唐家滿門上下不得好死！」

唐鐵漢張大了嘴巴，他可不敢發這種毒誓，一時間僵在了那裡。

唐文正看到兒子被逼得連話都說不出口了，暗罵兒子沒用，又惱怒胡小天出言不遜，他冷哼了一聲道：「胡大人！」提醒胡不為他兒子說話實在是太過分了。

胡不為此時的心情如同三伏天喝了冰鎮綠豆湯一般酣暢淋漓，一連叫了十幾個爽字，明明看到唐文正氣得臉色鐵青，也聽到他叫自己，只當什麼都沒看到什麼都沒聽到。

胡小天步步緊逼不給唐鐵漢任何喘息的機會：「你有沒有那麼想過？」

唐鐵漢被他逼急了，衝口道：「是，我是那麼想過！」現場響起一陣驚呼之聲，幾位長者緩緩搖頭，顯然對唐鐵漢失望之極。唐輕璇這會兒腦子裡完全是一片空白，感覺自己從頭髮根到腳趾甲全都麻木起來了，到底在想什麼做什麼她都不知道了。

胡小天張大了嘴巴，看樣子驚奇的幾乎可以塞進去一個鴨蛋，他大聲道：「你有沒有人性啊，這麼想我倒還算了，居然這麼想你親妹妹，真是小人之心度君子之腹！」然後向京兆尹洪佰齊躬身行禮道：「洪大人，事情已經清楚了，根本就是這唐鐵漢心胸骯髒齷齪，所有謊言都是他製造出來的。」

唐鐵漢被呵斥得無言以對，憋了半天方道：「你劫走我妹妹是不是事實？」

胡小天道：「你帶了那麼多人過來，口口聲聲叫我淫賊，要把我殺之後快，我要是不走，難不成站在那裡等著你砍我？」

「可是你劫持我妹……」

「我打不過你，我解釋你又不聽，只有用這種方法才能讓你乖乖聽話。」

「可你為什麼要把我妹妹劫到這裡來？不是意圖不軌是什麼？」

胡小天哈哈大笑：「問得好！」他向唐鐵漢走了一步，雙目炯炯盯住唐鐵漢道：「如果我說我和你妹妹之間清清白白的，你相信嗎？」

唐鐵漢怒道：「鬼才相信你！」剛一說完，馬上又明白自己又被他給陰了，氣得黑臉又變成了紫色。

胡小天笑道：「看來你巴不得我對你妹妹做出不軌之事！」

「你放屁！你就是個淫賊！」唐鐵漢被氣得暴怒，揚起醋缽大小的拳頭恨不能狠狠一拳砸扁胡小天這張可惡的面孔。不怕神一樣的對手，就怕豬一樣的隊友，唐鐵漢不說話還好，他越說話越亂，越說搞得形勢對己方越是不利。

胡小天道：「說我淫賊，唐輕璇，你來尚書府之後，我可曾對你做過半點非禮之事？」

唐輕璇無言以對，這廝的口才實在是太厲害，明明是自己占盡了道理，怎麼搞到現在反而是自己有些理屈詞窮了。

慕容飛煙道：「大人，唐小姐還是一個雲英未嫁的女孩子，有些話實在是羞於啟齒。」

胡小天道：「她未嫁，我還未婚呢，她在乎名節，我一樣在乎清譽，你們唐家口口聲聲叫我淫賊，說我對唐輕璇不軌，說句不客氣的話，我把她帶到這裡，有大把的時間可以行不軌之事，我有沒有做過？唐輕璇，你告訴他們，我有沒有對你做過不軌之事？」

唐輕璇被他問得啞口無言，一時間憋屈到了極點，嚶地一聲哭了起來。

唐文正看到女兒被他逼成這個樣子，再也按捺不住心頭的火氣，怒道：「胡大人，還請你家公子口下留德！」

胡不為道：「我的兒子我自會教訓，小天，你當著大家的面說說清楚，你到底有沒有對唐家小姐做出什麼不軌之事？」胡不為這會兒心頭這個暢快，一幫不開眼的東西，居然惹到我們胡家來了，老子是個奸雄，兒子也不是善類，犯到了我們手裡，算你們倒了八輩子楣。

胡小天道：「孩兒不知道什麼叫不軌之事，人不一樣，看世界的眼光不一樣，衡量善惡的標準也不一樣，孩兒只知道何謂好事何為壞事，真是不懂什麼叫不軌之事，唐小姐，不如你教教我，怎樣行不軌之事。」

咚！唐輕璇直挺挺躺倒在了地上，這次是真被氣暈了過去，因為所有人都把注意力集中在胡小天的身上，都沒能及時做出反應。

唐文正衝上去抱起女兒，老淚縱橫道：「女兒啊……你醒醒，你醒醒……」

唐家三兄弟氣得衝上前要和胡小天拚命。

胡小天有恃無恐，京兆尹洪大人在這裡，諒這三個傻小子也翻不起多大的浪花，慕容飛煙慌忙將他們三人給攔住。

唐文正對女兒又是掐人中又是晃膀子，總算把唐輕璇給喚醒過來，她悲悲戚戚叫了一聲：「冤枉……爹爹……我要回家……」此時唐輕璇只覺得自己如同被人扒得體無完膚，什麼顏面自尊都沒有了，她心中只想著回家，越快逃離這裡越好，剛才還想著討回公道，現在只求這惡棍不再找自己的麻煩就好。

洪佰齊歎了口氣道：「兩位大人，且聽我一言！」

胡不為占盡上風，自然擺出高姿態，微笑道：「洪大人請講！」

唐文正也沒反對，緊緊抱著女兒，心中黯然，勢不如人，多說無益，女兒的清白沒有壞在這惡少的手裡已經是不幸中的大幸，至於其他反而沒那麼重要了。

洪佰齊道：「我看這件事應該是一場誤會，年輕人血氣方剛，一言不合大打出手，我為官多年，這種事情見得多了，還好咱們及時趕到，沒有鬧出什麼差池。既然大家都沒有什麼損傷，我看這件事不如就此作罷。」

唐文正雙目之中充滿憤怒的光芒，可當著兩位大官的面他又不敢公然發作。

胡不為占盡了便宜，只是笑瞇瞇聽著，一言不發。

洪佰齊道：「不知兩位大人意下如何？」

胡不為輕聲歎了口氣道：「大家同朝為官，一殿為臣，咱們切不可因為這件小事而傷了和氣，姑且不論今天的事情因何而起，犬子將唐小姐帶到家中原本就是他的不對，這件事原是怪我們胡家多一些。」他雖然做出讓步，可這番話根本沒有承認錯誤的意思，先說事發原因不明，又說他兒子將唐輕璇帶到家中。

唐文正聽得真切，心中暗罵，老賊！明明是你那個惡子將我女兒擄到這裡，怎麼又說帶到這裡了，顛倒黑白，混淆是非，奸人！我唐文正羞與爾為伍。

胡不為道：「今日所有的損失都算在我的身上。」他轉向胡小天道：「小天，還不快給你唐伯伯道歉！」他這麼一說，等於是宣佈這件事到此結束了。

唐家三個兒子自然不同意這種處理方法，想開口卻被父親的目光制止。

胡小天緩步來到唐文正面前深深一躬：「唐伯伯，侄兒年輕，如有冒犯之處還望多多擔待！」

唐文正勉為其難地點了點頭，他連一刻都不想在胡府逗留，起身道：「胡大人、洪大人我還有事，告辭了！」拱了拱手，話都不多說半句轉身就走。唐家兄妹看到父親走了，自然也跟著一起走了，唐鐵漢、唐鐵成兩兄弟被胡小天憋了一肚子的窩囊氣，兩人臨走之前恨恨指了指胡小天。

胡小天笑嘻嘻道：「草亭的事情怎麼說？」

兩兄弟聽到他又提起燒草亭的事情，嚇得轉身就逃。

洪佰齊看到今天的事情已經大事化小小事化了，心中暗自欣慰不已，他也沒有繼續逗留，收了人馬，跟胡不為寒暄了兩句，也告辭離去。

胡不為將洪佰齊送走，望著狼藉一片的後院，不由得搖了搖頭。

胡小天不知何時來到了他的身邊，望著已經燒成灰燼的草亭，嬉皮笑臉道：「爹，草亭的事情難道就這麼算了？」

胡不為突然伸出手去，狠狠揪住他的耳朵：「孽障，看你幹的好事！」

胡小天慘叫道：「疼，疼！撒手，撒手！」

胡不為鬆了手，又伸掌在他腦後輕輕拍了一記，不是真打，雖然口中罵著兒子，可眼神中卻充滿慈愛，今天兒子的表現實在是讓他喜出望外，他從沒有想過，癡呆十六年的兒子清醒之後居然能夠迸發出這麼強大的力量，剛才的表現真可謂是光芒四射技驚四座。胡不為望著已經成為灰燼的草亭道：「草亭、朝廷！你這頭腦倒是靈光。」

胡小天不免有些得意，何止靈光，我兩世為人，真要陰起人來只怕你這個當爹的也不是我的對手。

胡不為道：「你有沒有想過，假如別人以彼之道還施彼身，說我們父子在家裡私設草亭，這是不是大逆之罪？」

胡小天還真沒有想到這一層，胡不為的提醒如同兜頭潑了一盆涼水，頃刻間胡小天的後背佈滿冷汗，幸虧今天面對的是頭腦並不怎麼靈光的唐家兄弟，如果換成一個老奸巨猾的對手，恐怕偷雞不成蝕把米，自己畫的圈兒把自己給圈進去了？

胡不為拍了拍兒子的肩膀，意味深長道：「天威難測，天子腳下有些話斷斷是不能亂說的。」

胡小天恭恭敬敬道：「孩兒謹記父親的教導！」

胡不為道：「今天的事情我雖然沒有親見，可通過你們的描述我也瞭解不少，你救起那唐家小姐，本可以全身而退，卻為何非要將事情鬧到這種被動的地步？」

「孩兒也不想，只是當時的形勢所迫，由不得孩兒做主！」

胡不為歎了口氣道：「今天的事情雖然暫時平息，但是我看唐家離去之時充滿怨恨，相信他們絕不肯善罷甘休，你以為應該怎樣做？」胡不為有生之年還是第一次徵求兒子的意見，他並不是真正想聽兒子的看法，而是借著這件事考驗一下自己兒子的智慧。

胡小天可沒有想得那麼長遠，低聲道：「人不犯我我不犯人，他們從此要是井水不犯河水，相安無事還罷了，如果他們膽敢惹事，我絕不會放過他們！」

胡不為緩緩搖了搖頭道：「需知即使是一顆小小的釘子，一樣可以扎破你的足底，既然看到了這顆釘子，就一定要在它扎破你的腳心之前將他拔除，而不是扎破腳之後再想著如何處理，這就是未雨綢繆，想要走得長久，就要儘早清除一切可以給你帶來麻煩的東西。」

胡小天睜大了雙目，望著這位老爹，心中暗忖，我這個老爹夠陰夠狠啊，看來十有八九是個奸臣啊！

胡不為拍了拍他的肩膀，語重心長道：「今天的事情表面上雖然已經解決，可到底以後會造成怎樣的影響我們是無法掌控的。我剛剛幫你和李家小姐定親，這件事若是傳出去，人家會作何感想？」胡不為對此還是有些擔心的。他的親家是劍南西川節度使、西川開國公、食邑三千戶的李天衡，那可是不折不扣的封疆大吏，更是太子龍燁慶的紅人，兩家的聯姻可謂是強強聯手，胡不為這場婚事極為重視。他並不知道胡小天才不怕事情鬧大，也不怕惡名散播，在胡小天的心裡，李家要是因此而退婚再好不過，自己也省得守著一個癱瘓病人過上一輩子。

胡小天道：「爹，我聽說那李家姑娘是個殘疾，下肢癱瘓，而且生得奇醜無比！」

胡不為道：「那李家的姑娘我也未曾見過，聽說腿腳的確有些不方便，可人家養在深閨，真正的模樣外人何曾見過，說她奇醜無比，肯定是以訛傳訛。」空穴來風未必無因，胡不為知道傳言應該不會有錯，可在兒子面前還是儘量安慰。

胡小天心中暗忖，看來癱瘓已經是事實了，有沒有搞錯，你是我爹，怎麼能把自己兒子往火坑裡推？看來這位老爹也夠冷血的。胡小天道：「爹，我不想守著一個癱瘓病人過一輩子，要不，咱們把這門親事給退了……」

胡不為聽到他這樣說，頓時勃然大怒：「混帳！男子漢大丈夫一諾千金，為父和李大人定下婚約之事天下皆知，你讓我悔婚，我還有何顏面面對聖上，面對眾位朝臣，又有何顏面面對天下百姓？」

胡小天道：「拉倒吧，婚姻是兩個人的事情，跟外人有什麼關係？我連李家姑娘什麼樣子都沒見過，您就要把我們兩人硬拉到一起，這也太荒唐了吧，您是我爹啊，有沒有想過我的感受？」

胡不為道：「婚姻大事，豈能兒戲，父母之命，媒妁之言，胡家和李家都不是尋常人家，一舉一動不知為多少人注目。這件事為父代你定下來了，不容更改！」

胡小天心中暗歎，說什麼父母之命媒妁之言，壓根是你把我當成政治資本給押出去了，我的個人幸福，我的感情生活你根本就不關心，他對胡不為之前的那點好感頃刻間散了個乾乾淨淨，冷冷道：「既然你代我定下來了，不如你代我娶了李家姑娘回來，連入洞房也一併入了可好？」

胡不為萬萬想不到這臭小子居然說出這樣大逆不道的話，氣得直翻白眼，手指著胡小天，抖得跟篩糠似的，好半天才罵了一句：「不肖子，真是氣死我也……」

胡小天才不怕他氣死，轉身回房去了。

胡小天回到房間也是心中惱怒，偏偏這會兒梁大壯湊了過來，一臉獻媚之色：「少爺，你剛才真是英明神武，智勇雙全，王霸之氣，大殺四方，在您的面前那幫無膽鼠輩只有抱頭鼠竄的份兒，您知不知道，現在您已經成了我們全體家丁的偶像！我對少爺的敬仰如同長江之水滔滔不絕，願為少爺赤膽忠心、鞠躬盡瘁、死而後已！」

要說梁大壯的馬屁功夫絕對不弱，不然也不會在尚書府諸多家人之中脫穎而出，被胡不為選中，成為胡小天的貼身家丁。只可惜梁大壯拍錯了對象，胡小天跟這一時代的任何人都不同，梁大壯認為放之四海皆準的馬屁功夫到了人家這兒偏偏是沒有效用。

胡小天嘿嘿一笑，笑容明顯透著敷衍，梁大壯跟著笑，笑得自然尷尬。

胡小天望著這廝豬頭一樣的面孔，嘿嘿笑道：「大壯啊，我既不是瞎子，也不是聾子，你的忠心我是看得到的。」

梁大壯心中竊喜，小主人說這話應該是賞賜自己的前兆，姥姥滴，我卑躬屈膝奴顏媚骨的這通馬屁沒有白費，這付出總會有回報的，他深深一躬道：「奴才為少爺鞠躬盡瘁死而後已！」

胡小天道：「唐家小妞追殺我的時候，那幫沒良心的狗奴才一個比一個逃得快，唯恐避之不及，當時只有你主動衝出去替我擋劍，讓我很是感動！」

梁大壯眨了眨眼睛，心想孫子才心甘情願的替你擋劍呢，當時明明是你把我推出去的，他垂首躬身道：「奴才當時心中只想著保護少爺平安，其他的事真沒有想過，只要少爺平安，就算我犧牲性命又有何妨！」這貨連自己都被自己感動了，小眼睛紅紅的，只差沒把眼淚掉下來了。

胡小天搖了搖頭：「你雖然忘了，但是我不會忘！」

梁大壯愣了一下，滿臉迷惘道：「少爺指的是？」然後他就看到一個拳頭在自己的眼前放大，蓬的一拳砸在他的右眼上，打得梁大壯眼冒金星，然後聽到胡小天不緊不慢道：「我操你大爺！」

梁大壯在胡小天的一通痛揍下，抱頭鼠竄，一邊逃一邊哀嚎著：「少爺饒命，少爺饒命……我是罵唐輕璇的……」

胡小天把梁大壯給揍出門外，心中舒坦許多，不過內心的火氣仍然沒有完全發洩出來，於是來到院落中，對著幾個沙袋又是拳打腳踢，直到累得大汗淋漓，方才來到後院按照他的設計挖好的游泳池內，脫光衣服，撲通一聲跳了下去。

第四章

尚書是狗

現場鴉雀無聲，今天文人墨客雲集一堂，
誰都不是傻子，胡小天的這番話誰都能聽得明白，
他以同樣的方法回擊了吳敬善，分明在說尚書是狗，
眾人在暗贊這廝答得精妙的同時，又不免暗暗心驚，
這小子究竟是何許人也？居然敢當眾羞辱禮部尚書。

胡不為站在博軒樓上，遠眺著兒子的一舉一動，表情顯得頗為無奈，胡天雄悄悄來到他的身邊，恭敬道：「大人。」

胡不為嗯了一聲，他並沒有轉身，仍然看著在池塘中劈波斬浪的兒子，心中實在是有些納悶，兒子傻了十六年，清醒之後不但突然學會了說話，而且還學會了游泳，這等奇怪的事情實在是於理不合。雖然奇怪，但是胡不為從來沒有懷疑過這兒子不是自己親生的，從小到大都是在他的眼皮底下長大，這眉眼，這頭腦絕對是自己的種。

胡天雄不敢打擾他，靜靜在他的身邊站著。

過了好一會兒，胡不為方才道：「打聽的情況如何？」

胡天雄道：「少爺的確救了唐輕璇，不過當時也的確是少爺在眾目睽睽之下將她搶進府來。」

胡不為緩緩點了點頭道：「窈窕淑女君子好逑，兒大不由爺，這樣的年紀的確應該娶妻生子了。」

胡天雄道：「大人，雖然這件事已經解決，可是外面有很多的流言蜚語，都說少爺仗著您的權勢強搶唐家的女兒。」他頗得胡不為的信任，所以有些話可以在胡不為的面前暢所欲言。

胡不為歎了口氣道：「眾口鑠金積毀銷骨，人言可畏啊，回頭我寫一封信，你親自去西川一趟，給李大人送過去。」

胡不為最擔心的，就是這些流言蜚語傳到了西川李家，李家的女兒雖雙腿癱瘓，可畢竟出身名門，以李天衡的地位是相當重視顏面的，如果聽說他的未來女婿在京城做出強搶民女的事情，還不知要作何反應？

胡天雄道：「老爺，西川距離京城有三千多里，這件事未必傳得到那裡。」

胡不為道：「若要人不知除非己莫為，這世上永遠都不缺乏搬弄是非落井下石之輩。」想起唐文正離去時憤怒鬱悶的眼神，胡不為就意識到唐家絕不會輕易咽下這口氣。胡不為做官多年，單單在這京城中得罪的人就不計其數。可以想像得到，他的政敵得到了這個消息肯定是如獲至珍，不會放過這個詆毀報復自己的機會。

胡家和李家聯姻出於何種目的，其實大家都看得清清楚楚，如果他們這樁婚事順順利利的完成，那麼無論是胡不為還是李天衡都能從中獲得巨大的利益，一個是掌管大康財政大權的戶部尚書，一個是屯兵西南雄霸一方的封疆大吏，兩家的結合必然會讓他們的政治影響力更上一個臺階，不知要有多少人眼紅他們之間的聯盟呢。

看著兒子剛剛的那通瘋狂發洩，胡不為當然明白兒子對這場婚姻是不滿意的，沒有人願意娶一個奇醜無比下肢癱瘓的女人為妻，這對他的兒子來說畢竟殘忍了一些。可婚姻並非兒戲，是需要理智和現實的，不僅僅要看對方的自身條件，更要評估對方的家庭條件，李天衡的女兒就算再醜，也不會愁嫁，據說他們家的門檻早已被說媒的人給踏平。

胡天雄道：「大人，少爺病情漸漸痊癒，為何不給他謀個一官半職？」

胡不為經他提醒，目光不由得一亮，不過旋即又黯淡了下去，他對兒子是否完全痊癒仍然沒有把握，驚喜來得太快會讓人有些消化不良，不過今天兒子的表現已經大大將他震駭，胡不為雖然驚喜可心中仍然保持著絕對的理智，也許今天的表現只是靈光一閃罷了，低聲道：「他大病初癒，還是讓他休息休息再說！」

翠雲湖搶親事件發生之後，胡不為明顯增強了兒子身邊的警衛，除了原有的四名家丁之外，又給他新派了兩名護衛，一個名叫李錦昊，一個名叫邵一角，據說兩人都是以一當十的好手。

胡小天在提出退婚遭到父親的拒絕後，也沒有再向他提起這件事，他的心理學碩士可不是白拿的，從胡不為的表現他已經看出，胡不為是個堅定而固執的人，未達目的不擇手段，政治利益高於一切，自己這個傻兒子只是他前進道路上的一個工具罷了，任何親情都要為他的政治前程讓路，既然無法改變，何必徒增煩惱。

有時間還是多多享受人生，於是胡小天將自己的多數時間都用來健身和學習，胡小天並不是個天生學習狂，他重生之後，對於前世繁忙的工作甚至都懶得回憶，他就想當個普通人，當個無憂無慮的富家子，可他終於發現任何人都會有煩惱，即便是再來一次也還是如此。

他學習的東西在當今的時代非常重要，比如大康的禮儀，比如這片對他而言頗為新奇的大陸。甚至於騎馬射箭這種事，他也要跟著學習，這些和他以後的生活息息相關，一個人想好好地活下去，首先就要學會自保，學習射箭的目的是為了提升武力值，至於學習騎馬，那是為了方便逃跑。

胡不為有太多的政事要去處理，終日早出晚歸，胡小天和他少有見面的機會，父子間的交流一直都很少。日子就這樣一天一天的過去。

尚書府的後門重新修好，花園也整修一新，已經看不出當日被打砸後的狼藉情景，只是園中的草亭沒有重建，皆因胡小天用來混淆視聽，誣陷唐鐵成謀反的那番話。胡不為從中得到了啟示，這不起眼的草亭存在下去，不知何時就會成為一個天大的麻煩，私設朝廷可是滿門抄斬的滔天大罪。

胡小天本想學習騰空一躍前空翻後空翻再加轉體七百二十度的花哨身法的，可惜胡家最擅長輕功身法的胡天雄去西川辦事了，據說他此行的原因和自己還有些關係。

這兩天胡不為被聖上欽點，陪同前往東都散心，胡夫人又去了金陵娘家探親，尚書府內只剩下了胡小天一個。沒了父母的約束，胡小天的日子過得倒也逍遙自在，每天不是在家中鍛煉身體，就是帶著一幫家丁前往京城各處遊覽閒逛，反正又不用上班，也不愁沒有錢花，當官二代最大的好處就是無論做任何事都不用操心結帳的問題，以胡家的地位和財力，他這個二世祖渾渾噩噩的混上一輩子也應該沒什麼問題。

看到老管家胡安帶著小廝擔著兩擔新鮮的粽葉進來，胡小天忽然意識到馬上就是五月初五了，大康一樣有端陽節，他幾天前剛剛翻看過歷史，方才知道這片土地上一樣產生過《楚辭》《離騷》這樣偉大的作品，一樣有過一位偉大的愛國詩人屈原，這位詩人一樣生在楚國，最後一樣是報國無門滿心鬱悶的投入了汨羅江。

胡小天懶得去想兩段歷史的聯繫和差異，他只想舒服服服的活著，逍遙自在的多混上幾個端陽節。

胡安看到這位古怪的少爺，恭恭敬敬走了過來：「少爺，今兒起得這麼早！」其實尚書府上上下下都認為這位少爺自從清醒之後變得異常的古怪，可每個人只能把自己的看法放在心裡，沒有人敢公開說出來。

胡小天笑了笑：「太陽都曬屁股了，不早了！」

胡安陪著笑：「少爺，今兒去哪裡玩啊？」無所事事遊手好閒，性格古怪，喜怒無常，瘋瘋癲癲，這就是胡府家人對胡小天的評價。

胡小天打個哈欠：「沒想好，京城好玩的地方好像都去過了，只是皇宮還沒去過，不知道要不要門票？」

「門票？」胡安聽得一愣。

胡小天知道自己失言了，在這個時代是沒有門票概念的，無論多美的景區，大家想進就進，根本就沒有門票這一說法。

不過胡府的家人大都已經習慣了這位少爺的奇怪言行，胡安笑道：「少爺，皇宮可不是隨隨便便出入的地方，您要是想去，等將來有了一官半職，自然可以入宮面聖。」

胡小天懶洋洋道：「皇宮也沒什麼看頭，陰森森的不見天日，我看這大康皇宮比起故宮也大不了多少。」

「故宮？」胡安明顯有些一頭霧水了。

此時守門家丁過來稟報：「少爺，戶部侍郎徐正英徐大人來了。」

胡小天跟這個徐正英倒是打過一兩次照面的，戶部侍郎徐正英是他老爹胡不為的副手，戶部只有一個尚書也就是一把手就是胡不為，還有兩位侍郎，徐正英就是其中之一，戶部侍郎是副手，徐正英在戶部的權力排名老三，他負責主持大康鑄造和發行錢幣，錢法堂和寶泉局都歸他分管。徐正英也擅長鑽營之道，平日裡有事沒事都會過來胡府走動，名為議事請教，實際目的卻是為了拉近和尚書之間的關係。不過他雖然走動頻繁，可是和胡不為之間的關係卻始終難以處到推心置腹的地步，胡不為這個人的疑心很重，對待他這位下屬始終是不即不離。

胡小天雖然認識徐正英，但是跟他之間從沒有聊過什麼。他向家丁道：「跟他說，我爹陪皇上去東都了。」

那家丁道：「徐大人這次是來求見少爺的。」

胡小天微微一怔，他和徐正英可沒什麼交情，轉念一想，徐正英身為戶部侍郎不可能不知道胡不為的去向，他在此時登門求見，說不定就是為了避開胡不為，難道這廝的目的是想找自己辦事？曲線救國？既然有求於自己就少不了好處，嘿嘿，看看這廝送什麼禮物倒也無妨。

胡小天想了想道：「請他去觀荷亭說話！」

觀荷亭是建在尚書府後院池塘邊的一座八角涼亭，四處綠草如茵，垂柳依依，鶯鳴燕囀，荷葉嫩綠，還沒有完全舒展開來，打著卷兒，在微風中輕輕搖曳，荷葉的香氣和著清涼的水氣，沁人心脾，讓人心曠神怡。別的不說，單單是這後院就要比過去社區的公眾花園大多了。

徐正英今年四十三歲，正四品官階，他身高七尺，體型微胖，今天穿著一身灰色便裝，身後還跟著一位青衣小帽的家丁。這年月，身邊不帶一兩個隨從還真不好意思出門。

胡小天看到徐正英過來，起身相迎，遠遠向他作了一揖，畢竟徐正英是他老爹的同事，起碼的禮節還是要照顧到的：「徐叔叔好，侄兒有失遠迎還望見諒。」這貨從面相上還是蠻乖巧的，一舉一動透著禮貌。

徐正英心想這小子夠虛偽，明明是你約我來這裡見面，還說什麼有失遠迎的客套話，你根本就沒想出去迎我。不過徐正英是不會覺得胡小天失禮的，胡不為是他的頂頭上司，在他的眼裡，頂頭上司兒子的身上與生俱來就有一圈高貴的光環，官威架子，那是擺給別人看的，在尚書公子的面前一定要謙虛低調。徐正英哈哈大笑，上前一步親切無比地抓住了胡小天的手。

胡小天還真是有些不適應，我曰，老子跟你很熟嗎？加起來見了沒有兩次面，連一句完整的話都沒說過，就跟我牽手，你這老傢伙臉皮也忒厚了一些。

徐正英絕對是個自來熟，拉著胡小天的手就不放，一雙小眼睛瞇縫著盯住胡小天道：「賢侄，我聽說你身體虛弱，近日剛巧有朋友從燕國給我帶來了一支千年山參，所以我特地送過來給賢侄補補身子。」

他的家丁將手中的一個錦盒遞給徐正英，徐正英端著錦盒雙手呈上，正四品的戶部侍郎給胡小天這個身無一官半職的政治白丁送禮，而且表現得如此恭敬，這貨也算能夠捨開這老臉。

胡小天早就預見到徐正英此來肯定是為了跟自己拉近關係的，他心中頗感好奇，千年山參哪有那麼容易找，那可是價值連城的寶貝。可轉念一想，現在不能用過去的價值觀來衡量一切，也許在大康人參就是個蘿蔔價，胡小天也明白，既然人家能夠登門送禮，這份禮物肯定是價值不菲。

接過包裝精美的錦盒，按捺不住心中的好奇，當著徐正英的面就將錦盒打開，卻見裡面躺著一棵尺許長的山參，胡小天雖然主業是西醫，但是對中醫藥也有些研究，有一首詩作專門用來鑒別人參的品相——星點蘆細毛毛艼，人字菱形短雞腿，深兜紋粗錦緞皮，龍纏鬚上綴珍珠，健壯小巧蘆鬚長，輕如海綿野山參。意思就是好人參必須蘆長鬚長身子短；參體最好為菱形；人參外皮的紋路要多而深；鬚和蘆都很長，鬚上有一個個小小的珍珠艼；身子必須要輕，不是越重越好。

這棵人參的參頭很多，粗略一數大概有十二個，按照一百年分一個頭的說法，可以初步推斷這顆人參的歲數大概有一千二百年了。胡小天心中暗忖這老傢伙應該沒蒙我，這根人參的品相還真是不錯，千年老參來之不易，肯定值老錢了。

他笑瞇瞇將錦盒蓋上，重新遞還給徐正英道：「徐叔叔，您真是太客氣了，這麼貴重的禮物我可不敢收。」

徐正英重新將野山參推了過去，故意裝出不開心的樣子：「賢侄，我和你父親相交莫逆，親如兄弟，在我眼中，你跟我親生骨肉也沒有任何的分別，你病了這麼些年，久病初癒，身體需要進補，只要你的身體能夠恢復康健，別說區區一棵人參，就算要你徐叔叔的心頭肉，我一樣肯割給你！」

胡小天心中暗罵，這根本就是占我便宜啊，給你當兒子，你願意我也不願意，胡小天發現這邊拍馬屁絕對是一種時尚，家丁如此，官員也是如此，徐正英剛剛的這番話實在是肉麻到了極點，胡小天聽得雞皮疙瘩都起來了，可這貨仍然說得面不改色，情真意切，能對一個晚輩如此卑躬屈膝，臉皮絕不是一般啊。

胡小天雖然明白禮下於人必有所求的道理，可想想老爹非要安排一個癱子給自己當老婆，自己索性幹點壞事給他惹點麻煩，你不讓我舒坦，我也不能讓你自在，有了這種想法，胡小天就嘿嘿笑了一聲道：「既然徐叔叔一番美意，那我只好卻之不恭了。」其實他早就想，剛剛的推讓只是惺惺作態罷了。

徐正英認識胡小天的時間不短，但是跟這小子的確沒怎麼交流過，京城誰不知道戶部尚書胡不為生了一個傻兒子，也就是半年前突然傳出胡不為的兒子一夜之間恢復了理智，在徐正英看來，傻子就算恢復了理智也是個二傻子，可今天一見方才知道，這小子絕不是傳說中的癡呆兒，非但不傻，反而渾身上下透著精明狡詐和機靈勁兒。

胡小天做了個邀請的手勢：「徐叔叔，您請坐，咱們飲茶敘話。」

徐正英卻沒有落座，他笑道：「賢侄，我今天過來就是為了把這棵參送來給你補養身體，我還有事，等有空我再過來陪你飲茶敘話。」

胡小天道：「徐叔叔，看您的打扮，不是去辦公務啊。」

徐正英笑了笑道：「我和幾位同僚約好了去煙水閣參加筆會。」

胡小天眨了眨雙眼，這貨最近是閑得蛋疼，聽說徐正英要去筆會，頓時生出要去湊熱鬧的念頭，他笑道：「徐叔叔，侄兒有個不情之請，不如我跟您去見識見識？」

徐正英稍一遲疑，馬上就點了點頭道：「好啊！賢侄願意過去最好不過！」心中卻有些納悶，你識字嗎？那種風雅的場合好像並不適合你啊，畢竟他對胡小天算是有些瞭解的，這小子也就剛剛學會說話不到半年，只怕斗大的字都認不得一籮筐。

胡不為臨行之前曾經吩咐過，讓胡小天儘量少出門，如果一定要出去，他的六名貼身家丁要寸步不離。一直以來，以梁大壯為首的家丁都堅決貫徹執行胡不為的命令。

聽說胡小天要出門，馬上這六名家丁就跟了過來，胡小天對這幫跟屁蟲早就有些不耐煩了，狠狠瞪了他們一眼道：「幹什麼？我跟徐大人出去筆會，你們跟著幹什麼？那種風雅的地方是你們能去的嗎？」

老管家胡安道：「少爺，老爺臨出門的時候特地交代過，少爺無論去哪裡，都要我們貼身保護，您還是別讓小的們難做。」

他不說這句話還好，胡小天一聽他這麼說，氣就不打一處來，我憑什麼就得順他的意啊，他又不是我親老子……可他心中也明白血緣關係上的確是親父子，這事兒還真是說不清道不明，要說這親老子又把自己兒子往火坑裡推的嗎？虎毒還不食子呢，這胡不為可夠冷酷無情的，一想到自己未來的婚姻，胡小天心中的叛逆感頓時就澎湃起來了，胡不為啊胡不為，你不讓我舒服，我也不讓你自在。想到這裡胡小天雙眼一瞪，抬腳就踹了出去，這一腳踹在梁大壯的肚子上。

梁大壯一直站在旁邊，連話都沒說一句，怎麼都想不到這一腳會落在自己肚皮上，被踹得一屁股坐在地上，這貨也實在夠冤的。

說話的明明是胡安，可胡安都六十多歲了，胡小天再沒有節操也不可能對一個六十多歲的老者大打出手，所以選中了身高體胖的梁大壯，這一腳踢得出其不意，不但梁大壯沒想到，在場所有人都沒想到。

胡小天指著梁大壯的鼻子罵道：「混帳東西，我的事情哪裡輪到你來說三道四。」

梁大壯嘴巴一扁，委屈的眼淚都要掉下來了。

一幫家丁看到少爺發怒了，頓時閉上了嘴巴，誰也不想惹火燒身，尚書家的家丁這點政治智慧都是有的，每個人都懂得明哲保身。真正的罪魁禍首胡安也訕訕閉上了嘴巴，梁大壯近二百斤的體重都被少爺一腳給踹倒了，更何況他這老胳膊老腿的，剛才那一腳要是落在他身上，十有八九要飛到牆頭外面去。

徐正英畢竟是外人，看到胡小天當著他的面教訓家丁，勸也不是，不勸也不是，表情不由得有些尷尬。

梁大壯扁著嘴道：「少爺……」這貨有點欲哭無淚了。

胡小天道：「徐大人盛情相邀我去參加筆會，有徐大人關照我，你們還有什麼不放心的？我爹知道我跟徐大人出去，非但不會怪罪！而且一定支持得很吶！」

徐正英一聽這腦袋就大了，我何時盛情相邀了，我今天過來是給你送人參補補身子，我可沒喊你去參加筆會，明明是你聽說我去筆會，死皮賴臉的要跟我前去，可徐正英總不能當面揭穿他，心中這個後悔啊，這下好了，他把所有責任都推到我身上，胡不為以後要是知道，不得認為我把他兒子給拐走了？

胡小天親熱地摟住徐正英的肩膀道：「咱們走，別讓這幫下人影響了咱們筆會的雅興。」

徐正英只能訕訕的笑。

這幫家丁看到梁大壯剛才的遭遇，誰也不敢多說話，只能眼睜睜看著胡小天和徐正英出門。

梁大壯揉著屁股從地上爬起來，叫苦不迭道：「我冤枉啊！」

老管家胡安瞪了他一眼道：「你冤枉個屁，少爺現在出門了，若是再惹出事端唯你是問。」

梁大壯憤憤然抗議道：「憑什麼賴我，是少爺不讓我們去。」

胡安伸手指點著梁大壯的胸口道：「你有沒有腦子，少爺不讓你去，可沒說不讓你跟著，他們去煙水閣筆會，你們悄悄跟過去就是，如果發生了什麼事情也好有個照應。」自從上次強搶唐輕璇的事情發生之後，整個尚書府的家人都開始重新認識這位大少爺，這貨絕對有惹禍精的潛質。

徐正英的馬車就在外面，他出手闊綽，送了一棵價值不菲的千年山參給胡小天，可見經濟狀況不錯。他的座駕也頗為奢華，車廂呈長方形，廂體邊緣刻有花紋，廂體上半部雕刻出精巧雅致的窗格，坐在其中可以看到車外的景象。馬車的頂蓋是個六角亭的形狀，頂蓋很大，四邊都超過廂體，這樣可以取得很好的遮風避雨效果。正前方向前伸出很多，這樣的設計既可以保護車內乘客的隱私，也可以為駕車人提供遮蔽。也就是馬車的頂蓋。車廂的四沿都有帷幔，正面有一道較長的軟簾被掀起在頂蓋上，帷幔和軟簾上還用銅鈴和流蘇絲條作為裝飾。車軛頭以威嚴的獸首裝飾，更彰顯馬車主人尊貴的身分。

胡小天很少乘坐馬車，家裡的馬車雖然不少，可這麼豪華的還是頭一次見到，跟著徐正英坐進了馬車內，屁股坐在軟墊上彈性適中有點沙發的感覺，雖然這輛馬車非常精美豪華，可是拉車的馬只有兩匹。胡小天道：「徐叔叔，為何只弄了兩匹馬，要是弄八匹馬給你拉車，那多威風！」

徐正英聽他這麼說臉色不由得一變，他向周圍看了看，有些緊張道：「賢侄，這種話可不能亂說，八乘之車只有當今皇上才有資格使用，按照大康的規矩，我使用的馬車不可以超過三匹。」

胡小天心中暗笑，其實這段時間他瞭解了一些大康文化，當然知道八匹馬拉車是只有皇上才能享受的待遇，親王可以享受六匹，王子公主才能享受四馬拉車，至於大臣們多數都是兩三匹，至於普通老百姓，只能乘坐一匹馬拉的馬車了。徐正英如果膽敢讓八匹馬拉著馬車在京城主幹道上跑，估計一路跑下去終點站就是天牢了。這貨故意刺激徐正英道：「徐叔叔，到底您是印錢的，我們家馬車雖然不少，可這麼豪華拉風的卻是一輛都沒有。」

徐正英又是一驚，慌忙道：「賢侄，我雖然負責鑄造大康貨幣，可從來都是公私分明，這輛馬車是我岳父的饋贈，賢侄若是喜歡，我便將這輛馬車轉贈給你。」

胡小天接下來的一句話差點把徐正英給氣了個半死：「二手車我不要！」

徐正英只能嘿嘿了，心中把胡小天的十八代祖宗問候了一遍，暗地裡打定了主意，等回去就找人給這貨重新訂制一輛，今天真是大出血，怎麼碰上了這麼一個貪得無厭的小子。

馬車在京城幹道上奔馳，兩匹駿馬步伐一致，節奏分明，鑾鈴隨著馬兒的奔跑發出有節奏的聲響，悅耳之極。低垂的藍色帷幔和紗簾隨風飄揚，裝飾其上的風鈴也發出悅耳的鳴響。徐正英顯然是個懂得生活和享受的人，車廂內的絲織品全都用香料熏過，春風透過紗簾吹入車內，車廂內暗香浮動，正所謂寶馬雕車香滿路，人在其中，心曠神怡。

徐正英望著身邊的這個小子，心中有些不解，都說胡不為的兒子傻了十六年，也就是半年前才突然恢復了理智，這貨就算從甦醒之後開始讀書，滿打滿算也不過唯讀了半年書，估摸著仍然還是個文盲，你說你一個文盲跟我湊什麼熱鬧？今天前往煙水閣筆會的可都是大康的飽學之士，你小子要是到那裡胡說八道，不但你自己丟臉，連我也會被你連累的顏面無光。徐正英又想到，這可是胡不為的兒子，如果別人知道他的真正身分，肯定會笑話胡不為教子無方。想到這裡他不由得打心底倒吸了一口冷氣，自己今天過來送千年山參給他，真正的目的是要通過這樣的行為巴結胡不為。萬一去筆會現場讓胡不為失了臉面，豈不是拍馬屁拍到了馬蹄子上。

徐正英此時悔得抽自己兩巴掌的想法都有了，誰讓自己嘴賤，好好的提筆會做什麼？

胡小天才不關心他想什麼，趴在窗口欣賞外面的景色，一副出籠小鳥的暢快模樣，心情好極了。

徐正英乾咳了一聲道：「賢侄，等咱們到了那邊，你還是不要輕易暴露自己身分的好。」

胡小天道：「為什麼？」

徐正英原本是想讓他千萬別多說話，裝啞巴最好，可又怕得罪了胡小天，所以儘量說得委婉。他和顏悅色道：「今天前往參加筆會的有不少的朝中大臣，如果他們知道你是胡大人的公子，肯定會爭相攀附，不但會給你增加許多麻煩，傳出去只怕不好，胡大人要是知道這件事，肯定也會怪我多事。」

胡小天心中暗樂，老東西，你是害怕我沒文化，丟了你的面子，所以才不想讓我說話，我要是弄出了什麼笑話，別人不但笑話我，只怕連我老子一併都得笑話了，到時候我老爹一定會找你算帳，看著徐正英強顏歡笑的為難表情，胡小天只差沒笑出聲來了，老子的馬屁豈是那麼好拍的。胡小天道：「徐叔叔放心，我就是去看個熱鬧，長點見識，等到了哪裡，我裝啞巴，連話都不說一句。」

徐正英聽他答應得如此痛快，總算稍稍放下心來。

煙水閣位於京城東南的滄水河畔，滄水河彎彎曲曲貫通京城南北，在京城東南的天水灣和運河貫通，這一帶的水面是最為廣闊的部分，站在煙水閣上剛好可以看到兩條水系彙集的地方，場面壯麗廣闊。這煙水閣是一座五層的木製小樓，已有三百多年的歷史，其間曾經先後三次遭遇火災，歷經多次修葺重建，最近的一次修葺是在三年前，將屋簷頂瓦全都換成了紅色琉璃，陽光的照射下，流光溢彩，頗為醒目。

因為煙水閣獨有的地勢，成為歷代文人墨客競相登臨，俯瞰京城景致的地方，在此也留下了許多膾炙人口的傳世之作，煙水閣門外的空地上已經停了十多輛馬車，從馬車的裝飾來看，車主的身分都非同尋常。

馬車停穩之後，胡小天率先從馬車上跳了下去，雙手背在身後，抬起頭近距離觀察這座小樓，在這一年代，建築物很少有超過三層的，五層的煙水閣在京城諸多的建築中已經稱得上是鶴立雞群，大門之上掛著黑底金字的橫匾，上書煙水閣三個大字，熠熠生輝，龍飛鳳舞，大氣磅礴，胡小天的硬筆書法還算不錯，可毛筆字寫得只是一般，雖然如此，他也能夠看出這三個字絕對是宗師之作，看了看落款，寫著龍胤空三字，龍胤空這個人他當然知道，此人被大康稱為千古一帝，雄才偉略，橫掃六合，北驅胡虜，一統天下，豐功偉績一直被傳誦至今。

只可惜這天下脫不了分久必合合久必分的道理，大康在龍胤空的手上統一之後，經歷了百餘年的盛世，逐漸走向衰落，後來寵臣當道，奸佞橫行，一直傳到明宗龍淵那一代，內憂外患幾近亡國，龍淵勵精圖治，重整山河，讓面臨分裂崩塌的社稷重新煥發出勃勃生機，從明宗之後又過了一百餘年，這大康王朝的氣運日漸衰微，天下重新陷入了紛亂之中。而今南方大雍日漸強盛，屯兵江南，勵精圖治，逐漸蠶食著大康南部的版圖，在北方赤胡也是不時南下滋擾大康國境，大康皇帝的日子並不好過。

胡小天望著煙水閣三個字默默發呆，過了一會兒方才贊道：「好字！」

徐正英心想你又懂得什麼好壞了，八成是裝模作樣，嘴上卻恭維道：「賢侄好眼力，這三個字乃是大康千古一帝太宗皇帝親筆所題。」

胡小天道：「等有時間我也寫幾個字掛起來。」

徐正英暗笑這小子不知天高地厚，居然想跟太宗皇帝相比。

兩人來到門前，馬上就有兩個身穿藍色長袍的儒生迎了上來，他們顯然是不認得胡小天的，同時向徐正英深深一揖道：「晚生邱志高、邱志堂拜見徐大人。」

徐正英微笑道：「不必多禮，今天咱們是筆會，不用講究什麼官場上的客套禮節。」他轉向胡小天道：「賢侄，這兩位可是京城有名的才子，太史令邱大人的公子。」

胡小天裝模作樣地拱拱手道：「久仰大名，如雷貫耳！」其實他壓根就沒聽說過這兩個人，甚至連他們老子也是第一次聽說，可無論認不認識，面子上都得假惺惺的客套一下。

邱志高和邱志堂兩兄弟也還了一禮，畢竟不知道這小子是什麼來路，既然跟著戶部侍郎徐正英前來，想必是徐正英的親戚或者是門生之類。這次的筆會就是他們兩兄弟挑頭舉辦的，他們的父親是太史令邱青山，論官位雖然只是一個從五品，可是在朝中的地位卻非常重要，目前正在編撰《大康通鑒》，是大康有名的飽學大儒。

徐正英也沒有為他們介紹，他生怕別人知道了胡小天的身分，把他當成自己跟班最好。

邱志高前方引路，領著兩人向樓上走去。

胡小天還是頭一次出來參加這樣的社會活動，對周圍的一切都感到新奇，這貨東張西望，好像劉姥姥進了大觀園。

筆會現場就在五樓，已經有十多人抵達，三五成群，一邊聊文學，一邊搖頭晃腦，胡小天過去在大學的時候也是參加過文學社的，這貨的國學水準也是碩士級的存在，不過看了看現場沒有一個人是自己認識的。

徐正英頗有才名，而且經常參加這種筆會活動，加上他本身就是三品官，他的出場頓時吸引了所有人的注意，那群文學中青年趕緊過來打招呼，徐正英被眾人包圍，一時間顧不上照應胡小天。

胡小天自然而然地被冷落到了一旁，他也無所謂，自己找了個臨窗的位置，拿起茶壺倒了杯茶，欣賞著窗外長天一色的景致。

今天前來參加筆會的官員不止徐正英一個，他也不是當天級別最高的官員，所以眾星捧月的待遇並沒有享受多久，隨著禮部尚書吳敬善和御史中丞蘇清昆的到來，馬上中心就轉移到了他們兩人的身上。

徐正英原本以為自己是當天出席筆會官階最高的一個，之前他並沒有料到禮部尚書吳敬善會過來，人家可是正三品大員，沒有人會甘心作配，徐正英前來參加筆會之初是抱著當主角的念頭過來的，誰想今天會發生這種事，至於御史中丞蘇清昆是從四品，比起徐正英還要低上半級，他們都是筆會的常客。徐正英心中有些不悅，這邱家兄弟剛剛在門前迎接自己的時候，居然沒有向他透露吳敬善也要過來的消息，不知是無心疏漏，還是有意為之。

蘇清昆在禮部尚書吳敬善的面前表現得非常謙恭，其實吳敬善今天之所以前來也是過來跟他一起湊熱鬧的，說起來性質跟胡小天差不多，可吳敬善到來所引起的轟動要比胡小天大了無數倍，剛一到來就已經將所有人的注意力吸引了過去，那幫文人墨客慌忙過去見禮，有氣節有風骨的文人之所以能夠在歷史上傳誦，那是因為物以稀為貴，文人的功名利祿之心比起普通百姓重了不知多少倍，看到三品大員親臨，無不爭相攀附。

禮部尚書吳敬善五十有三，生得儀表堂堂，風度翩翩，臉上雖然帶著淡淡的笑意，可給人的感覺卻是傲慢冷漠，無論誰上前見禮他都是這幅表情，甚至連頭都懶得點上一下。

徐正英和吳敬善之間沒有太多交集，也知道禮部尚書和他的頂頭上司胡不為素來不睦，兩人在朝堂之上當著皇上的面就發生過多次爭執，心中不由得暗暗叫苦，如果吳敬善要是認出胡小天是胡不為的兒子，十有八九會刁難這小子。但願胡小天能夠說話算話，老老實實裝啞巴才好。徐正英向胡小天看了一眼，卻見胡小天一個人坐在臨窗的桌前，扭著頭望著外面的風景，似乎根本沒有關注到這邊的事情，這才心中稍安。

等到那幫人散去，徐正英方才走過去，拱手行禮道：「下官參見吳大人！」

吳敬善目光垂落了一下，然後唇角露出淡淡笑意，笑容中多少顯得有些不屑：「這不是戶部侍郎徐大人嗎？」

徐正英心想你早就看到我了，有什麼好裝的，笑瞇瞇道：「吳大人能夠親臨筆會，讓煙水閣蓬蓽生輝，久仰大人詩詞文章，冠絕一方，今日我等終有幸得見大人的高才了。」

胡小天的注意力被這一連串的馬屁吸引了過來，徐正英的馬屁功夫果然了得，一連串的溜鬚拍馬，說出這麼肉麻的話居然毫不臉紅。胡小天並不認識吳敬善，不過從眾人圍在他身邊阿諛奉承的陣仗已經猜到此人的身分肯定非同尋常，連徐正英都這麼拍他，估計至少是個當朝三品，保不齊這官兒比自己老爹還要大呢。

徐正英的那通馬屁拍得雖然高妙，可吳敬善似乎並不領情，只是淡淡一笑道：「今日閑來無事，聽蘇大人說起這邊的筆會，所以就跟著過來看看。」

一幫才子墨客爭先恐後的阿諛奉承，雖然內容不同，可無非都是恭維吳敬善才高八斗，冠絕古今，今日能夠得到他親臨教誨不勝榮幸之類的話語。

這吳敬善也的確是大康有名的才子之一，往往有才的人都有恃才傲物，目空一切的毛病，吳敬善的眼中顯然是沒把這群人放在眼裡的，論官位他是現場第一，論才學他更是首屈一指。

徐正英原本是準備和胡小天坐在一桌的，可吳敬善來了，為了表示對吳敬善的尊重，他就得陪著這位三品大員，只可惜吳敬善和蘇清昆剛剛在中心的位子坐下，剩下的幾張凳子馬上就被一心套關係的才子們的屁股給佔領了，徐正英一時猶豫竟然沒機會湊上去。

徐正英心中暗罵，過去筆會的時候，他這個三品通常都是眾人矚目的中心，今天吳敬善一來，局勢立馬就改變了。世態炎涼，文人墨客比起升斗小民更加的市儈現實。

徐正英心有不甘地回到胡小天身邊坐下，胡小天端著茶杯，瞇縫著眼睛看著眾星捧月般的吳敬善，低聲道：「那老傢伙是誰？好像很威風的樣子。」

徐正英壓低聲音道：「禮部尚書吳敬善吳大人，他身邊的那位是御史中丞蘇清昆蘇大人。」

胡小天若有所悟，點了點頭道：「他們兩個跟你誰官兒大？」

徐正英被問得老臉一紅，心想你小子怎麼就哪壺不開提哪壺呢？可胡小天既然問了，他也不好意思避而不答，低聲道：「吳大人是正三品，蘇大人是從四品。」他沒直接說誰大誰小，只是報出他們的官位品階，剩下的你胡小天自己去領悟比較吧。

胡小天還真有點不依不饒的精神：「正三品那就是比你大一級，從四品那就是比你矮半級，這麼說這個老傢伙是今天最大的官，難怪顯得目空一切盛氣凌人。」

徐正英聽這小子口無遮攔，不由得有些心驚，慌忙提醒道：「隔牆有耳，有些話不能說。」

胡小天笑道：「說起這禮部尚書我倒是想起一件事，他前兩天是不是參了我爹一本？」這些事胡小天大都是聽家丁們念叨的，梁大壯是個大嘴巴，只要聽到什麼消息就會往胡小天這裡打報告。

徐正英額頭冒汗，的確有這件事，不知這混小子是怎麼知道的，看到胡小天一臉似笑非笑的表情，不由得心中發毛，這小子該不會想著報復吧？他低聲道：「朝廷之上政見不同是常有的事情，大家都是為公，並沒有什麼私怨。」嘴上這麼說，可心中卻明白吳敬善和胡不為之間關係惡劣，經常在朝堂上明爭暗鬥。

胡小天嘿嘿冷笑，沒說話，端起茶盞繼續品茶，一雙眼睛滴溜溜時不時朝著吳敬善望去，不知這廝心裡盤算著什麼壞主意。

吳敬善既然來了，徐正英自然而然地淪為了陪襯，以往的筆會是否開始通常是請示他的，可今天已經改成了請示吳敬善。

邱志高來到吳敬善面前深深一揖，差點沒把腦袋戳到地板上去，這腰躬得絕對有水準，比起剛才迎接徐正英時候表現的恭敬有過之而無不及。

胡小天不由得想到，這貨見到三品官員都表現得如此誇張，真要是見到一品大員，豈不是要一頭直接把地板給扎穿，能有點文人的骨氣嗎？安能摧眉折腰事權貴，一點氣節都沒有。

邱志高恭敬道：「吳大人，筆會可以開始了嗎？」

吳敬善微笑不語，一旁御史中丞蘇清昆卻道：「稍等片刻！」他的目光望著門外，似乎在等待著什麼人到來。

眾人不由得心中好奇，究竟是什麼重要人物能讓這位三品大員耐心等待，到底是誰有這麼大的架子，正在迷惑之時，突然聽到一個洪亮的聲音通報道：「霍姑娘到！」

胡小天心中一怔，搞了半天這老傢伙居然在等姑娘，想不到這道貌岸然的老傢伙居然還有這麼多的花花腸子，卻不知哪位姑娘值得他們這樣等待？

「汪汪！」外面傳來一陣犬吠之聲。

眾人全都是一怔，胡小天眨了眨眼睛，難不成這霍姑娘是一條狗，真是怪事到處有，這裡特別多，這麼多人聚在這裡搞筆會，居然等待的重要嘉賓是一條狗。

此時原本有些喧囂的大廳內忽然靜了下來，一位身穿白色長裙的女郎緩步走來，白色長裙纖塵不染，黑色秀髮只是隨意挽了一個髮髻，一根古樸的荊釵插入髮髻之中，俏臉之上薄紗敷面，所以看不清她的全貌，蛾眉淡掃，一雙美眸明澈而深邃，目光只是那麼一瞥，這大廳之中的每個人都認為她在看著自己，一顆心頓時不由自主的突突直跳。

胡小天一雙眼睛望定了那白衣女郎，心中暗贊，雖然不知這小妞真實長相如何，可這氣質風姿沒得說，從她的一舉一動就能夠推斷出，這小妞絕對研究過男性心理學，猶抱琵琶半遮面，半遮半掩對於這幫自命風流而不下流的文人墨客來說反倒是一種致命的性感。胡小天朝禮部尚書吳敬善看了一眼，發現這老東西望著前來的白衣小妞，臉上露出淡淡的笑意，比起剛才可親切了許多。

胡小天心中暗罵，老東西，別看你道貌岸然，還不知道心裡想著什麼男盜女娼的骯髒念頭。胡小天也不知道為什麼會對吳敬善如此反感，大概因為吳敬善和他老子是政治對手的緣故，雖然胡小天對老爹也不爽，可畢竟是一家人，關鍵時刻還是向著自己老子的。

吳敬善身分擺在那裡，還算坐得住，其他的那幫文化人明顯騷動起來，御史中丞蘇清昆居然起身相迎，他微笑道：「霍姑娘到了！」

這白衣女郎卻是大康名伶霍小如，此女不但歌舞雙絕而且才華橫溢，在大康有名的才女，她琴棋書畫無所不通，平時的唱詞曲目都是自己填詞作曲，大康的王公貴族在節日慶典之時，往往都以邀請到霍小如表演為榮。她此次來到康都的原因是應禮部的邀請為皇上六十歲壽辰編撰慶典歌舞，已經在京城待了四個多月。

徐正英自從霍小如來到煙水閣，也是盯住她看個不停，如果不是胡小天用胳膊搗了搗他，這貨幾乎忽略了一旁胡小天的存在，徐正英低聲將霍小如的來歷介紹給了胡小天，胡小天恍然大悟，霍小如就相當於過去的女明星，走的是知性路線。這種女星有個共同的特點就是裝，不過只要裝得恰到好處，對於廣大男性的誘惑力幾乎是致命的，尤其是這種自命風流的中老年文青們，最迷戀的就是這個調調。

所有人的目光都集中在霍小如身上，這會兒連吳敬善的主角光環都黯淡了許多，更無人注意霍小如的身後了，在她身後還跟著一個藍衣女婢，女孩兒十三四歲的樣子，還沒有完全長開，圓乎乎的小臉有點嬰兒肥，個子不高，抱著一條毛色純白的狐狸犬，本來是沒有人關注她的，可她懷中的小狗似乎想要找到存在感，掙脫她的懷抱跳了下去，跟在霍小如的身邊，汪汪叫了兩聲。

這下所有人的目光不由得向牠看了過去。

禮部尚書吳敬善望著那條白毛小狗，輕撚頷下稀稀落落的幾根鬍鬚，微笑道：

「咦！你們瞧，那是狼是狗？」

所有人都是一怔，心想這明明是一條小狗，吳尚書怎麼會連狗和狼都分不清楚？可短暫的錯愕過後，馬上醒悟過來，吳敬善的這番話暗藏深意，他根本是在指桑罵槐，表面上說是狼是狗，可實際上卻借著諧音說的是侍郎是狗，今天過來的人當眾只有徐正英這位戶部侍郎，吳敬善等於當眾罵到了他的臉上。明白了這層道理，現場發出一陣哄笑，有人原本已經忍住，可聽到別人笑了出來，這笑意頓時讓勾了起來，第一個發笑的居然是御史中丞蘇清昆，他若不笑別人也不敢笑，他一發笑，所有人都笑了起來。

徐正英在第一時間已經懂得了吳敬善的意思，聽到眾人哄堂大笑，一張老臉漲得通紅，心中暗罵吳敬善這條老狗，仗著他的權勢居然公開罵自己是狗。徐正英雖然惱怒，可是忌憚吳敬善的官位，當著他的面不敢發作。

吳敬善居然笑瞇瞇轉向徐正英道：「徐大人，你見聞廣博學富五車，照你看，這東西究竟是狼是狗？」

徐正英在心底把吳敬善祖宗十八代都問候了一遍，可他沒膽子跟吳敬善公然翻臉，忍著怒氣，陪著笑臉道：「吳大人，下官才疏學淺，還真分辨不出！」

胡小天有些鄙夷地望著徐正英，這貨也太沒骨氣了，都被吳敬善罵到臉上了居然還能忍住。看到吳敬善如此猖狂，再看到霍小如一雙美眸彎成了月牙兒，似乎也忍俊不禁，胡小天畢竟和徐正英一起過來，笑話徐正英等於連他也一併嘲笑了，頓時起了同仇敵愾之心，他不動聲色道：「其實想要分清狗和狼一點都不難。」

因為大家的焦點都關注在吳敬善和徐正英身上，沒有人敢在這種時候插話，胡小天選擇在這種時候說話，頓時吸引了所有人的注意力。

徐正英心中暗暗叫苦，這小子，不是答應了要裝啞巴，為什麼又要開口說話，難道還嫌我丟人丟的不夠？徐正英悄悄朝胡小天使了個眼色，意思是讓他別跟著瞎摻和。

胡小天視若無睹道：「要分辨狗和狼有兩種方法，一種是看牠的尾巴，尾巴下垂是狼，上豎是狗！」

現場鴉雀無聲，今天文人墨客雲集一堂，誰都不是傻子，胡小天的這番話誰都能聽得明白，他以同樣的方法回擊了吳敬善，分明在說尚書是狗，眾人在暗贊這廝答得精妙的同時，又不免暗暗心驚，這小子究竟是何許人也？居然敢當眾羞辱禮部尚書。

徐正英心中這個痛快啊，果然是自古英雄出少年，胡不為的兒子果然不同凡響，尚書是狗！爽！徐正英爽完了又覺得有些頭大，胡小天的這番應答百分百會得罪吳敬善，這筆帳歸根結底要算在自己的頭上，畢竟是自己把他給帶過來的，得罪了吳敬善還是小事，如果讓胡不為知道自己帶著他兒子出來招惹是非，恐怕以後的戶部再也沒有自己的好日子過了！

霍小如一雙美眸望著這個有些狂妄的年輕人，不由得明亮起來，這年輕人不但智慧超群，而且膽色不凡，事實上敢於當眾羞辱禮部尚書吳敬善的，不是膽大妄為就是一個傻子。

狐狸犬居然朝著胡小天的方向跑了過去，胡小天將狐狸犬從地上抱了起來。

霍小如朝他的方向走了過去，胡小天站起身將狐狸犬交還到她的手中，霍小如的一雙纖手白嫩細膩，光潔無瑕，宛如蘭花般的柔荑輕撫犬兒雪白的毛髮，輕聲道：「這位公子，你剛剛說的好像有兩種方法啊？」她顯然對這個大膽的年輕人產生了興趣。

胡小天微笑道：「另一種方法就是看牠吃什麼，狼是非肉不食，狗則遇肉吃肉，遇屎吃屎！」

霍小如一雙美眸迸發出異樣的神采，一顆芳心暗自驚歎，這少年真可謂智慧超群，回答得看似粗俗不堪，可其中卻無處不閃爍著智慧的光華，這句話分明是把御史中丞蘇清昆給罵了，遇屎吃屎，根本是在說御史吃屎。

一旁徐正英哈哈大笑起來：「妙！妙！妙！」這貨也憋了半天了，禮部尚書吳敬善的官兒比他大，他不敢得罪，可御史中丞蘇清昆比他還要差上半級，剛才吳敬善率先向他發難，拐彎抹角地罵他是狗的時候，蘇清昆那個王八蛋帶頭嘲笑。徐正英道：「好一句遇肉吃肉，遇屎吃屎，狗的性子原本就是如此。」徐正英此時已經完全想透了，得罪人在所難免，不如豁出去了。

霍小如禁不住笑了起來，露在白紗外的肌膚微微有些泛紅，顯得格外誘人，嬌聲道：「我這狗兒可沒有得罪你們，今天可被你們罵慘了。」她將手中的狐狸犬遞給了身後的小婢，美眸在胡小天臉上飛快地一轉，柔聲道：「你身邊的空位還有人嗎？」

胡小天很紳士地為她拉開椅子，用自己的衣袖在上面象徵性地拂了拂道：「霍姑娘請坐！」

禮部尚書吳敬善氣得臉色鐵青，他原本拿定了主意，要當眾好好羞辱一下徐正英，卻沒有想到中途殺出了一個程咬金，正所謂偷雞不成蝕把米，到最後反倒成了他自取其辱，那霍小如原本是安排在他這邊落座的，可霍小如似乎並不給這個禮部尚書面子，直接到胡小天的身邊坐了。

第五章

筆會之對聯

那小婢道：「女卑為婢，女又何妨不稱奴！」
一言既出四座皆驚，一幫所謂的文人墨客全都震駭無比，
誰也沒想到霍小如身邊的抱狗小婢都能夠對出如此絕妙的下聯，
她一出口讓這幫素來以文采自居的文人暗自慚愧，
也映襯得吳尚書等人黯淡無光了。

別人不知道胡小天何許人也，可所有人都認識徐正英，認為徐正英今天和吳敬善等於是撕破臉皮，鼓對鼓鑼對鑼地幹上了。

只有徐正英明白自己是被胡小天給綁架了，就算心中再苦也只能打落門牙往肚裡咽。徐正英顯然不是這一集團的主角，那邊無節操的胡小天已經嬉皮笑臉地和霍小如聊了起來：「霍姑娘喝點什麼？」

霍小如看了看桌上的茶壺，微笑道：「我有選擇嗎？」

胡小天點了點頭道：「至少有兩種選擇。」

霍小如想起他剛剛說過的話，趕緊搖了搖螓首道：「我還是不用選擇了。」看到這廝的笑容，總覺得帶著一股子說不出的壞意，生怕他再說出什麼粗俗的話。之所以選擇坐在他身邊，一半是因為被他表露出的才華所吸引，另一半則是因為對吳敬善一夥人的排斥。可看到胡小天一臉沒心沒肺的笑，又有些後悔了，這廝應該也是個紈絝衙內，保不齊剛才的驚豔才華只是剎那間的靈光閃現。可既來之則安之，霍小如此時也只能泰然處之了。

胡小天道：「有茶，也有清水，我看霍姑娘更適合喝清水。」

霍小如微笑道：「何以見得？」

「清水出芙蓉！只有清水才配得上霍姑娘的絕世風姿。」

徐正英聽前半句實在是驚歎胡小天的才華，可聽到後半句，一轉臉，噗的一口茶全都噴在地上了，要不要這麼肉麻啊！

胡小天對徐正英的失常舉動大為反感，有沒有搞錯，老子在泡妞嗳，你徐正英白活了這麼多年，不知道什麼時候應該迴避？不知道自己是個超級電燈泡，算了，這貨這輩子是沒希望見到電燈泡了。

霍小如身後的小婢格格笑了起來，她笑起來的時候蠻甜的，露出兩個白生生的小兔牙。

霍小如笑道：「公子真會說話，敢問公子尊姓大名？」

胡小天道：「胡小天！」

兩人聊得頗為投機，滿堂的文人墨客此時都成了陪襯。

禮部尚書吳敬善向蘇清昆使了個眼色，雖然吳敬善很生氣，恨不能拂袖而去，但他不能走，文人是有風骨的，對這張臉面是極為愛惜的，如果他現在走了，只怕明天尚書是狗的笑話就會傳遍京城，自己在文壇之上德高望重，在官場中也混跡半生，總不能敗給一個乳臭未乾的黃口孺子。

蘇清昆明白他的意思，站起身來，厚著臉皮道：「各位大人，各位高才，今日咱們齊聚煙水閣，今天我們不但有幸請來了梅山學派的領軍人物禮部尚書吳大人，還特地邀得名震京師的才女霍小如霍姑娘，真可謂是京城文壇不可多得的盛事，我提議大家以文會友，各顯其能，為煙水閣秀麗美景再題傳世佳句，為我大康太平盛世再添錦繡文章。」

眾人齊聲叫好，雖然剛才鬧出了一些不快，禮部尚書吳敬善也被折了面子，可他的地位畢竟擺在那裡，眾人推舉他來出題，吳敬善經過這會兒的緩衝總算從剛才的不快中恢復了一些，他喝了口茶，站起身來，一邊踱步一邊眉頭深鎖，作苦思冥想狀。

在胡小天看來，這老傢伙分明是在玩深沉，十有八九在想什麼鬼主意，而且這鬼主意八成是針對自己。

禮部尚書吳敬善目光落在霍小如身上的時候，眉頭忽然舒展開來，微笑道：「那老夫就出個題目，咱們一起對個對聯如何？」吟詩作對是才子佳人們最為熱衷的活動，即便是老如吳敬善這般的才子也不能免俗，沒辦法，誰讓他就這點長項呢。

眾人齊聲叫好，吳敬善止步不前，雙目望著霍小如半遮半掩的俏臉道：「大家聽好了，我這上聯是：「采絲為彩，又加點綴便成文！」

眾人再次大聲喝采，吳敬善的這個上聯的確高妙，這上聯之中很巧妙地嵌入了兩個字。這種對聯不但要講究對仗工整，還需要同樣嵌入兩個字，真可謂是暗藏玄機，可見這位梅山學派的帶頭人不是浪得虛名。

聽到眾人的吹捧，吳敬善不由得有些得意，自信心也在漸漸恢復，他將目光投向徐正英。

徐正英皺了皺眉頭，他素以學問見長，也不是個不學無術的草包，想了一會兒道：「有了！我這下聯是：桀木為桀，全無人道也稱王！」

眾人聽到這下聯全都讚歎不已，徐正英也是面露得色，今天總算憑藉著自己的才學討回了一些顏面。

吳敬善點了點頭道：「不錯，對得還算工整。」

此時又有人道：「我也有一聯！」說話的卻是翰林院大學士的公子邱志高，成功將所有人目光吸引過去之後，他朗聲道：「水酉為酒，如能回頭便成人！」

「好！」又是一陣叫好之聲，邱志高對這一聯的時候目光望著胡小天那一桌，他的對聯暗藏深意，意思是勸胡小天回頭，又一語雙關地罵胡小天不是人，從另一層面上也巴結了身邊的禮部尚書吳敬善，吳敬善聽出了其中的味道，臉上終現出一絲笑意。

胡小天只當沒聽見，霍小如也沒有說話，邱志高看著這一桌送出對聯，不但罵了胡小天，而且似乎也有發洩對她坐在這桌不滿的意思，勸她及早回頭，霍小如沉得住氣，可是她身後抱狗的小婢卻已經沉不住氣了：「有什麼了不起，這樣的對聯連我都能夠對得出來。」

眾人聞言不由得一怔，心想這小婢也太不知天高地厚了，這裡聚集的是什麼人？全都是才高八斗的人物，大才子，大文豪，你一個小婢懂得什麼？

那小婢道：「女卑為婢，女又何妨不稱奴！」一言既出四座皆驚，一幫所謂的文人墨客全都震駭無比，誰也沒想到霍小如身邊的抱狗小婢都能夠對出如此絕妙的下聯，她一出口讓這幫素來以文采自居的文人暗自慚愧，也映襯得吳尚書等人黯淡無光了。

御史中丞蘇清昆道：「我也有一聯：一大冷天，水無一點不成冰！」他在此時來應對，是為了化解現場尷尬氣氛，他的對子倒也工整巧妙，眾人又是一陣喝彩。

蘇清昆對完向眾人拱手致謝，顯然對自己的下聯非常滿意，然後他笑瞇瞇望著霍小如道：「霍姑娘，不知你有沒有更巧妙的下聯？」

霍小如淡然一笑，正準備開口說話的時候，身邊胡小天道：「我想到了一聯！」這貨的聲音非常洪亮，生怕眾人注意不到他似的霍然站起身來。

蘇清昆心想你算哪根蔥？非得出來找存在感嗎？他剛才被胡小天罵了個狗頭噴血，心中恨極了這小子。

禮部尚書吳敬善看到胡小天又站了出來，唇角泛起一絲冷笑，在他看來剛才鬥嘴只是這小子牙尖嘴利占了便宜，算不上什麼才學，談到真正的學問，一個少年又能懂得多少？

胡小天眼力挺好，隔著這麼遠也能夠清楚看到吳敬善對自己的鄙夷，他笑道：

「我這下聯是：人言為信，倘無尚書乃小人！」

現場瞬間變得鴉雀無聲，胡小天的這幅下聯對得實在是高妙之極，在工整對仗的同時，又將鋒芒深藏其中，再次把吳敬善罵了個狗血噴頭，吳敬善氣得渾身上下都哆嗦起來，如果不是他要竭力保持這溫文爾雅的官員形象，此時恐怕連粗話都罵出來了，老子哪裡得罪你了？你揪著我不放，轉彎抹角地罵我是小人。

徐正英坐在胡小天身邊，這會兒已經徹底被這貨的才學說折服，都說胡不為生了個傻兒子，這胡小天若是傻子，只怕天下間再也沒有聰明人了，難怪我當年想跟他攀親，我家三個女兒隨便他們家挑選，胡不為都不為所動，搞了半天，人家兒子是個天縱奇才啊！人言為信，倘無尚書乃小人！妙啊！實在是妙到了極點！吳敬善，你這老狗居然敢侮辱我，哈哈，現在報應來了吧？胡小天沒說錯，你這老狗就是個小人！

胡小天對完下聯，再也沒有一個人敢接，這貨什麼人？連吳尚書都敢罵，膽子也忒大了一點兒。此時已經有好事之人打聽到胡小天的身分，附在吳敬善耳邊，低聲將胡小天的身分告訴了他。吳敬善心中這個氣啊，搞了半天，這小子竟然是自己的死對頭胡不為的獨生兒子，不是說這小子是個癡呆兒嗎？可自己見到的卻是一個牙尖嘴利奸猾刻薄的陰險小子。知道了胡小天的身分，吳敬善頓時失去了和他繼續鬥下去的心境，胡不為的兒子，一個晚輩，就算自己贏了也不見得有什麼光彩，如果栽在他手上，只怕要成為天下人的笑柄了。可事實上他已經栽了，而且栽得不輕。

吳敬善緩緩站起身來，在官場中混了大半輩子，什麼樣的風浪沒見過，何時該走何時該留，吳敬善自然心中清楚。他向眾人拱了拱手道：「老夫還有要事在身，告辭了！」說完這句話，他頭也不回的走了。

看到吳敬善離去，現場的氣氛也頓時變得尷尬，這場筆會還沒有開始動筆，官位最高的禮部尚書已經走了，場面幾乎陷入冰點，再進行下去似乎也沒什麼意義。

御史中丞蘇清昆追趕著吳敬善的腳步而去，今天吳敬善是他請過來的，原本想借著這場筆會好好拍拍吳敬善的馬屁，讓吳敬善在眾文士面前威風一下，可沒想到胡小天的橫空出世搞得吳敬善灰頭土臉，連他這張老臉也被打得啪啪響。蘇清昆心中雖然恨極了胡小天，可默默掂量了一下自己的份量。戶部尚書胡不為他可招惹不起，蘇清昆臨行之前不無怨毒地瞪了徐正英一眼，顯然把一肚子的怨恨都轉移到了他的頭上。

徐正英這個鬱悶啊，干我屁事啊！罵你們的又不是我？看到吳敬善、蘇清昆先後離去，徐正英明白，今天這個樑子是結定了，以後在這朝中只怕要多兩個敵人了，之所以落到如今的下場，全都拜胡小天所賜，想到這裡他向胡小天望去。

卻見胡小天正和霍小如聊得正火熱，渾然把其他人全都當成了空氣。

霍小如顯然對胡小天也頗有好感，被他逗得不時發出格格笑聲。

一幫文人墨客全都成了陪襯，這筆會被胡小天這麼一攪，實在是不知下面應該如何進行下去。人們紛紛起身過來跟徐正英寒暄，畢竟徐正英的身分擺在那裡，現在他的官兒最大了，徐正英心中暗罵，這會兒想起我來了，剛才吳敬善那老狗在的時候，你們何嘗對我這麼客氣過？

其實這也難怪，人都是現實動物，吳敬善是禮部尚書，人家官比你大，你們兩人在一起的時候，人家是紅花，你只能當點綴紅花的一片綠葉，只是這世上的事情往往會有變數，就如胡小天的出現，之前誰也沒有留意到這貨，以為他只是一根狗尾巴草的存在，連綠葉都算不上，可狗尾巴草如果長得足夠高，也是有喧賓奪主的一天，胡小天的表現就是最好的證明。

此時邱志堂過來徵求徐正英的意見，徐正英當然也不想久留，吳敬善和蘇清昆都走了，如果他留下來繼續主持筆會，別人一定會認為他有心和吳敬善作對，這樑子只會越結越深，徐正英雖然靠著胡小天的幫助贏了一場，可他也不想把這件事做得太過，凡事都得適可而止，見好就收就是給自己留餘地。徐正英故作沉吟了一下道：「本官也還有事，賢侄啊，我看天色不早了，咱們也應該走了！」

胡小天正和霍小如聊得投機，此時徐正英又過來打岔，胡小天心中大為不滿，這個老電燈泡，果然是一點眼色都沒有，沒看到本少爺在泡妞啊？他看都沒看徐正英，擺了擺手道：「你先走，我陪霍姑娘聊聊天。」

徐正英當著眾人的面被他碰了一鼻子的灰，不由得老臉一熱，可他話已經說出去了，總不能再厚著臉皮留下，胡小天是他帶出來的，原本應該是他送回去，可胡小天分明是對名伶霍小如產生了極大的興趣，這屁股如同黏到了凳子上，一時半會是離不開了。

徐正英只能點了點頭道：「那好，我先走！」

徐正英走下煙水閣，本想將車馬留下，雖然和胡小天接觸的時間不長，他也已經看出胡小天惹事的能力絕對一流，為了以防萬一，還是留下車馬等他的好。可剛剛出了煙水閣，就看到胡府的家丁梁大壯咧著大嘴樂呵呵迎了上來：「徐大人，我家少爺呢？」

徐正英看到梁大壯身後還跟著五名家丁，這幫人其實一早就跟過來了，一直都在樓下等著，看到胡府既然來人了，徐正英也就放下心來，指了指樓上道：「他和朋友聊天呢，可能還得一會兒才能下來。」

梁大壯哦了一聲，心中有些不解，因何徐正英會把少爺一個人丟下自己先走，這位大人有些不道地啊，說好了照顧少爺，怎麼一個人走了？和朋友聊天？咱家這位少爺何時有過朋友？我怎麼沒聽說過？

徐正英道：「我還有事要先回府一趟，你們幾個就在這裡等他下來吧。」

梁大壯點了點頭。

徐正英一走，那幫文人墨客自然更沒了留下的必要，馬上就隨之離去。

霍小如向胡小天道：「胡公子，筆會都結束了，咱們也走吧！」

胡小天道：「筆會？呵呵連筆都沒見到，哪還談得上什麼筆會？不如下次我和霍姑娘單獨相約，以筆會友，切磋一下書法，談論談論文學。交流交流人生感悟也是好的。」

霍小如溫婉笑道：「承蒙胡公子抬愛，公子高才，小女子佩服得很呢。」雖然帶著面紗，可是明眸善睞，秋波隱隱，看得胡小天不由得心曳神搖。

看到霍小如要走，胡小天很紳士地過來為她扶住椅背，霍小如站起身來，感覺這位年輕人實在是有些特別，他和過去自己見過的任何人都不同，究竟哪裡不同，具體她也說不出來，就是感覺到他的身上充滿了太多特別的東西。表面上玩世不恭，可他絕不是不學無術的紈絝子。

胡小天陪著霍小如，那小婢抱著狐狸犬，三人一起下了煙水閣，自始至終霍小如都沒有將敷在面上的輕紗摘去，胡小天雖然很想一探芳容，可始終沒這個機會。越是神秘的東西越能激起別人心中的欲望，胡小天發現這位知性美女還真是懂得如何展現自己的魅力。

來到煙水閣外，霍小如停下腳步，轉過嬌軀，一雙妙目望著橫匾上的三個字，似乎對這煙水閣有所留戀，她輕聲道：「剛才的下聯我也想起了一個。」

胡小天站在霍小如身邊，美人在側，心曠神怡，微風將她嬌軀淡淡的體香送入鼻息之中，胡小天渾身上下每一個毛孔都透著一個大大的爽字，他微笑道：「在下洗耳恭聽！」

霍小如道：「子女相好，人弗作惡便成佛！」她這對聯應得巧妙，其中又似乎暗藏著教誨之意。胡小天心中一怔，人弗作惡便成佛？難道霍小如已經知道了自己的身分，聽說了自己的惡行，所以才送給自己這樣一聯，勸解自己向善？胡小天撫掌讚道：「妙極，妙極！霍姑娘果然是大康第一才女。」

霍小如笑道：「什麼大康第一才女，我可不敢當，只是讀過幾本詩書，對得幾個對子，在胡公子面前班門弄斧，貽笑大方了。」

胡小天道：「謙虛，謙虛，霍姑娘真是太謙虛了，可謙虛使人發胖，霍姑娘若是因為謙虛而變成了一個胖子，以後豈不是還要減肥？」

霍小如笑得花枝亂顫，雖然俏臉之上蒙著薄紗，誘人的風姿仍然迷得胡小天為之一呆。胡小天道：「我忽然又想起了一聯。」在美女面前，這貨今天也是才思敏捷，思如泉湧，不失時機的表現自己的才華。

霍小如一雙勾魂攝魄的美眸眨了眨：「洗耳恭聽！」

胡小天望著霍小如道：「少女為妙，大來無一不從夫！」

霍小如焉能聽不出這廝的言外之意，俏臉不由得一熱，雖然覺得胡小天的這一聯對得充滿挑逗騷擾之意，卻又不得不承認這廝真是才華橫溢，輕聲贊道：「胡公子高才！小女子自歎弗如！」

此時梁大壯看到了胡小天，咧著大嘴歡天喜地的往這邊湊了過來，遠遠道：「少……」還沒把爺喊出來已經遭遇到胡小天充滿殺氣的目光，梁大壯硬生生把爺給憋回到自己的肚子裡，張開雙臂把身後的幾名同伴全都攔在後面，這貨也不是傻子，看明白了，少爺正在泡妞呢，現在衝出去把他的泡妞大計給攪和了，少不得又要挨他一頓胖揍。

胡小天和霍小如站在煙水閣外互鬥文采互相欣賞的時候，有幾名經過此處的文士駐足傾聽，暗歎兩人的對聯高妙，有讚歎者自有不服者。

太史令邱青山的兩個兒子邱志高和邱志堂正在門口送人，今天的筆會是他們發起並組織的，原本他們對此筆會寄予很大的期望，請來了這麼多的京城文壇重量級人物，卻沒有想到以這個結局收場，全都被胡小天給攪和了，他們兩人雖然知道胡小天是徐正英帶來，卻不知胡小天到底是什麼身分，看到胡小天和霍小如仍然在煙水閣外聊得火熱，這兄弟兩人頓時感到心中怨恨無比。如果不是這廝喧賓奪主，今天的筆會也不會在這種尷尬的局面下收場。

邱志堂冷哼了一聲道：「什麼高才，無非是相互吹捧罷了，我也有一聯！」一句話把眾人的眼光都吸引了過去。

邱志堂清了清嗓子大聲道：「女支為妓，情海無心自天青！」周圍傳來一陣叫好之聲，可眾人叫好之時目光卻齊齊望向霍小如，霍小如雖然有才女之稱，可她在眾人的心目中也就是一位著名的歌姬，邱志堂的這一聯顯然是暗藏機鋒，借著對聯嘲諷歌姬身分低下，而且暗喻她這種行當的女人本無情意，雖然邱志堂的這一聯尖酸刻薄，但是不得不承認他這一聯對得實在是巧妙，而且具有極大的殺傷力。

胡小天一旁聽著，心中暗罵這廝刻薄，人家霍小妞又沒招你沒惹你，幹嘛要利用對聯罵人家，是不是看到小妞跟我聊天，你嫉妒啊？

霍小如因為這充滿侮辱性的一聯，俏臉失了血色，一雙美眸也變得黯淡無光，她雖才華過人，可畢竟出身卑賤，就如今天的筆會，別人請她過來，表面上透著尊敬，可內心真正的想法卻只是想她過來尋個樂子，誰也沒有看得起她的身分，霍小如身後的小婢眼圈都紅了，顯然為主人所遭受的屈辱而感到不平。

霍小如輕聲歎道：「因火生煙，若不撳出終是苦！」一方面指出邱志堂火氣太盛口下無德，另一方面又在感歎自己淒苦的命運，說完之後，她黯然道：「婉兒，咱們走！」剛才的良好心境頃刻間煙消雲散，甚至連和胡小天道別都忘記了，只想快快離開這個是非之地。

胡小天看到霍小如無端遭受如此羞辱，心中早已義憤填膺，再看到邱志高和邱志堂兄弟兩人站在那裡得意洋洋，宛如大勝了一場，胡小天心中罵道：「混帳東西，老子今天不打你們我跟你姓！」他笑瞇瞇朝著邱志堂走了過去，拱手行禮道：「這位兄台，真是高才！」

邱志堂滿臉傲慢冷哼了一聲，眼皮一翻，根本沒有理會他。

胡小天心頭火氣，忽然就揮拳打了出去，這一拳呯的一聲砸在邱志堂的鼻子上，打了邱志堂一個猝不及防，也打得這廝鼻破血流，胡小天打心底感到一陣痛快，歸根結底，簡單粗暴的報復方式，來得最為直接最為暢快。

邱志高看到兄弟被胡小天突然一拳給打到在地上，頓時衝上來和他廝打在一處，周圍站著的幾名書生文士不認得胡小天，可都是邱家兄弟的朋友，看到胡小天和邱家兄弟發生打鬥，都衝上來幫忙，胡小天高聲叫道：「梁大壯，你們都是死人嗎？」

梁大壯和一起過來的五名家丁這會兒方才反應了過來，梁大壯大吼道：「你姥姥的，敢打我們少爺，兄弟們！把這幫不開眼的孫子揍回娘胎裡去！」

別看這幫家丁對付真正的練家子不行，可對付這幾個手無縛雞之力的書生還是綽綽有餘，更何況胡不為新增了兩名家丁貼身保護胡小天，這兩名家丁的戰鬥力在胡府之中僅次於胡天雄，六名家丁加入戰場，頃刻間控制住了局面。

那幫書生平時吟詩作對，之乎者也還行，談到打架根本上不了檯面，秀才見了兵，有理說不清，要是遇見家丁，連說理的機會都沒有，看到眼前情景，一個個拔腿就跑，只恨爹娘少生了兩條腿。

胡小天這四個多月的鍛煉可不是白費的，雖然不懂什麼高明的武功，格鬥技巧方面差了一些，可是力量卻著實不弱，尤其是面對邱家兄弟這種文弱書生，他沒花費多大力氣就佔據了全面優勢。

先是邱志堂被胡小天一拳擊倒在地，然後邱志高上去幫忙，從後面抱住胡小天的身軀，冷不防胡小天的腦袋向後一甩，後腦勺撞在邱志高的鼻子上，把他撞得鼻血長流。

胡小天的六名惡僕衝上來把邱志高拖倒在地，然後一陣拳打腳踢。邱志堂剛剛從地上爬起來，又被胡小天衝上去，當胸一腳踹倒在地上，胡小天騎在他的身上，左手揪住他的衣領，揚起右手，左右開弓抽了這廝五六個大嘴巴子，打得邱志堂面頰高腫，慘呼連連。

邱志堂哀嚎道：「君子動口不動手，你這惡少……真是有辱斯文……」

胡小天笑道：「有辱斯文？老子侮辱的就是你這種斯文人，不打你我今兒非憋出毛病來不可，不打你，你就不能長點記性。」

這是個崇尚規則的時代，讀書人看重的是君子動口不動手，對這些清高的文化人來說，他們都把動手看成是野蠻粗俗的表現，根本不屑為之。大家吟詩作對，比的是文采，做的是君子之爭，你要是在才華上勝過我，我對你心悅誠服，很少看到讀書人因為一言不合，大打出手的場面。

所以邱家兄弟方才敢口出狂言，取笑霍小如的出身，霍小如面對這樣的侮辱，也只能感歎自己命苦，準備默默離去的時候，想不到形勢會發生這樣的逆轉，胡小天之所以出手，完全是因為看到邱志堂對待一個女子如此刻薄而義憤填膺，感覺如果文縐縐地用對聯應對，跟這兄弟倆做口舌之爭都不解恨，只有衝上去拳打腳踢一通胖揍方才能夠找回心理平衡。

事實驗證了胡小天的想法，痛揍邱家兄弟的時候得到的滿足感和酣暢感，要比吟詩作對強了不知多少倍，這貨心想看來我這輩子從骨子裡就是個粗人！蓬地一拳又砸在邱志堂的右眼上，打得這貨直挺挺躺了回去，涕淚之下道：「惡徒……你不怕被天下的讀書人笑話……」

「笑話你娘！」胡小天狠狠在這貨臉上啐了口口水。

霍小如原本想上車離去，可想不到胡小天居然會衝上去大打出手，她當然明白之所以會發生這場混戰，全都是因為自己的緣故，看著眼前的局面，胡小天一方顯然占盡優勢，打得那幫才子哭爹喊娘，屁滾尿流，一時間不知是該走還是該留，身後抱狗的女婢婉兒看得暢快，一旁不停助威道：「打得好！打得好！加油！加油！」

霍小如瞪了婉兒一眼，婉兒吐了吐舌頭，縮了縮脖子，顯得非常可愛。霍小如正在猶豫是不是應該去勸解一下的時候，卻見一匹黑色駿馬從遠處馳向煙水閣的方向，馬上一名公差打扮的女子英氣逼人，她一手牽著馬韁，一手握劍，怒斥道：「全都給我住手！」正是京兆府女捕頭慕容飛煙。

胡小天雖然沒有回頭，已經從聲音中判斷出了來者的身分，心中暗叫晦氣，姥姥的，想不到大康京城的治安還真是不賴，出警效率這麼高啊，到底是誰多管閒事，這麼快就撥打了一一〇？

原本已經躺倒在地上的邱志堂聽到捕快來了，重新抬起頭來，大聲慘叫道：「救命啊……」這一聲把吃奶的力量都用上了，脖子上的青筋全都暴出來了。馬上看到一隻拳頭在自己的眼前放大，胡小天下手可真夠黑的，蓬的一拳，把邱志堂的左眼也給打青了，然後從邱志堂的身上爬了起來，拍了拍雙手，滿不在乎道：「兄弟們，收工走人！」

聽到胡小天一聲令下，梁大壯那幫家丁馬上也停止了毆打，一個個整了整衣服，氣喘吁吁地來到胡小天的身後站了。

慕容飛煙已經縱馬奔行到煙水閣前，胡小天本以為她又得來個前空翻外加轉體的下馬動作，可這次並沒有被他算準，慕容飛煙只是翻身下馬，這妞兒的身手真是矯健，簡單樸素的動作一樣那麼英姿勃勃，她手握劍柄，一雙美眸冷冷盯住胡小天，邁著不急不緩的步子向他走了過來。

胡小天笑瞇瞇望著慕容飛煙，看來自己和慕容小妞有點犯克，怎麼每次出事她都會第一時間出現在案發現場，難不成這小妞把自己當成了重點嫌疑對象，一直在盯防自己。

慕容飛煙來到胡小天面前，圍著他緩緩走動，她走胡小天也走，兩人目光相對，繞著圈兒對視著，乍看跟鬥雞似的。最終還是慕容飛煙率先停下了腳步：「胡公子！今天的事情你作何解釋？」

胡小天哈哈大笑，態度那是相當的不屑。

邱志高、邱志堂兩兄弟相互攙扶著從地上爬了起來，他們此時的模樣，恐怕連他們的親爹親娘都認不出來了，文化人遇到流氓註定是要吃虧倒楣。兩兄弟哀嚎道：「慕容捕頭……他當街行兇……你一定要為我們做主啊……」

慕容飛煙望著胡小天唇角露出冷笑：「眾目睽睽，當街行兇，恃強凌弱，以眾凌寡，你還有什麼話說？」她早就算準了胡小天還會作惡，只是沒想到這麼快就犯在了自己手裡。

胡小天道：「你想怎麼說就怎麼說，身為執法人員，不問緣由，不經調查，不分青紅皂白，偏聽偏信，對我妄加指責，混淆黑白，顛倒是非，慕容捕頭！你今天是不是想讓我見識一下，何謂假公濟私，何謂公報私仇？」

慕容飛煙冷冷道：「伶牙俐齒，信口雌黃，顛倒是非，混淆黑白的是你！」她馬上先行，這會兒她的部下，四名捕快方才跟了上來，四名捕快這一路急匆匆跑來，體力明顯透支，一個個拄著手中的水火棍，上氣不接下氣。

胡小天沒打算跟一個小妞兒逞口舌之利，笑瞇瞇道：「幫手來了啊，剛好幫忙把這群廢物送醫院，沒事我先走了！」這貨招了招手，帶著手下人大搖大擺想離去，方才走了一步，慕容飛煙手中的劍就抵在了他的心口之上，當然是帶著套的。慕容飛煙的目的只是為了阻止他離去，不是為了傷人。

胡小天歎了口氣道：「我說慕容捕頭，你這麼喜歡頂我啊，硬梆梆的很不舒服的，要不咱倆換個位置，我頂你試試？」

慕容飛煙怒道：「無恥！」

邱志高一瘸一拐湊了上來，看到京兆府來人，這貨的膽子自然壯了許多，指著胡小天道：「惡人，無恥，下流，齷齪……」

胡小天忽然一拳打了過去，居然當著慕容飛煙的面將邱志高再次放倒在地，別看胡小天不懂武功，可艱苦健身還是有成果的，對付這種白面書生，絕對能夠分鐘拿下，麻痹的死不悔改，居然跟自己玩脫口秀，打的就是你這種賤人。

慕容飛煙根本沒有預料到他居然這麼囂張，在自己面前還敢公然打人，怒道：「你……」

「你聽到了，他罵我，我這叫正當防衛！」

慕容飛煙道：「來人，把他們全都帶回去！」

胡小天舉目向遠處望去，卻不知霍小如何時已經走了，心中微微一怔，暗忖，這霍小如有些不夠意思啊，老子在這裡為你打抱不平，大打出手，你看到官差來了，居然一聲不吭就拍屁股走人，也太不仗義了。

慕容飛煙的手上又加了幾分力，頂的胡小天胸骨有些疼痛，不由得向後退了一步，心中暗罵，今天你頂老子，改天老子加倍頂回來！戾氣！還是戾氣！過去我脾氣沒這麼大啊？胡小天實在是有些納悶，看來這場穿越之旅對自己的性情或多或少還是有了一些影響，在不知不覺中發生了不小的變化。

如果對一個人的第一印象已經形成，那麼很難輕易改變，在慕容飛煙的眼中，這胡小天就是一個無惡不作的衙內，調戲婦女，恃強凌弱，這樣的人絕對是害群之馬，屬於必須要嚴厲打擊的對象。她當然明白胡小天的身世背景，知道就算自己將他帶回京兆府，也很難將他治罪，以他超然的背景和身世，即便是京兆尹大人也不敢拿他怎樣，十有八九最後還是不了了之，可即便是如此，慕容飛煙仍然不能放任他囂張離去，她要讓所有圍觀的大康子民看到，邪不能勝正。

劍鞘突然橫在胡小天的胸前，利劍噌的一聲從劍鞘中彈射出來，森寒的劍刃距離胡小天的咽喉不過兩寸的距離，胡小天被嚇了一跳。

慕容飛煙低聲道：「你最好乖乖聽話，不要逼我動手！」

胡小天舉起雙手笑道：「慕容捕頭，我絕對配合你的工作。」

慕容飛煙冷哼一聲，將他的身體推得轉了過去，然後用繩索將他的雙手給綁在身後，胡小天道：「沒必要吧，我又沒打算逃。慕容捕頭，大家也算相識一場，我知道你很為難，抓我，害怕上司怪罪，不抓我，又怕被老百姓說你畏懼強權，真是糾結啊！」

慕容飛煙氣得狠狠紮了一下繩索，胡小天痛得皺了皺眉頭，歎了口氣低聲道：「咱們做做樣子就是，你對大家有了交代，繼續維持你正義凜然的形象，我也不會追究你的責任，大家以後還有做朋友的機會。」

慕容飛煙推了他一把：「走，少跟我廢話！」

此時看到一輛精美的馬車回到煙水閣前，卻是戶部侍郎徐正英去而復返，他剛剛離去之後，越想越是忐忑，雖然胡府的家丁到了，可胡小天畢竟是他帶出來的，他就這麼離去，真要是再鬧出什麼事端，仍然是他的責任，於是徐正英又讓車夫折返回來，剛剛來到煙水閣就看到眼前的一幕。

徐正英下了馬車，驚慌道：「給我住手！」他撩起長袍，一溜小跑奔了過來，這古代的服飾實在是有點累贅，不用手拎著袍子，跑起來容易踩到，很可能會把自己給絆著。

慕容飛煙看到戶部侍郎徐正英到了，不由得有些頭疼，不用問，這徐正英肯定是要護著胡小天的，胡不為是他的頂頭上司，他不為胡小天說話才怪。

徐正英氣喘吁吁地來到慕容飛煙面前，疾言厲色道：「這究竟是怎麼回事？胡公子犯了什麼罪？你這樣對他？」

慕容飛煙將目光向一旁的幾名鼻青臉腫的文人看了一眼，輕聲道：「徐大人或許應該去問問他們！」

邱志高、邱志堂兄弟兩人哭喪著臉道：「徐大人，您可要為我們做主啊！」

胡小天心中暗笑，做主？做你麻痹的主，這邱家兄弟根本就是書呆子，情商也忒低了一點，明知道徐正英和我是一個陣營的，還去求他做主，簡直是蠢材。

邱家兄弟也不傻，他們認為自己今天吃了大虧，而且過去他們和徐正英是有些交情的，這樣說的目的是讓徐正英不方便為胡小天出頭。

徐正英第一眼居然沒把這兩兄弟認出來，直到他們開口說話方才認出原來是邱家兄弟，看到這兩個豬頭阿三一般的人物，心中不免有些同情，胡小天啊胡小天，你下手也忒狠了一些吧，我前腳剛走，你後面就惹出了這麼大的麻煩。不過徐正英對這兩兄弟也沒什麼好感，安排禮部尚書吳敬善過來，兩人居然沒有提前跟自己說一聲，搞得自己風頭被搶盡，在這麼多人面前好沒有面子，這種人挨打也是活該。

徐正英張開雙臂，將兩條手臂搭在邱志高、邱志堂兩兄弟的肩上，低聲道：

「你們怎麼會招惹上他？」

邱志高委屈道：「徐大人，是他不分青紅皂白，帶著家丁衝上來就打，我們根本就不知道他是何人？」

徐正英道：「當真不知道？」

兩兄弟同時搖了搖頭。

徐正英壓低聲音道：「三品大員、戶部尚書胡大人的公子胡小天！」其實沒必要介紹那麼清楚，徐正英把胡小天老子的官位爆出來的目的在於恐嚇，要讓這兩小子知難而退。

邱志高和邱志堂兩人此時方才知道胡小天的真正身分，兩人的身軀幾乎在同時哆嗦了一下，邱家兄弟不傻，胡不為什麼人他們都聽說過，兩兄弟整天組織筆會，真正的目的可不是為了純粹的文學交流，他們想通過這種形式多攀交一些上層人物，有朝一日也好為兩人以後步入政壇打下基礎，他們的老爹邱青山雖然學富五車，可不善與人相處之道，到現在也不過是從五品下的一個太史令。

徐正英道：「胡公子的未來岳父是劍南西川節度使、西川開國公李天衡李大人……」他把話說到這裡就停住不說了，意思已經表露得足夠明白，你們兩兄弟自己去好好體會吧，就胡小天的這背景豈是你們兩兄弟能夠得罪起的，打你們，只怪你們不長眼睛，誰讓你們得罪他的，今天如果因為你們兩兄弟的事情把他給送官，只怕到頭來倒楣的還是你們。

邱志高和邱志堂對望了一眼，兩人幾乎在一瞬間就拿定了主意，一轉身齊聲叫道：「冤枉啊！」

徐正英聽到他們喊冤，差點沒把肺給氣炸了，話都跟你們說明白了，你們居然還執迷不悟，是你們自己找死，怨的誰來？

慕容飛煙這邊已經捆好了胡小天，她手下的四名捕快也把胡小天的六名家丁給綁了，因為胡小天有言在先，讓家丁們放棄反抗，所以在整個逮捕過程並沒有發生任何的衝突。

聽到邱家兄弟喊冤，慕容飛煙又轉過身來，一雙清清朗朗的眸子望著這兄弟二人道：「你們不用擔心，跟我一起去京兆府，面見大人，將這件事的來龍去脈說個清清楚楚，大人自會給你們一個公道！」

邱志高道：「慕容捕頭，胡公子冤枉啊！」

邱志高的這句話不但把慕容飛煙給弄愣了，連胡小天也被這貨弄了個目瞪口呆！

慕容飛煙氣得滿臉通紅，明明讓人揍得跟豬頭似的，現在居然倒過頭來為打人者說話，該不是腦袋被打糊塗了，連敵我都分不清楚，慕容飛煙道：「你們幫他喊冤？」

邱志高點了點頭，那邊邱志堂也跟著叫道：「慕容捕頭，平白無故，你為何要抓胡公子？他究竟何罪之有？」

慕容飛煙鄙夷地望著邱志高：「你臉上的傷是怎麼回事？」

邱志高道：「我自己摔的！」好嘛，因為害怕得罪戶部尚書的公子，這次是豁出去不要臉了。邱志堂跟著點頭，到底是一個娘生出來的，兄弟兩人都不用溝通，邱志堂道：「我也從樓梯上一腳踩空滾下來的，幸虧胡公子扶住我，不然我腿都要跌斷了！說起來還真是要謝謝胡公子的救命之恩！」說這這番話的時候連邱志堂自己都佩服自己，我真不是普通人，忍辱負重，委曲求全，君子報仇十年不晚，等老子以後有發達之日，必雪今日之恥。

慕容飛煙盯住邱志高道：「剛剛我明明看到他打了你一拳！」邱志高呵呵笑道：「我們是在開玩笑，鬧著玩的，我們是好朋友，所以經常這麼開玩笑，是吧，胡公子？」

胡小天心中暗贊，這邱家兄弟可真是不要臉到了極點，這貨哈哈笑道：「是啊，我們是好朋友，約好了在煙水閣吟詩作對，這感情不知要有多好，有道是打是親罵是愛，表面上你看我打了他一拳，可實際上我這是愛之深才讓他痛之切，打在他的臉上，痛在我心上，男人之間這種偉大的友情，你們女人又怎會懂得？」

邱家兩兄弟心中暗罵，恨不能衝上去活活把這廝給咬死，可他們倆是有賊心沒賊膽，今天這虧是吃定了。

徐正英一旁笑道：「我就說嘛，大家吟詩作對，君子之交，怎麼會相互交惡，一定是誤會了。」心中暗贊這邱家兩兄弟還算識時務。

事已至此，慕容飛煙反倒成了一個多事之人，她當然能夠看明白其中到底發生了什麼，可現場的情況是一個願打一個願挨，就算是把他們全都帶回京兆府，到最後上司也只能怪自己多事。

慕容飛煙來到胡小天身後，伸手為他解開繩索，用只有他們兩人才能聽到的聲音道：「今天算你走運！」

胡小天微笑道：「慕容捕頭為何盯上了我？難道是對我生出了特別的感情？」

慕容飛煙道：「你最好懸崖勒馬，痛改前非，不然的話……」

「不然怎樣？」

「不然總有一天我會把你送入牢中！」

胡小天歎道：「慕容捕頭，你對我的偏見實在是太深了，身為一個執法者，應該時刻保持一顆公正之心，切忌透過有色的眼鏡看人。」

慕容飛煙對他的這番話只能做到一知半解，冷哼一聲：「胡言亂語，都不知道你在說什麼！」她擺了擺手，帶著四名捕快收隊走人。

邱家兩兄弟白挨了一頓打，到最後還得為胡小天說情，當著這麼多人的面，這臉面算是丟盡了，兩人也不好意思在現場逗留，實在不知道應該如何面對接下來的局面，擠出人群灰溜溜逃走了，其他挨打的文人看到邱家兄弟的下場，誰也不敢出來指證胡小天，一個比一個溜得快。

胡府的六名家丁看到這件事峰迴路轉，輕易就化解，非但被打的人不敢告狀，連官府捕快也拿他們沒轍，一個個變得更加的耀武揚威囂張跋扈，瞪著眼睛兇神惡煞般威脅圍觀百姓：「看什麼看？信不信我揍你啊！」

老百姓看到這幫惡僕如此囂張，嚇得慌忙退散，只是經過這場風波，胡小天的惡名肯定會傳播得更遠了。

徐正英將胡小天請上自己的馬車，他算是怕了這位大少爺了，人是他帶出來的，他必須要將這廝給送回去，如果任由他在外面逛蕩，還不知要惹出多大的麻煩。此時徐正英的內心悔得抽自己兩巴掌的心思都有了，我真是犯賤啊，這小子活脫脫是個瘟神啊，走一路禍害一路啊！我怎麼把他給帶出來了？

胡小天上了馬車居然老實了許多，閉上雙眼，不知心裡在想些什麼。

徐正英咳嗽了一聲打破沉默道：「賢侄，你因何與邱家兄弟發生了衝突？」徐正英實在是有些納悶，他搞不清楚為什麼胡小天會跟那兄弟倆打起來。

胡小天沒有睜眼：「我看他倆不順眼行嗎？」

徐正英無言以對，看人不順眼就要大打出手，如假包換的惡少啊！

胡小天卻想起了霍小如，今天自己為她出頭，事情鬧大，霍小如卻一言不發不辭而別，這女人也太薄情了一些，哥為你付出了這麼多，難道你心中一點點感激都沒有嗎？

第六章

丹書鐵券遭竊

一語驚醒夢中人，胡小天聽他這麼說，不由得後背冒出了冷汗，
不錯！要是丟了丹書鐵券那可是重罪啊！
倘若丹書鐵券真的被飛賊竊走，這件事又不幸暴露出去，
只怕會給他們胡家帶來很大的困擾。

春風吹起窗幔，一絲細雨於無聲無息中飄落，隨著微風潛入車廂內，沁涼的感覺讓霍小如從沉思中驚醒過來，剪水雙眸淒迷地望向車窗外，外面不知何時下起了雨，濛濛煙雨將外面的景物籠罩在一片朦朧之中。

婉兒抱著小狗坐在她的身邊，一雙靈動的大眼睛不停眨動著，她咬了咬嘴唇，終於還是忍不住問道：「小姐，我們為什麼要走？」

霍小如沒有說話，仍然靜靜望著窗外。

婉兒道：「小姐，人家胡公子是為了你打抱不平，剛才官府來人，咱們是不是應該幫忙作證，總不能置身事外吧？」小妮子對主人的作為大大不解。

霍小如道：「如果我留下，別人肯定會說他衝冠一怒為紅顏，為了一個舞姬大打出手，你以為傳出去會好聽嗎？」

婉兒無言以對。

霍小如心思縝密，考慮得遠比這小丫頭要周全得多，看到京兆府來人，她第一時間選擇離去，不是害怕捲入這場是非之中，而是擔心因為自己的存在而給胡小天帶去更多的是非。今天的這場紛爭全都因她而起，可這件事說出去卻不是那麼的光彩，她的身分只是一個歌姬罷了，胡小天的身分卻是戶部尚書的兒子，正是出於對胡小天義舉的感激，所以霍小如才理智地選擇迴避，她相信憑著胡小天的智慧和背景應該能夠解決這個麻煩，如果自己勉強留下，只會讓現場的情況變得更加複雜。

婉兒撇了撇櫻唇道：「小姐，我覺得胡公子不但有趣，而且還是個好人呢。」

霍小如淡然笑道：「他是好是壞，和我們又有什麼關係？」

馬車忽然一個急剎，突如其來的狀況讓車內的胡小天和徐正英猝不及防，兩人的身體因為慣性而衝向車廂前方，胡小天因為抓住車廂內的護欄及時止住了前衝的勢頭，徐正英就沒他那麼幸運，腦袋碰到了車廂前壁，頓時感到一陣頭腦發懵。徐正英穩住身形，拉開車簾，怒斥道：「混帳東西，怎麼駕車的？」

那車夫急忙勒住馬韁的原因卻是前方出了狀況，原本他們一直跟隨在一輛載貨的馬車後面，可前方路面上有一處損毀的凹坑，因為陰天下雨的緣故，拉貨馬車車夫一時不察，從凹坑駛過，車輪陷了進去，因為那輛載貨馬車載滿貨物，一時間車身失去平衡，向右傾覆，貨物灑了一地不說，馬車還將車夫壓在了下面。

搞清楚狀況之後，徐正英擺了擺手道：「不用管它，咱們繞開就是！」

車夫點了點頭，揚鞭欲行，胡小天卻聽到風雨聲中傳來淒慘的呼救聲，他慌忙道：「且慢！」他推開車門下了馬車，看到前面一輛載滿貨物的馬車歪倒在道路上，一名頭髮花白的老者躺在地面上，他的左腿被壓在車輪下，身體周圍還有不少傾灑的穀物，那老者顯然受了傷，叫得異常淒慘。

可這京城之中人情淡漠，看到眼前情景，竟然沒有一人主動上前施以援手，徐正英看到胡小天下車，他不知哪兒弄了把油紙傘，撐起來很討好地幫助胡小天遮雨，想不到胡小天居然脫去外袍，擼起袖子，向後面趕到的家丁揮了揮手道：「過來，幫忙推車救人！」

徐正英道：「多一事不如少一事，這……」

胡小天根本不答理他，已經帶著六名家丁來到那輛拉貨的馬車旁。

徐正英舉著油紙傘追了過去：「賢侄！賢侄！你是何等身分，豈能為一個下人迎風沐雨？」在這個身分地位等級分明的社會，徐正英說出這番話並不奇怪，他的思維已經形成了定式，認為理當如此，以他們的身分地位，又怎麼可能去關心一個下等人的死活，看到阻止不了胡小天前去幫忙，又勸他不必親自去。

胡小天道：「此言差矣，人生來都是平等的，哪有高低貴賤的差別！」別看這貨平日裡耀武揚威頤指氣使得像個惡少，可骨子裡還是有著人人平等的概念，所以這番話衝口而出，在他看來原本很普通很正常的一句話，卻讓周圍的所有人為之深深震撼。

徐正英因為他的這句話愣了一下，等他反應過來，看到胡小天已經抵在馬車的後方幫忙。

梁大壯那幫家丁也被胡小天剛才的那句人生來是平等的話震撼了一下，可馬上這幫人就認為胡小天這句話根本就是荒謬之極，你生在大富大貴之家，生來就是公子衙內，我們生在普普通通的百姓之家，生來就是當奴役做苦力的命，人命天註定，什麼生來平等？平等怎麼不把咱們的位置互換一下？

梁大壯大聲道：「咱們一起用力把車給推上去！」他試圖叫人齊力將車推向前方，將老者從車下救出來。

胡小天卻道：「千萬不可！」他先觀察了一下那老人的狀況，老頭兒雖然左腿被車輪壓住，可看來意識還算清醒。雙下肢的感覺正常，應該沒有傷到脊椎。胡小天讓人先將馬車上面的貨物搬空，減輕馬車的自重，在這一過程中儘量不要觸動這輛馬車，以免加重老者的傷勢。

胡小天為老者做了一個初步的檢查，確信他的頭面部和上身並沒有外傷，微笑安慰老者道：「大爺，您不用怕，我們很快就能將您救出來！」

老者忍著痛點了點頭。

貨物搬空之後，胡小天讓所有人一起，架著馬車的一側，將馬車向上另外一邊抬起，他則來到那老者身邊，從後方將他抱住，等馬車的車輪被推離老者的下半身，小心將老者從車下平拖了出來。

移動老者的過程中，難免觸痛了老者的傷處，他痛得慘叫起來。

胡小天檢查了一下老者的下肢，右腿並沒受傷，一切如常，只是左大腿因為被車輪壓到而發生了骨折，幸運的是骨折端沒有完全斷裂，也沒有發生移位，這正是醫學上常說的骨裂，通常是不需要經過手術治療的。胡小天要來一柄短刀，將老者的褲腿割開，很快就做出確診，老者的大腿沒有開放性外傷，只是一個單純的骨裂，胡小天就地取材，讓梁大壯找來兩塊木板，其中一塊作為夾板放在傷者大腿的內側，另外一塊更長的木板放在老者的左腿外側，再用布帶從胯部一直到足踝綁緊固定。

胡小天為老者緊急處理傷勢的時候，雨越下越大，他身上的衣服全都被冷雨濕透，而胡小天卻渾然不覺，全神貫注地投入到治療之中。

徐正英和那幫家丁開始的時候還覺得胡小天只是一時興起所以多管閒事，可當他們看到胡小天專注的表情、篤定的目光，居然產生了一種錯覺，似乎沐浴在風雨中的胡小天身上籠罩了一層金色的光暈，人性的光輝。

徐正英舉著油紙傘九分獻媚一分感動地給胡小天遮在頭上，看到胡小天嫻熟的包紮動作，心中不免有些好奇，這貨一副很內行的樣子，難道他真懂醫術？想想又不太可能，不是說他半年之前都是一個人事不知的傻子，只不過剛剛恢復了理智和意識，可這半年內，他是如何學會的吟詩作對？又從何處學了這麼一手煞有其事的接骨之術？徐正英越想越是迷惘了，這小子究竟是個天才還是一個蠢材？

胡小天為老者固定好骨折的左腿，忽然意識到，這種從心底想救一個人的感覺已經久違了，在看到老者被壓在車底的剎那，他甚至忘記了自己現在的身分，當時腦子裡只有一個念頭，那就是去救人。等他忙完急救的事情，方才想起，自己明明是個無惡不作的紈絝子弟啊，這突然表現出的友愛和關懷根本不應該出現在自己的身上。雖然他竭力想擺脫過去的那種生活，擺脫前生對今世的影響，可有些事是由衷而發的，就像他當初毫不猶豫地跳下翠雲湖去救唐輕璇，醫者仁心，對生命的尊重早已融入到他的血脈之中。

那老者充滿感激地望著胡小天道：「謝謝公子……」

胡小天笑了笑，病人的感謝對他來說已經是最好的禮物。他站起身來，在一幫家丁的眼中，這位惡少的形象前所未有的高大了起來，可他們絕不認為這位少爺突然變成了菩薩心腸，想起這貨癡呆了十六年，估摸著這會兒腦子又不知搭錯了那根弦，居然當起好人來了，肯定是病了，病得不輕！

此時一輛馬車來到了現場，卻是徐正英派手下人從附近醫館易元堂請來了大夫，易元堂是康都三大醫館之一，旗下擁有不少名醫坐堂，說起康都三大醫館，分別是玄天館、青牛堂和易元堂，這三家醫館之中都有人入選太醫院，而其中以玄天館的影響最大，近五十年來國醫聖手層出不窮，但是玄天館門檻很高，非達官顯貴不看，相比玄天館而言，青牛堂和易元堂就親民許多，在京城之中也有不少的診所分號，附近楊柳營就有一家易元堂的分號。

戶部侍郎傳召，易元堂自然不敢怠慢，連易元堂的二當家袁士卿也親自趕了過來，等他們到達現場的時候，發現那老者已經被人從車輪下搶救出來，並給予妥善的處理。

袁士卿先去跟徐正英打了個招呼，然後來到那老者身邊摸了摸他的脈門，首先確定老者的脈息是否平穩。

胡小天道：「傷在左腿的股骨，並沒有合併其他的內外傷，骨折斷端沒有完全斷裂，也沒有移位，我先幫他做了簡單固定。」

袁士卿看了看老者的左腿，單從對骨折的處理和夾板的捆綁已經看出這肯定是個專業人士所為，他點了點頭，讓跟隨他前來的兩名弟子將受傷的老者抬上馬車，準備先將老者送往易元堂再做進一步的處理。

袁士卿向胡小天拱了拱手道：「敢問公子高姓大名？」

胡小天笑了笑道：「胡小天！」

袁士卿搜腸刮肚也想不出這京城中有個名叫胡小天的醫生，康都有名的醫館就這麼幾家，年輕後輩中出色的更是寥寥可數，袁士卿又道：「請問胡公子平日都在哪家醫館坐診？師承何人？」

胡小天笑道：「我不是醫生！」他向袁士卿道：「你們好好救治那老者，診金方面不用擔心，需要多少只管來我府上拿！」他說完朝梁大壯那幫家丁使了個眼色，在眾人的簇擁下上了自己的馬車，臨行前向徐正英擺了擺手作為道別，剩下的掃尾工作就交給徐正英去處理了。

徐正英經過這番折騰，身上也已經被雨水濕透，他心中暗責胡小天多事，明明是個素不相識的老頭兒，多管閒事做什麼？可既然已經插手了，這事情看來只能管到底，這也是徐正英為什麼會將易元堂的人請來的原因。

袁士卿來到徐正英身邊，恭敬道：「徐大人放心，我們一定會好好醫治那位老人家。」聽他話的意思明顯是賣了個人情給徐正英。

徐正英道：「診金方面……」

袁士卿笑道：「徐大人放心吧，您的事情就是易元堂的事情。」言外之意就是分文不取，像徐正英這種掌握實權的財政要員，平時想巴結都巴結不上，這次有了機會，怎麼可能找他要錢？

徐正英心中暗忖，算你懂事，他準備離去的時候，袁士卿又道：「徐大人，剛剛那位胡公子是什麼人？看來他對骨傷很有些研究。」行家一出手就知有沒有，袁士卿單從胡小天的處理方法就能夠推斷出這年輕人肯定是醫道中人。

徐正英皺了皺眉頭，他真真正正是有些納悶了，在他過去的概念裡，胡小天只是一個養尊處優不學無術的紈綺子弟，可今天在煙水閣，胡小天表現出的智慧學識已經讓他刮目相看，即便說是震撼也不為過。可胡小天的表現又讓他捉摸不透，在煙水閣痛毆邱家兄弟的時候，蠻不講理仗勢欺人，連徐正英都認為這廝欺人太甚，可轉瞬之間，卻又變成了妙手仁心的大善人，遇到一個素不相識的老頭兒，居然願意冒雨施救，不知道的還以為是他們家親戚。這小子性情如此複雜多變，真讓人難以把握，恐怕連他親爹也不知道他兒子是這個樣子吧？

徐正英苦笑道：「他是戶部尚書胡大人的公子，哪裡懂什麼醫術！」

袁士卿聽徐正英這樣說，一臉的不能置信，他先是錯愕地張大了嘴巴，然後搖了搖頭道：「怎麼可能？」袁士卿無論如何都不相信胡小天是不懂醫術的，一個不懂醫術的人不可能將骨折的應急處理做得如此準確，這實在太過匪夷所思。

胡小天回到自己的房間，洗了個熱水澡，換了身衣服，就看到一名丫鬟端著剛剛熬好的薑湯送了進來，總管胡安跟在身後。

胡安一臉笑容道：「少爺，喝點薑湯，淋了一場雨，千萬別著涼。」

胡小天點了點頭，端起薑湯喝了，抬頭看了看那丫鬟，發現這丫鬟姿色普通，他發現了一個非常奇怪的現象，這尚書府內要說丫鬟婆子也得有幾十人，可這其中居然沒有一個長相能給自己留有印象深刻的，甚至可以說連中人之姿都沒有，普遍長相都是及格線以下。按理說不應該這樣，記得過去看小說影視劇的時候，哪個大戶人家裡面不是美女如雲，可他們老胡家的丫鬟團隊綜合長相也忒慘了點吧，不說要有秋香那種禍國殃民的級數，好歹也得有個襲人晴雯之類的俏丫頭吧？可轉念一想，自己也不是多情的寶二爺，對丫鬟也不能要求太高。

雖然只是被胡小天正眼看了一眼，那丫鬟已經是內心狂跳，要知道她被派來伺候少爺已經有半年了，這位少爺連正眼都沒看過自己，今天居然在自己臉上打量了好幾眼，難道是自己的姿色終於打動了他？大戶人家的丫鬟沒幾個是安於本分的，誰都想著有朝一日飛上枝頭，完成一齣從丫鬟逆襲成為主子的勵志橋段，可實現這個理想必須要獲得主子的青睞。那丫鬟還算聰明，及時做出了一個嬌羞的回應，一雙眼睛閃動出自認為嫵媚的光芒。

胡小天看到那丫鬟惺惺作態的樣子，不禁笑了起來，他這一笑，丫鬟臉紅了。

胡安向那丫鬟道：「香凝，這裡沒你事了！」

那丫鬟嗯了一聲，心有不甘地退了出去，臨出門之前還偷偷拋給了胡小天一個媚眼，機會難得，小丫鬟也有大智慧，只可惜胡小天對她的這個媚眼毫無反應。

等到那丫鬟退出去之後，胡小天道：「胡總管，我沒得罪你吧？」

胡安對這位小少爺的脾氣多少也瞭解了一些，趕緊向前一步，把身軀躬得更低：「少爺，您這話是從何說起？」

胡小天道：「我這身邊的傭人怎麼一個長得比一個磕磣？我不求秀色可餐，怎麼也得賞心悅目吧？你瞧瞧這幫丫鬟的品質，這成色……到底是我的審美觀有問題，還是你的審美觀有問題？」

胡安這才明白胡小天所說的是什麼，他陪著笑道：「是夫人！」

胡小天怒目而視：「大膽，你居然敢說我老媽眼光有問題！」

胡安慌忙解釋道：「少爺，我可沒有詆毀夫人的意思，挑選丫鬟的標準全都是按照夫人的意思，夫人說過，越是長得漂亮的女人這心性就越是歹毒，夫人擔心太漂亮的丫鬟會讓少爺分心，會耽擱少爺的學業。」

胡小天明白了，這事兒十有八九跟自己沒啥關係，這位老媽是個醋缸，見不得女人太漂亮，生怕這府裡漂亮的丫鬟婆子多了，會有麻煩，會有不安分的人去勾引自己的老爹，胡安雖然沒說明白，可意思已經傳達到了。

胡安看到胡小天不說話，以為他心中仍然責怪自己，低聲道：「少爺，要不回頭我給您換一個。」

胡小天道：「四十分換成五十九分有區別嗎？」

胡安不明白他的意思，怔怔地望著他。

胡小天歎了口氣道：「還是不及格啊！算了，跟你說點事真是費心勞力，簡直是對牛彈琴！」

胡安道：「少爺，您不必著急，十月就是您的大婚之日了。」胡安是過來人，什麼事情不明白，少爺這是發春了，想女人了。

胡小天惡狠狠盯住胡安，這貨哪壺不開提哪壺，傷口上撒鹽啊。

胡安看到胡小天的眼神，就明白自己無意間又觸痛了這廝的逆鱗，慌忙把腦袋耷拉了下去，深深一躬道：「少爺，沒其他的事情，我先出去了。」

胡小天冷哼一聲：「不送！」

胡安來到門前卻又想起了一件事，一轉身走了回來，又向胡小天深深一躬道：「少爺，有件事老奴不知當講還是不當講？」

胡小天不耐煩道：「別婆婆媽媽吞吞吐吐的，有話快說！」

「少爺，我聽說煙水閣的事情了，如果這件事傳到老爺的耳朵裡恐怕不好。」

胡小天瞇起眼睛看著他，似乎在詢問他到底什麼意思？

胡安吞了口唾沫道：「那霍小如是一個舞姬，少爺為她出頭，大打出手，這件事如果傳出去，胡家的面子可就……」

「嗯？」胡小天臉色一沉，嚇得胡安慌忙閉上嘴巴，一揖到底，誠惶誠恐地退了出去，心中暗罵自己多餘，少爺的事情豈是自己能管的，他愛怎麼著就怎麼著，等老爺回來自會找他算帳。

一個人有沒有幸福感的關鍵在於他對於明天有沒有期望，胡小天感覺自己的生活忽然失去了希望，更談不上什麼幸福感了，包辦婚姻害死人，以自己目前的家庭條件，明明可以找一個漂漂亮亮的小美妞幸幸福福地過上一輩子，這個要求並不太高啊，也沒想著三妻四妾，就想著找個模樣過得去的老婆，每天花前月下，談談情

說說愛，平平淡淡地過上一生，可這點簡單的要求如今都成了奢望。

如果說對自己目前的家庭還有些留戀的話，那就是胡家的地位和財富，拋開這兩點，胡小天真不知道還有什麼繼續待在這裡的必要。安心當一個官二代，至少可以保證自己這輩子不用為生活奔波，不必為生存而奮鬥，可現在來看，肯定要失去一部分的自由，首當其衝的就是婚姻的自由。究竟是一走了之，重新規劃自己來之不易的人生，還是安於現狀，按照父母的安排，娶了李家姑娘，過著衣食無憂的安逸生活？這對胡小天來說是一個相當矛盾的問題。想要自由，又有點捨不得這種衣來伸手飯來張口的腐敗生活，還真是有些矛盾。

腦子裡時而浮現出充滿神秘之美的霍小如，時而又想起英氣逼人的女神捕慕容飛煙，偶爾也會穿插著想起小辣椒一樣的唐輕璇，胡小天在床上輾轉難眠，越想越是懊惱，這世上美女那麼多，為什麼沒一個屬於我？難道是老子這輩子沒那種命嗎？不行，絕不能渾渾噩噩地混上一輩子，我這輩子的命運應該由我自己來把握。

夜深人靜，就在胡小天躺在床上輾轉難眠開始立志的時候，突然聽到屋簷上發出一聲瓦片的輕響。胡小天心中一怔，他霍然從床上坐了起來。響聲過後，平息了好一會兒，沒有動靜，就在胡小天準備重新躺回床上入睡的時候，那聲音卻又響了起來。

胡小天暗叫不妙，這種時候，屋頂上出現這種動靜，不是野貓就是飛賊。他從枕下摸出一把匕首，躡手躡腳從床上爬了下來，此時已經是午夜時分，外面飄著細雨，這樣的夜晚本不該有人外出活動。胡小天傾耳聽去，聽了半天也沒有聽到野貓的叫聲。

過了一會兒，北側的窗戶發生了一聲響動，看到窗紙被人戳破，一根纖細的竹管從中探了進來，胡小天矮下身子，貼著牆根靠近那扇窗，看到竹管內一縷輕煙從中飄逸而出。

胡小天屏住呼吸，知道這竹管之中噴出的一定是迷煙之類的東西，來到窗下，他忽然伸出手去，對準竹管的口猛地一巴掌拍了下去，大有一巴掌要將對方的喉嚨拍透氣的勢頭。

窗外傳來一聲慘叫，那潛入者顯然沒有料到自己的行為早已被胡小天發現，這一巴掌拍得既準又狠，更是在潛入者猝不及防的前提下，一根竹管直接拍進了他的喉嚨裡，痛得那廝接連後退了數步，捂著喉嚨，痛不欲生。

胡小天偷襲得手，馬上大呼道：「抓賊！」

胡府之中原本就有護院日夜巡邏，梁大壯等六名家丁就住在胡小天房間兩側的廂房內，貼身守護他的安全。胡小天這一嗓子頓時將家丁們給驚動了，李錦昊和邵一角兩人是最先從房內衝出來的兩個，看到有兩道身影正在胡小天的門外，其中一人躬身捂嘴，痛苦哀嚎，正是被胡小天一巴掌將竹管拍入喉頭的那一個。

李錦昊怒吼道：「賊子哪裡走？」他抽出腰刀，騰的一個箭步躥到對方的面前，左側的那名黑衣人一甩手，一縷寒光奔著李錦昊的眉心而來。

李錦昊揮動腰刀，一刀劈個正著，對方射來的那柄飛刀被磕飛，斜斜飛入草叢中。

梁大壯是最後一個才出門，不過這貨嗓門超大，一出門就嚷嚷道：「快來人啊，抓飛賊啊！」他這一嗓子頓時將整個尚書府內的人都給吵醒了。

胡小天從窗戶的縫隙向外面望去，卻見這會兒功夫已經有二十多名家丁聞訊趕到，將兩名飛賊團團圍困在中間，那兩名飛賊被困在垓心苦苦鏖戰。

看到局勢已經被己方完全控制住，胡小天方才拉開房門挺刀衝了出去，威風凜凜道：「大膽蟊賊，竟敢夜闖尚書府，我看你們是不想活了！」端的是威風煞氣，霸氣側漏，在己方人數完全佔據優勢的前提條件下，賣弄一下英雄氣概那是相當必要的。

梁大壯握著一把大刀，第一時間就趕到胡小天的身邊，高大肥沃的身體擋在胡小天身前，手中大刀一橫，頗有一夫當關萬夫莫開之勢，大喝道：「我梁大壯在此，誰敢動我家少爺？」此時不表現自己的忠心耿耿，更待何時？

胡小天氣得差點沒一腳把這貨給蹬出去，老子要你保護啊？出風頭也不選個時候，胡小天拍了拍這廝的肩頭道：「借光，借光！你又擋我鏡頭了！」

梁大壯慌忙閃到他身後，要說這貨也始終不長記性，這種低級錯誤已經不是第一次犯了，總是分不清主次，少爺的風頭豈是他這種下人隨隨便便就能搶的？

胡小天手握匕首，又轉過身去。

梁大壯趕緊陪笑，心想我站在你身後總沒問題了，我沒擋你鏡頭啊！

胡小天又不樂意了：「咱倆到底是誰保護誰啊？」

梁大壯哭的心都有了，這位少爺也太難伺候了，左也不是右也不是。站你前後都不行，難不成我只能躺在地上？胡小天看到這廝手足無措的樣子，忍不住罵道：「傻啊你，趕緊上啊！把所有家丁護院都叫過來，一定要生擒飛賊！」

這邊的動靜將尚書府內的護院家丁全都吸引過來了，兩名飛賊雖然武功不錯，可畢竟寡不敵眾，李錦昊瞅了空子，一刀砍在一名飛賊的手臂上，那飛賊手中刀噹啷一聲落地，然後幾名護院將鉤叉遞了過去，將飛賊制住，另外一名飛賊剛開始喉頭就被胡小天給刺傷，看到同伴被擒，更是心慌意亂，慌張之中，兩條腿被長槍戳中，倒在地上，家丁一擁而上也將他給捆了。

院落內燈火通明，兩名飛賊被捆得跟粽子一樣躺在地上，李錦昊將兩人臉上的黑布扯去，這兩人都是二十多歲的樣子，長得也算相貌端正。胡小天來到其中一人的面前蹲下，伸手抓起他的髮髻道：「看你濃眉大眼的，長得倒也像個正面形象，何苦當賊！」

那飛賊正是被他用竹管戳破咽喉的那一個，白面無鬚，望著胡小天，雙目中流露出惶恐的目光。另外一個硬氣一些，一臉的絡腮鬍子，大聲道：「要殺便殺，爺要皺一下眉頭就不是好漢。」

胡小天嘿嘿笑道：「說，你們夜闖我家的目的何在？」

那飛賊道：「爺手頭緊張，所以想劫了你換點銀子花花！」

胡小天冷哼一聲，那飛賊的囂張已經激起了他心中的怒氣，抬腳照著那飛賊的臉部踢去，一腳將飛賊踢了個滿臉開花，然後道：「把他們吊起來，給我打，打到他們說實話！」

正在此時，忽然看到東北方向火光衝天，眾人都是一怔，梁大壯驚呼道：「失火了！」

此時失火了的尖叫聲此起彼伏，胡小天留下四名家丁負責看管這兩名飛賊，帶領其他人全都趕過去救火。

失火的地方是尚書府的集雅軒，這裡是胡不為的書房，胡小天帶人救火的時候已經隱約猜到，他們可能中了別人的調虎離山之計，剛剛在抓這兩名飛賊的時候，幾乎集合了尚書府所有的力量，在所有人都忙於抓飛賊的時候，另有他人趁機潛入集雅軒，放了那把火。

還好火勢不大，尚書府家丁眾多，僅僅不到半個時辰就已經將集雅軒的大火撲滅。

大火熄滅後不久，京兆府也派人前來查看情況，帶隊的是慕容飛煙，說起來這位女捕頭和胡小天也打過幾次交道了。望著集雅軒的斷壁殘垣，慕容飛煙秀眉微顰。京城最近的治安不好，接連發生了幾起竊案，可是真正敢潛入官府人家偷竊的沒有一個，畢竟竊賊也明白，民不與官鬥，如果因為盜竊官員府邸被抓，只怕遭遇的刑罰會更重一些。

此時一名滿臉黑灰的男子向她走了過來，遠遠朝她露出一個微笑，露出滿口雪白整齊的牙齒，看到這沒心沒肺的笑容，慕容飛煙方才認出眼前這位居然是尚書公子胡小天。

胡小天剛剛忙於救火，還沒有顧得上洗去臉上的黑灰，此時他看起來就像是剛從水深火熱裡逃出來的非洲兄弟，這貨來到慕容飛煙面前拱了拱手道：「慕容捕頭，咱們又見面了！」

慕容飛煙對這廝壓根沒什麼好感，可她也清楚自己這次前來的主要目的，同時也明白今天胡小天是以受害者的姿態出現的，輕聲道：「發生了什麼事情？」

胡小天將今晚遭遇飛賊的事情簡單說了一遍，慕容飛煙聽完，又道：「有沒有丟失什麼東西？」

這話還真把胡小天給問住了，尚書府這麼大，家裡東西實在是太多了，別說書房被燒，現場遭到嚴重破壞，即便是書房沒有被燒，到底丟了什麼他也不清楚。

慕容飛煙道：「把那兩個飛賊交給我，我帶到京兆府細細審問。」

胡小天對此並沒有異議，畢竟慕容飛煙才是這方面的專業人士，他笑了笑道：「慕容捕頭如果有什麼進展，希望第一時間能夠告訴我。」

慕容飛煙點了點頭。

折騰了一個晚上，等慕容飛煙率領一幫捕快押著飛賊離去的時候，已經是黎明時分。胡小天又是抓賊又是救火忙個不停，此時自然也有些疲倦，他打了個哈欠，正準備回房休息的時候，卻見管家胡安有些惶恐地走了過來，從胡安的眼神，胡小天就知道他有話想說，低聲道：「去我房間說。」

胡安跟著胡小天來到他的房間內，掩上房門，有些惶恐道：「少爺，今晚的事情好像有些不妙。」

在胡小天看來，今天很可能丟了一些財物，不過只要人員沒有傷亡，其他的事情都只是一些小事，他淡然笑道：「錢財乃身外之物，只要大傢伙都平平安安的就好。」

胡安壓低聲音道：「少爺，您知不知道，老爺將丹書鐵券就收藏在集雅軒內？」

胡小天內心一驚，丹書鐵券，豈不就是傳說中的免死金牌？過去他曾經在小說中瞭解過那件東西，據說是天子頒發給功臣的一種帶有獎勵性質的憑證，如果臣子日後犯罪，可以拿出丹書鐵券免於一死，胡小天並不知道他們老胡家也有丹書鐵券，他恢復意識只不過剛剛半年，父親也從沒有當著他的面提起過這件事。胡小天心中暗忖，這丹書鐵券絕非尋常之物，就算他們家真有丹書鐵券，父親也一定會小心收藏起來，又豈能讓一個管家隨便知道丹書鐵券的下落？想到這裡胡小天道：「我從未聽說過什麼丹書鐵券。」

胡安急得直搓手：「少爺，這丹書鐵券乃是當年明宗皇帝傳給靖國公胡老太爺的，後來雖說胡家家道中落，可這丹書鐵券一直都代代相傳，珍藏在胡家手中。直到老爺這一代，考取功名，振興門楣，胡家方才發揚光大，我得蒙老爺夫人眷顧，對我委以重任，所以老爺平時做什麼事情都不瞞著我，這丹書鐵券是老爺當著我的面收藏在集雅軒內的，還叮囑我平日裡任何人不得進入集雅軒，可昨晚因為飛賊潛入，我心繫少爺的安危，竟然忽略了集雅軒的事情……少爺啊……我真是罪該萬死……」胡安噗通一聲就在胡小天面前跪了下來。

胡小天聽他說得可憐，可這番話聽完卻明白了他的意思，你什麼意思？心繫我的安危所以忽略了集雅軒的事情，合著這丹書鐵券弄丟了全都是我的緣故？敢情這胡安是知道這次罪責深重承擔不起，所以才在自己面前博同情，可博同情歸博同情，你總不能把這件事賴到我頭上吧？胡小天頓時心頭有些不爽，也沒讓胡安起來，自己在椅子上坐下了，想了一會兒方才道：「這件事還有什麼人知道？」

胡安跪在胡小天面前道：「少爺，除了老爺和我，誰都不知道丹書鐵券就藏在集雅軒，即便是夫人都不清楚，我本以為少爺知道。」

胡小天心中暗罵，胡安啊胡安，你這老傢伙也不是個東西，這分明是要把老子拖下水的節奏，出了這麼大的事情，覺得自己一個人扛不了了，所以把我也拖進來，讓我跟你分擔責任。不過胡小天埋怨歸埋怨，心中也明白昨晚的事情自己多少也得承擔一些責任，如果不是自己這邊鬧騰的動靜太大，也不會把整個尚書府都給驚動了，話說只是兩個飛賊，就算沒有其他家丁介入，單憑他和梁大壯那六名家丁的實力也足以將飛賊拿下。可昨晚自己只顧著興奮抓賊，卻沒有想到這幫飛賊來了個聲東擊西，真正的目標卻是丹書鐵券。

胡小天道：「那丹書鐵券是明宗皇帝賞賜給我先祖的，現在都過去了這麼多年，皇帝變了，我胡家也不知傳了多少代，到底有沒有作用還很難說。」他說得倒是不錯，其實這種丹書鐵券也就是相當於勳章一樣的東西。按照大康律令，王子犯法與庶民同罪，連王子都不能免罪，更何況普通的大臣，再說了，這是個君讓臣死臣不能不死的時代，真要是皇帝老子想殺了你，別說一張丹書鐵券，你拿出一千張一萬張也不頂用，該砍頭的砍頭，該滅門的一樣滅門。

胡安道：「少爺，那丹書鐵券雖然未必能夠免死，可丟了丹書鐵券那可是要砍頭的大罪！」

一語驚醒夢中人，胡小天聽他這麼說，不由得後背冒出了冷汗，不錯！要是丟了丹書鐵券那可是重罪啊！倘若丹書鐵券真的被飛賊竊走，這件事又不幸暴露出去，只怕會給他們胡家帶來很大的困擾。真正麻煩的是父親隨同皇上去了東都，而母親又剛好去了金陵娘家，這胡府的事情只能由他來當家作主，身邊連個商量的人都沒有。

胡小天思來想去，這次的事情越想越像一個陰謀，那兩名飛賊潛入自己所住的院落，真正的用意應該是吸引所有人的注意力，當大家都將注意力集中在飛賊身上，圍上來拿人的時候，另有他人潛入集雅軒，盜走丹書鐵券，再放火焚燒，毀滅現場證據。

胡小天在室內來回不停踱步，一邊走一邊琢磨。

胡安不敢輕易打斷他，胡小天不讓他起身，他只能老老實實跪在那裡。

胡小天終於停下腳步道：「你確定丹書鐵券已經被盜？」

胡安點了點頭道：「剛才大火熄滅之後，我去看了看收藏丹書鐵券的櫃子，櫃子上的鎖已經被人扭了下來，裡面空無一物。」

胡小天點了點頭，按照胡安所說，這丹書鐵券應該是被人盜走了，他低聲道：「胡安，這件事你知我知，不可告訴第三人知曉，只要咱們守住這個秘密，外人自然不會知道丹書鐵券已經丟失，你說對不對？」

胡安抿了抿嘴唇：「可是……」

胡小天道：「沒什麼可是，無論發生了什麼事情，都不可以洩露出半點風聲，你親自去一趟東都，去找我爹，將這件事親口告訴他，你給我記住，除了我爹之外，不可以將這件事洩露給任何人！」

胡安臉色凝重連連點頭：「少爺放心，老奴一定會守口如瓶，絕不會洩露半點風聲。」

胡小天道：「起來吧！」

胡安這才敢從地上爬了起來，他低聲道：「少爺，如果那些飛賊就是奔著丹書鐵券而來，這秘密咱們是守不住的。」他顯然怕到了極點，聲音都顫抖起來。

胡小天道：「所以說時間對我們來說極為重要，務必要在最短的時間內將這件事通報給我爹，至於飛賊那邊，我來處理。」

得知丹書鐵券丟失之後，胡小天頓時睏意全無，如果這件事得不到解決，恐怕他在這邊的好日子就要到頭了。胡安領命之後，馬上備馬前往東都。

胡小天則帶著梁大壯一幫家丁，又來到集雅軒仔細在廢墟內搜索了一遍，幾乎翻遍了每一個角落，都沒有找到丹書鐵券的蹤跡。

胡小天斷絕了心中最後一線希望，當天下午，他沐浴更衣之後，就帶著梁大壯那幫家丁前往京兆府，胡小天的本意是想拜會京兆尹洪佰齊，等到了那裡卻得知因為昨日突然降雨，洪佰齊前往視察京城水利去了，府內錄事參軍和六曹參軍事雖在，但是胡小天和他們不熟，找到公人詢問到了慕容飛煙的下落。

慕容飛煙從昨晚到現在也沒有好好休息過，從尚書府鎖了那兩名飛賊回來，押入京兆府的監獄，馬上提審聞訊，可兩名飛賊的嘴巴緊得很，一口咬定就是前往尚書府盜竊，縱火的事情和他們無關。因為兩名飛賊在被抓的時候身上已經多處受傷，慕容飛煙也沒有對他們用刑，看到兩人傷得不輕，又擔心他們失血過多死在牢內，於是專程給他們請了大夫處理傷情。

慕容飛煙忙完這些事情，原本打算回去休息一下的，畢竟她也不是鐵打的，誰也不能不眠不休的工作。可正準備離開京兆府的時候，得到通報說，尚書府來人了。

慕容飛煙只能暫時打消了回家的念頭，她剛剛換下了公服，身穿蘇繡月華錦衫，月牙鳳尾羅裙，黑色秀髮在頭頂挽起一個墜馬髻，平添了小女兒的嬌柔之態，這種髮髻在當今的時代很常見，其式樣如同騎馬墜落之態，因而得名。配上她眉目如畫的俏臉，越發顯得楚楚動人。

胡小天望著迎面走來的慕容飛煙，不由得眨了眨眼睛，平時見慣了她勇武幹練英姿颯爽的模樣，乍看到她女裝打扮還真是有些不能適應，不過慕容飛煙明眸皓齒手姿綽約，這身段這模樣實在是讓他的內心怦然一動，美色當前，胡小天險些忘了自己過來的主要目的。

看到美女，胡小天的臉上自然而然地浮現出招牌式的笑容，可慕容飛煙對他卻沒什麼好臉色，俏臉之上不見絲毫的笑意，淡然道：「你來找我做什麼？」

胡小天道：「慕容捕頭，小生前來是特地打聽案情的進展！」

其實慕容飛煙知道他前來的目的，上下打量了胡小天一眼道：「從昨晚事情發生到現在還不到半天光景，胡公子未免也太心急了吧？」

胡小天道：「事情發生在誰身上都會心急，還望慕容捕頭能夠體諒我的苦衷。」

慕容飛煙道：「胡公子是不是丟了什麼貴重的物事？」

胡小天道：「沒什麼重要的東西，我只是想儘快找出那些飛賊的同黨，你知道的，他們存在一日，就會危及到我的安全，只有將這群人一網打盡，我才能放下心來。」

慕容飛煙意味深長道：「我還以為這天下間沒有胡公子害怕的事情呢。」

胡小天微笑道：「我不怕君子，害怕小人……」這貨停頓了一下又道：「唯小人與女人難養也！」言外之意就是女人也不好對付。

慕容飛煙當然能夠聽懂他的意思，輕聲歎了口氣道：「胡公子，根據我目前瞭解到的情況，他們只說潛入貴府的目的是要綁架你，拿你來換取錢財，胡公子身嬌肉貴，想必值得不少的銀兩。」

胡小天道：「賤命一條，真要是去賣，還未必能比慕容捕頭賣得上價呢！」

慕容飛煙被他這句話氣得俏臉通紅：「你……」

胡小天壞壞一笑：「慕容捕頭不要誤會，我可沒有褻瀆您的意思。」

慕容飛煙咬了咬櫻唇，面對這個無賴紈絝子，她還真是沒有什麼應對的辦法，冷冷道：「你還是先回去吧，等事情有了眉目，我自會跟你聯絡。」

胡小天心中暗歎，看來慕容飛煙也沒有從兩名飛賊那裡問出什麼，心中不免有些後悔，昨天為什麼要隨隨便便就將兩名飛賊交到她的手中，現在想要回來只怕是沒有可能了。雖然明知沒有可能，胡小天仍然嘗試著問道：「慕容捕頭，可不可以安排我見見這兩名飛賊？」

慕容飛煙搖了搖頭，斷然拒絕道：「不可以！我們京兆府有京兆府的規矩，他們是要犯，不是什麼人都能隨隨便便見到的。」

胡小天道：「慕容捕頭不要忘了，這兩人可是我親手交給你的。」

慕容飛煙反問道：「那又如何？」一雙美眸充滿了對胡小天的鄙視和敵意，人現在是在她的手裡，決定權掌握在她的手中。

胡小天知道這妮子對自己成見太深，向前走了一步。

突然拉近的距離讓慕容飛煙感覺到一種壓迫感，她不想退步，卻不得不做出讓步，腳步向後挪了一下，嗔道：「你想幹什麼？」

胡小天笑道：「光天化日之下，京兆府衙門之內，當著這麼多公人的面，慕容捕頭以為我想幹什麼？就算我想幹什麼？我也沒有付諸實施的膽子。」其實就算他有這個膽子，也沒有那個能力，慕容飛煙的武功對付他還不是小菜一碟。

論到口舌之利，慕容飛煙根本不是胡小天的對手，俏臉因為憤怒而蒙上了一層嫣紅之色，在胡小天的眼中卻是可愛至極，他低聲道：「不如咱們做個交易，你讓我去見他們兩個，我告訴你我家到底丟了什麼貴重的東西？」胡小天這小子到底是專門研究過心理學的，而且在這方面造詣頗深，在和慕容飛煙的幾次接觸中，他已經對慕容飛煙做出了一個初步心理評估，這是一個事業型的女強人，對待工作極其認真，為人剛正，眼睛裡揉不得半點沙子，想讓她做出讓步，除非讓她覺得會對她辦案有利。只要是對工作有好處的事情，她應該會考慮給予方便。

慕容飛煙道：「胡公子，知情不報可是要違反大康法律的。」

胡小天道：「我今天來就是想跟慕容捕頭溝通，只可惜我是熱臉貼上了冷屁股，慕容捕頭只想索取不想回報，這天下間哪有那麼便宜的事情？」

慕容飛煙已經不止一次領教了這廝粗俗的言行，可仍然無法消受他的這種說話方式，對於他騷擾性十足的言辭乾脆裝作什麼都沒聽到，淡然道：「我憑什麼相信你？」

從她這句話，胡小天就已經推斷出她的內心已經有所鬆動，胡小天道：「兩名飛賊是我交給你的，遭竊的也是我們家，你要的是破案立功，我要的是儘快找回我們家的財物，咱們目的不同，但是殊途同歸，最終都想早日破案，慕容捕頭何不放下成見，跟我好好合作一次？」

慕容飛煙不得不佩服這廝巧舌如簧的口才，也不得不承認胡小天的這番話已經將她打動，沉吟片刻道：「我可以帶你去見他，不過，你手下的這幫人必須留在外面。」

「沒問題！」

第七章

犬齒倒鉤箭

李逸風一眼認出射中慕容飛煙的這支箭是「犬齒倒鉤箭」，
也知道必須要先找到箭桿上的機關，
將犬齒收回，方才能將這支箭從她的體內拔出。
這點他和胡小天的判斷相同，認為機關就在慕容飛煙的體內。
至於如何從慕容飛煙的體內找到機關，他就沒有辦法了。

慕容飛煙帶著胡小天進入暗無天日的監獄之中，胡小天還是第一次來到這種地方，走了幾步，便聞到一股腐朽和惡臭迎面而來，不由得皺了皺眉頭，這牢房的狀況也實在太差了一些，而且裡面光線非常暗淡，越往裡走越是黑暗，必須要靠火把照明。

慕容飛煙留意到他的表情，輕聲道：「少幹點壞事，不然總有一天你也會被送到這裡。」

胡小天笑道：「詛咒我啊！我好像沒有得罪你的地方。」

說話間已經來到關押飛賊的地方，一名大夫正在為兩名飛賊處理傷口，那大夫是易元堂的坐堂醫生，昨天曾經跟隨袁士卿一起前往救治那名老者。

胡小天來到牢房內的時候，治療已經接近尾聲，那大夫起身向慕容飛煙道：「慕容捕頭，他們的傷勢不重，我已經給他們上了金創藥，過幾天就會痊癒，只是這個犯人的喉嚨被竹管戳破，這些天進食會受到一些影響。」說完之後，他又向胡小天笑了笑，顯然也認出了胡小天。

胡小天道：「那位老人家怎樣了？」

那大夫道：「已經給他貼上了膏藥，他家人昨天就尋了過來，將他暫時安置在易元堂旁邊的客棧，我師父說他雖然傷得不重，可是老年人恢復得慢一些，可能需要兩三個月的時間。」

胡小天點了點頭道：「多謝你們了。」

那大夫笑道：「多虧了胡公子仗義出手才對，我師父說胡公子對骨傷的處理手法精深，還要我們向胡公子多多學習呢。」

胡小天心中暗笑，只是一個簡單的急救處理，又談得上什麼手法精深，可轉念一想，現在是個傳統醫療佔據主流的時代，現代醫學仍然沒有形成，至於解剖學、生理學、乃至整個西醫門類對於這些醫生來說可以說是聞所未聞見所未見，自己如果有機會將掌握的那些學術展示出來，恐怕要驚世駭俗了，不如開一家醫院，憑著自己的水準還不得賺個盆滿缽滿？這樣的念頭在胡小天的腦子裡稍閃即逝，上輩子太累，乃至他對醫學這個專業已經有了深深地厭倦感，如果不是突然遇到狀況，只怕他這輩子都不想再動用自己的醫術。

重活一生，何必過得那麼累，濟世救人跟自己又有個鳥毛的關係，老老實實當自己的官二代，舒服地混上一輩子，享受人生才是正道。

慕容飛煙卻因為那易元堂大夫的一番話聽得雲裡霧裡，心中暗忖，他又懂得什麼醫術了？仗義出手？就他？說他仗勢欺人我信，說他治病救人，除非太陽打西邊出來了！

胡小天在一名囚犯的面前蹲了下去，一臉陰險地望著他，那名囚犯正是昨晚被他用竹管戳到喉嚨的那個，這囚犯顯然也認出了胡小天這個罪魁禍首，心中對他恨極，一雙眼睛惡狠狠瞪著他。

胡小天歎了口氣道：「這年月幹什麼都不容易，當飛賊無非是為了求財，可求財把自己的性命給丟掉了，是不是有點不值得？」

兩名飛賊對望了一眼，然後同時惡狠狠地望著胡小天，那名喉頭未傷，臉上生滿絡腮鬍子的飛賊道：「要殺就殺，休要廢話！」

胡小天呵呵笑了起來，昨晚這名飛賊就特別的硬氣，看來的確是有些血性，過了這麼久仍然沒有絲毫軟化的跡象。他不屑道：「你們夜闖尚書府，意圖謀害我的性命，就算殺你們十回也不為過！」

慕容飛煙一旁聽著，心中暗歎，這廝果然又胡說八道，這兩名飛賊雖然有罪，可罪不至死，他分明在危言聳聽。

那名飛賊冷笑道：「以為我是嚇大的？按照大康律例，我們還罪不至死吧？」

胡小天嘖嘖贊道：「看來你還懂些法律，不是法盲啊，那就更麻煩了，知法犯法罪加一等，本來還有望活命，現在只能死路一條了。」

那名飛賊知道他在出言恐嚇，哼了一聲，閉上了嘴巴不再說話。

胡小天道：「我只是為你們感到可惜，這年頭懂得法律的飛賊實在是不多見，雖然我不瞭解兩位，可是我也能夠看出，兩位應該是飛賊界出類拔萃的人物，不但年輕英俊，武功高強，而且還精讀法律，只有學習法律，懂得法律，才能知道自己應該如何鑽法律的空子，你們雖然是賊，但是和普通的飛賊不同，你們有頭腦，以你們的聰明才智，原本又希望在盜竊事業中有所建樹，甚至成就一番偉業，只可惜這次卻在小河溝裡翻了船，連我都為你們深感惋惜。」

慕容飛煙一旁聽著，真是有些哭笑不得了，這胡小天也太能歪攪胡纏了，他的這套理論真是聞所未聞，見所未見，居然讚美起兩個飛賊來了，聽他話中的意思，竟似為兩位飛賊失手被擒而感到惋惜。

兩名飛賊乾脆保持沉默一言不發。

胡小天又道：「像你們這麼有頭腦的飛賊本不該被人利用的，你們以為自己英勇義氣，卻不知道昨晚你們潛入我家的時候，已經提前有人向我透露了消息，否則我怎麼會在第一時間發現你們潛入？」

慕容飛煙眨了眨眼睛，他提前得到了消息？昨晚他怎麼沒說？這混小子果然知情不報，回頭再找你算帳！

兩名飛賊的目光也變得有些驚愕，胡小天根本就是在信口胡言，但是他的這番謊話說得可信度極高，兩名飛賊自己也在奇怪，為什麼昨晚他們的行動還沒開始就已經被識破，用竹管剛剛戳破窗紙，正準備往裡面吹迷魂香，就被人一巴掌將竹管反拍到自己的喉嚨裡？為什麼對方總能搶先一步？搞了半天人家早就有了線報，他們應該是讓人給出賣了。

胡小天道：「我知道被人出賣的滋味並不好受，其實我心裡也不好受，那人故意給我透露消息，讓我集全府家丁之力去抓你們，而他卻趁著我們將注意力集中在你們身上的時候，偷了我們家的寶貝，一把火燒了集雅軒，在這一點上，咱們都是受害者。」

兩名飛賊同時抿了抿嘴唇，他們身陷囹圄，現在看來的確是被人設計，想要脫身已經是難上加難了。

胡小天道：「不如咱們做個交易！」

那臉上生滿絡腮鬍子的飛賊道：「你休要花言巧語，無非是想哄騙我們罷了，真把我們當成三歲小孩子了？」

胡小天道：「瞭解我的人都知道我這個人最講道理，我不為難你們，只是把話給你們說清楚，這件案子如果查不到元兇，我們胡家是不會善罷甘休的，我爸是什麼人你們想必也應該知道，京兆府必然會給我們一個交代，他們如果真要是找不到元兇，最終的結果只能將所有的事情栽倒你們頭上，還不怕你們不承認，我身邊的這位慕容捕頭，她掌握了一千八百種刑法，一百七十二種死法，真想要讓你們說實話還不容易？」

慕容飛煙狠狠瞪了這廝一眼，當真是信口雌黃，自己何時掌握了這麼多種的刑法？

胡小天又道：「想不想將這一千八百種刑法全部嘗盡，然後再死？」

兩名飛賊的臉色已經變了，那名白面無鬚的飛賊遭遇到胡小天冷酷的眼神，嚇得一屁股坐到了地上。

胡小天沒有繼續恐嚇，起身道：「好好想想吧，是代人受過還是老老實實將真相說出來，何去何從你們自己選擇。」胡小天轉身欲走。

一個嘶啞的聲音道：「若是我們將實話說出來，你能不能保我們不死？」說話的正是被胡小天傷了喉嚨的那一個。

絡腮鬍子的那名飛賊大吼道：「不要信他，他根本就是在危言聳聽。」

胡小天忽然轉過身去，猛地揮出了一記勾拳，狠狠擊中那名絡腮鬍子飛賊的下頜，這一記重拳打得他昏死了過去，胡小天的這一拳完全出乎慕容飛煙的意料之外，她再想阻止已經來不及了。胡小天轉過身去，悄悄向她使了個眼色道：「拖出去殺了！」

慕容飛煙馬上明白了他的意思，他們雖然是捕快，可是也沒有隨便處死囚犯的權力，更何況這兩名囚犯還未經審理。胡小天的真正用意不是殺人，而是要恐嚇另外一名飛賊。

到了現在這種狀況，慕容飛煙只能配合胡小天的行動，她叫來兩名捕快，將那名已經暈過去的飛賊拖了出去。當然不會真把他給殺了，而是送到另外一間牢房內關起來。另外那名傷了喉嚨的飛賊原本就驚恐萬分，再看到同伴被他一拳放倒，然後拖了出去，頓時嚇得魂飛魄散，內心的防線已經完全崩塌。

胡小天望著他冷冷道：「要死要活，全在你的一念之間！」

那飛賊顫聲道：「你保證不能殺我……」

胡小天冷笑道：「愛說不說！」他轉身欲走，那飛賊慘叫道：「我招，我招！是趙正豪找我們，他說要綁架你換一筆銀子，還說你們府裡有他的內應……」

慕容飛煙此時不得不佩服胡小天的機智和口才，這廝軟硬兼施，連刑具都沒上，就嚇得這名飛賊將所知道的一切交代了出來。她怒視那名飛賊道：「到哪裡能夠找到趙正豪？」

那飛賊顫聲道：「我不知道……我……我只知道他有個朋友叫莫紹麒，是馱街的馬販子……你們找他或許能夠有些線索。」

胡小天和慕容飛煙兩人走出牢房，外面的天空不知何時已經放晴，乍一從黑暗的牢房來到陽光明媚的室外，兩人的眼睛都有些不能適應，幾乎在同時瞇起了雙目。

慕容飛煙纖手在額前擋住光線，看了胡小天一眼道：「有一套啊，居然能把那飛賊嚇成這個樣子！」

胡小天淡然笑道：「沒什麼特別的，你身為捕快，連最基本的道理都不懂，兩名飛賊必須要分開關押，將他們關在一起，彼此不但可以相互溝通，而且在心理上會相互支援，也會相互監視，攻破他們心理防線的難度比起他們單獨的時候要大上一倍，昨晚的事情擺明了他們是被出賣，其實他們早已認清了這一點，只是心中不願承認罷了，我所做的只是幫助他們認清被人出賣的現實，進而對背後的這個罪魁禍首產生怨恨之心，別人將他們害得這麼慘，他們又有什麼必要為那人保密？」

慕容飛煙雖然嘴上沒說什麼，可心中卻真正有些佩服這廝的頭腦，親眼目睹他憑著三寸不爛之舌攻破飛賊內心防線的全過程，慕容飛煙對這廝的陰險狡詐又有了更深層的認識，她的雙目適應了外面的陽光，看了看胡小天笑得陽光燦爛的面孔，輕聲道：「之前當真有人向你告密？」

胡小天搖了搖頭道：「只是誘騙他們說實話的手段。」

慕容飛煙哦了一聲，心中將信將疑道：「你們家裡到底丟了什麼東西？」

胡小天微笑道：「認識我這麼久，難道你不知道我從來都不說實話？」

慕容飛煙被他給氣了個半死，怒道：「知情不報……」

胡小天道：「我幫了你這麼大的忙，你是不是應該感謝我，而不是恩將仇報，咱們雖然暫時還不是朋友，但是並不排除可以成為好搭檔的可能，接下來咱們是不是儘快前往馱街，找到那個莫紹麟，幸運的話，這案子說不定今天就能破了，功勞全算你的。」

慕容飛煙道：「我辦案的時候，最討厭不相干的人插手！」

胡小天道：「不讓我插手，我就胡亂插上一腳，馱街你能去，我也能去，要不咱們看看到底誰能夠先找到那個莫紹麟？」

慕容飛煙芳心一沉，以胡小天目空一切的性情，他什麼事情都幹得出來，雖然自己不想讓他插手這件事，可他畢竟是這件案子的受害者，這小子顯然沒有將案情全部交代清楚，肯定還有事情隱瞞著自己。沉吟片刻終於點了點頭道：「你可以跟我去，但是，你不可以插手干涉我的事情！」

胡小天微笑道：「你放心，我在漂亮女孩子面前一向乖得很！」

他們要去的地方是西城馱街，在康都之中共有三大馬市，這西城馱街規模是最大的一個，但又是其中最為雜亂無序的一個，人們往往將西城馬市稱之為馱街，這裡販賣的牲口種類繁多，大到牛馬羊駝，小到雞鴨鵝犬全都有，雖然種類駁雜，但是其中卻少有良品，前來這裡交易的也大都是普通的百姓，少有大宗買賣，大都是按匹零賣，交易的價格多數都很低廉。

慕容飛煙並沒有換上公服，她的這身衣裙並不適合騎馬，於是她上了胡小天的馬車，胡小天也不喜騎馬，原因是他的騎術不精，跨在馬上總擔心自己會從馬背上跌落下來。

慕容飛煙掀開車簾，看了看外面，胡小天的六名家丁在外面如影相隨，不由得皺了皺眉頭道：「你們這些官宦子弟走到哪裡都要整出這麼大的排場嗎？生怕別人不知道你們家有錢有地位？」

胡小天道：「笑話，你煩我更煩，你有沒有嘗試過，無論吃飯睡覺上茅房都有人貼身跟隨的滋味？」

慕容飛煙聽他這麼說不由得俏臉一紅，黑長的睫毛低垂下去，不再說話。心中暗罵這廝無恥，當真是什麼不要臉的話都能說得出來。

胡小天歎了口氣，靠在馬車上，忽然想起唐輕璇的幾個哥哥都是在馬市橫霸一方的人物，卻不知今天前往西城馬市會不會和唐家人狹路相逢，低聲道：「我記得唐鐵漢好像是馬市的？」

雖然他問得婉轉，可慕容飛煙仍然從他的話中聽出了他的擔心和顧慮，微笑道：「你不用擔心，這裡是馱街，他們的生意不在這邊。」她停頓了一下又道：「不做虧心事不怕鬼敲門，缺德事幹多了是不是也會心虛？」

胡小天哈哈笑道：「我會心虛？哈哈哈……」這貨的笑聲明顯發乾。倒不是因為他害怕唐家兄妹，只是不想招惹不必要的麻煩。

馬車進入馱街，地面頓時變得泥濘不堪，這馱街的規模雖然不小，可是條件實在太差，來自四面八方的牛馬販子彙集於此，魚龍混雜，而且這些人多數都是散客，真正實力雄厚的馬販是不屑於來到這裡做生意的。

街道雖然寬闊，但是來往車馬眾多，兼有商販驅策牲畜也通行其中，顯得擁擠不堪，剛剛走了幾步，他們的馬車就被堵在那裡無法前行。

慕容飛煙推開車門跳了下去，胡小天緊隨其後。

駕車的胡佛道：「少爺，前面被牲口堵住了，馬車過不去。」

慕容飛煙已經步行向前方走去，胡小天道：「你們在這兒等著，我跟慕容捕……」他本想說慕容捕頭，可是看到周圍人來人往，還是把這個頭字給咽了回去，幾名家丁也要跟著一起過去，胡小天擺了擺手，示意他們不要這麼興師動眾，以免打草驚蛇，就讓李錦昊和邵一角兩人跟著，通過這段時間的觀察，他發現六名家丁中也就是他們兩人的戰鬥力還算過得去，至於梁大壯之流，看起來高高胖胖，其實是個慫包，真有什麼事情，還不夠拖累自己的。

梁大壯一向以少爺身邊第一家丁自居，看到胡小天這次居然沒有點名帶上自己，不免有些失落，主動請纓道：「少爺，我也跟您過去。」

胡小天擺了擺手道：「你是我最信任的人，留在這裡坐鎮我才放心！」

梁大壯因為他的這句話而激動萬分，明顯自信心爆棚：「少爺放心，奴才一定不辱使命。」

慕容飛煙今天的這身裝扮的確不方便行走，走了幾步就踩了一腳的泥濘，胡小天看到她提著羅裙，一雙靴子上面沾滿了泥濘和馬糞，不由得感歎道：「我還以為慕容姑娘真是出淤泥而不染的白蓮花呢。」

慕容飛煙瞪了他一眼，懶得理會他的風涼話。其實這也算得上是自知之明，她清楚自己在鬥嘴方面永遠不可能是這廝的對手。

他們在馱街的北頭找到了莫紹麟，莫紹麟二十四歲，西北人，是秦人和胡人的混血，身材高大，皮膚黝黑，頭髮有些天生的蜷曲，國字面龐，濃眉大眼，身穿褐色武士服，因為時間太久的緣故已經漿洗得發白，褲管卷起到膝蓋處，露出兩條肌肉虬結的小腿，腳上穿著草鞋，也是沾滿了泥濘。

胡小天和慕容飛煙看到他的時候，他正在和一名客人正在那裡討價還價，在馬市上討價還價也不是口頭進行的，往往是兩人將手藏在袖中拉在一起，一人用手指出價，另外一人用手指還價，價錢談妥之後便握手成交。

看到莫紹麟那身健壯發達的肌肉，胡小天已經推測出這廝的戰鬥力絕對不弱，靠近慕容飛煙耳旁低聲道：「要不要多叫幾個幫手過來？」

慕容飛煙看了他一眼，目光中充滿了不屑，事實上她一直都在用這種眼神看胡小天，說話的語氣也帶著嘲諷：「你怕啊？」

胡小天道：「怕字怎麼寫？」

慕容飛煙已經緩步朝著莫紹麟走了過去。

莫紹麟和那名客人最終沒能談妥，買賣不成仁義在，兩人搖了搖頭，互相露出了一個歉然的笑容，然後那客人離開。莫紹麟的目光落在慕容飛煙的俏臉上，像慕容飛煙這麼漂亮的女人出現在骯髒的馱街，本身就顯得極不和諧，更何況她的身邊還跟著一位衣飾華美的貴介公子，這兩人本該在煙波浩渺的翠雲湖泛舟，又或是坐在紅磚碧瓦的亭台樓榭中傾聽歌舞，吟詩作賦，而不是出現在這種地方。

莫紹麟的目光在他們的臉上掃了一眼，很快就落在了他們的腳上，從一個人的步幅和腳步的節奏上能夠判斷出這個人會不會武功，莫紹麟的臉上帶著笑意，可是內心已經開始警覺。

胡小天始終關注著莫紹麟的目光變化，他擅長通過一個人的表情變化分析對方的細微心理，看來藝多不壓身這句話還是有些道理的，過去他學習的心理學還是很有些用武之地。

從四人的步法上莫紹麟已經判斷出，慕容飛煙和身後的那兩名家丁打扮的人全都身懷武功，至於這個嬉皮笑臉的公子哥，看樣子不懂武功，只不過這廝的身體倒是生得健壯，不像是手無縛雞之力的書生。

莫紹麟心中警惕，臉上卻笑得陽光燦爛：「公子，夫人，來買馬啊！」

慕容飛煙被他一句夫人給叫得俏臉緋紅，心想這廝什麼眼神？自己明明是個雲英未嫁的女兒身，而且自己髮飾裝扮也能夠看出她沒嫁人呢。

胡小天卻樂得哈哈笑，他可沒想占慕容飛煙什麼便宜，是莫紹麟幫忙占了便宜，胡小天點了點頭，本想拐彎抹角地打聽趙正豪的下落。可慕容飛煙根本沒興趣拐彎抹角，直截了當地問道：「你是莫紹麟？」胡小天一聽她這麼問，頓時暗叫壞了。

莫紹麟笑道：「是！夫人認得我啊？」

慕容飛煙道：「你認不認識趙正豪？」

莫紹麟道：「認識！我們一起販過馬。」

「他現在在哪裡？」

莫紹麟充滿狐疑地望著慕容飛煙：「你找他幹什麼？」

不等慕容飛煙說話，胡小天已經先拿出一錠足有五兩重的紋銀在莫紹麟的面前晃了晃，然後遞給了他，莫紹麟看到銀錠笑得越發燦爛了，他伸出手去一把將紋銀接了過去，還小心地向周圍看了看，神神秘秘道：「我交代一聲，這就帶你們過去！」

如果不是慕容飛煙這麼沉不住氣，胡小天是不會出此下策的，真不知道這慕容飛煙京兆府第一女神捕的名頭是怎樣得來的，辦案是要講究技巧的，必須要旁敲側擊，儘量在對方沒有覺察到己方的真正目的之前調查清楚情況。本來慕容飛煙脫下制服，穿著便服前來，胡小天以為她是要當便衣員警的節奏，可沒想到見到莫紹麟的第一句話就把她的真實身分給暴露了，只差沒挑明點告訴對方我是捕快了！

莫紹麟轉身向後方走去，進了馬圈，向馬圈內的一名包著灰藍色頭巾的馬夫交代了什麼。

胡小天向慕容飛煙道：「情況好像有些不對，莫紹麟鬼鬼祟祟的。」他向李錦昊和邵一角使了個眼色，示意他們兩人繞到另外一側，盯住莫紹麟以防這廝從那邊逃走。

慕容飛煙冷冷道：「諒他翻不出什麼花樣。」她的話音剛落，卻見莫紹麟翻身上了一匹滿身泥濘的黃驃馬，朝著慕容飛煙嘿嘿一笑：「想找他，跟我來！」他雙手用力一抖馬韁，雙腿在馬腹夾了一下，那馬兒一聲長嘶，撒開四蹄狂奔而起，靠近欄桿的時候猛然騰躍而起，四尺高的圍欄一躍而過，四蹄落地，泥漿翻飛而起，濺了意圖攔截他的李錦昊和邵一角一身。兩人還沒有形成合圍之勢，莫紹麟已經縱馬甩脫他們飛馳而去。

慕容飛煙怒道：「哪裡逃！」她騰空飛躍而起，足尖在圍欄上輕輕一點，嬌軀再度向空中飛升，連續三個前空翻，落地之時一腳將一名黑衣騎士從黑色駿馬上蹬了下去，搶了他的坐騎，緊隨莫紹麟逃亡的方向全速追去。

胡小天雖然承認慕容飛煙的一連串跟頭翻得賞心悅目，可這妞的頭腦實在是不敢恭維，明明可以將這件事做得更巧妙更圓滿，她偏偏選擇了一種最困難的方法，這時代的女人都不喜歡動腦子嗎？非得打打殺殺，以武力解決問題？

此時馬圈內的那名馬夫也慢吞吞爬上了一匹泥濘滿身的馬兒，因為滿身污泥的緣故，竟然看不出馬兒原本的毛色，和他倒是般配，他的衣服也是佈滿泥濘看不出原來的顏色。那馬夫揚起手中的馬鞭，大喝一聲：「駕！」這一聲呼喝卻是中氣十足。那馬兒昂首闊步，竟然奔著胡小天的方向狂奔而來。

四周的人們看到那群馬狂奔而出，嚇得四散而逃。胡小天趁著這會兒功夫隨著一旁人群向人群密集處逃去，那馬夫一聲怒喝：「哪裡走？」長鞭抖了一個鞭花，向前方探伸出去，宛如靈蛇般纏住了胡小天的右腳，一拉一帶，胡小天失去了身體的平衡，被牽拉倒地，不等他從地上爬起，那馬夫縱馬從他的身邊奔馳而過，馬鞭牽著胡小天的右腿，拖拽著他的身體在泥濘中滑行。

胡小天此時心中懊惱到了極點，依然是聲東擊西之計，他們將注意力集中在莫紹麟的身上，莫紹麟卻利用他們的心理引開慕容飛煙，那看似平凡普通的馬夫卻趁機發難，他們真正攻擊的目標卻是自己。

胡小天的身體被馬鞭拖拽而行，危急之中，他沒有亂了方寸，從腰間抽出隨身攜帶的匕首，想去割斷那條纏繞在自己腿上的長鞭。

梁大壯和其餘三名家丁一直都在原地等待，看到一名騎士縱馬狂奔而來，那騎士手中長鞭還拖著一個人，正是他們的少爺胡小天。

幾名家丁一看這還了得，慌忙抄起傢伙向前方迎去，試圖攔住那名騎士前進的步伐。

騎士冷哼一聲，手中長鞭一抖，竟然將胡小天的身軀整個拖離了地面，胡小天的身體倏然飛入了半空中，嚇得這廝扔下了匕首，雙手抱頭，一時間魂飛魄散，心中暗暗叫道：「我命休矣！」

馬鞭脫離了胡小天的右腿，他的身體仍然向騎士飛來，被那騎士一把抓住，隨手在他胸口點了一下，胡小天頓時感覺渾身酸麻，應該是被這廝點了穴道，橫放在馬背之上，然後那騎士手中長鞭四處翻飛，劈啪之聲不絕於耳。

梁大壯和其餘三名家丁還沒有靠近馬前，就已經被長鞭抽打在身上，將他們抽倒在地。騎士嘴中發出呼喝之聲，那馬兒瞬間加速，在距離前方馬車還有一丈左右距離的時候，後腿蹬地，騰空飛躍而起，四蹄脫離了地面，竟然以驚人的彈跳力越過了馬車，擺脫家丁們的圍堵，向馱街的南口一路狂奔而去。

胡小天趴在馬背上，身體隨著馬兒奔跑的幅度不停抖動，可惜他的四肢此時已經完全麻痹，沒有任何的反應。還好他的意識仍然清醒，這幫賊子也太過囂張了，竟然當著慕容飛煙的面，在光天化日之下敢擄劫自己。

一旁忽然傳來嬌叱之聲，卻是慕容飛煙發現中了對方的調虎離山之計，去而復返，她一手握著馬韁，一手高舉長劍，銀牙幾欲咬碎，一雙美眸充滿濃烈殺機。她追趕莫紹麟剛剛跑出一段距離，身後就發生了胡小天被擄事件，在意識到被人設計之後，慕容飛煙馬上放棄繼續追擊莫紹麟，調轉馬頭前來營救胡小天。

騎士那匹滿身泥濘的瘦馬看似羸弱，可是馬上負了兩個人仍然奔跑如風，慕容飛煙在身後緊追不捨，兩人一前一後衝入了夕照街，這條街道也是康都最長的一條街道，被當地人稱為十里長街。

剛剛晴朗的天空忽然被濃重的烏雲覆蓋，一道耀眼奪目的閃電扭曲著從烏雲中經行，旋即一聲炸雷響起。

長街右側的屋簷上，一道人影奔騰跳躍，終於他停下了腳步，從身後取下長弓，牛角弓長五尺三寸，以牛角、竹木胎、牛筋、動物膠製成，弓弦拉力在兩石以上，也就是說沒有二百斤的力量根本無法牽拉開這種強弓。

兩尺長度的樺木箭桿，鏃尖為精鋼打造，烏雲密佈的天空下，鏃尖閃爍出深沉而陰冷的光芒，雨突然就下了起來，密密匝匝，籠罩天地。莫紹麟的身軀凝固在長街的屋簷上，宛如一尊鐵打的塑像，弓如滿月，羽箭蓄勢待發。

風雨聲中，一陣急促的馬蹄聲由遠及近。

騎士胯下的那匹馬兒已經被雨水洗刷乾淨，洗去一身的泥濘露出潔白的毛色，宛如一道白色的閃電，穿行在大雨滂沱的長街之中。坐騎雖然神駿，可是身上畢竟背負著兩名成年男子，短途奔行沒什麼問題，但這一路狂奔下來，步伐已經有所減慢。

慕容飛煙劍眉豎起，美眸中的陰冷目光犀利如刀，穿越層層雨霧，直刺騎士的後心。

騎士沒有回頭，卻從馬蹄聲判斷出兩人越來越接近的距離，他大吼道：

「駕！」宛如一個炸雷在烏雲密佈的空中炸響。

與此同時，莫紹麟的唇角抽動了一下，右手鬆開，羽箭咻的一聲離弦射出，穿透瀰漫的雨霧，破開濃重的陰霾，閃爍著寒光的鏃尖，在白色尾羽的驅動下，在虛空中劃出一道筆直而美麗的軌跡，雨下行的速度在羽箭高速奔行的對比下突然變得緩慢，快與慢，剛與柔在陰暗的天光下演繹出一種動人心魄的殘酷之美。

藍色閃電撕裂了天空，鏃尖在剎那間反射出閃電耀眼奪目的光芒，這點光芒距離慕容飛煙的前胸不過三尺的距離。

刷！一劍揮出，冰冷的劍鋒劈斬在森寒的鏃尖之上，劍與箭的碰撞迸射出大片絢爛的火星。

咻！第二箭已經直奔慕容飛煙的頸部而來，慕容飛煙嬌軀向後一仰，輕啟櫻唇，在羽箭劃過面龐的剎那，張口咬住了箭桿。

咻！連續兩箭落空之後，莫紹麟方才將目標瞄準了慕容飛煙胯下的黑馬，他對馬有著非常深摯的感情，如果不是別無選擇，他不會選擇對這個美麗而忠誠的生物動手。

羽箭弧形前進，從側方以四十五度的角度射中亡命狂奔的黑色駿馬，鏃尖從牠的右目鑽入深深貫入牠的腦顱。黑色駿馬發出淒厲的哀鳴，四蹄一軟噗通一聲撲倒在地上，被雨水洗刷一新的青石板道路上，拖出兩道觸目驚心的鮮血痕跡。

慕容飛煙的嬌軀在駿馬中箭的剎那已經騰空飛起，瞬間飛越了五丈的距離，宛如蒼鷹搏兔一般從大雨滂沱的天空中，隨著漫天的雨水一起俯衝而下，手中長劍直奔騎士的後頸刺去。

騎士不得不勒住馬韁，白色駿馬在高速狂奔中被強行拉住，馬兒發出一聲嘶鳴，後腿蹬地，一雙前蹄高高揚起，胡小天的身軀被從馬匹的身上甩落下去，重重摔落在堅硬的青石板地面上，這廝被摔得差點沒暈了過去，只可惜他被制住穴道，直挺挺躺在地面上一動不動。

騎士反手揮動長鞭，鞭稍抽打著雨水，發出尖銳的鳴嘯，長鞭迎上利劍，以長劍為軸，一圈圈纏繞上去，旋即一個有力的牽拉試圖從慕容飛煙的手中將長劍奪過來。

慕容飛煙卻借著他的牽拉，嬌軀向騎士投去，人劍合一，整個人如同一把出鞘的利劍，直刺騎士的胸腹。

那騎士看到慕容飛煙前衝的勢頭已經知道不妙，他不得不棄去長鞭，從馬背上翻滾下去，以這樣狼狽的動作方才躲過慕容飛煙的致命一擊。

慕容飛煙搶過那匹白色駿馬一抖馬韁，朝著胡小天的方向飛奔而去，當務之急還是先將胡小天救起再說。

莫紹麟識破了慕容飛煙的目的，他迅速從箭囊中抽出兩支羽箭，和慕容飛煙同向奔行，咻！咻！兩箭發出，目標卻都是瞄準了胡小天。

胡小天一動不動躺在地上，嘴巴張得老大，雙目中流露出惶恐萬分的光芒，現在他的性命根本由不得自身掌控，只能眼睜睜看著那兩支羽箭直奔自己而來。

慕容飛煙單手持韁，嬌軀側傾，手中長劍連續揮舞，將兩支羽箭先後磕飛，然後她將長劍收入劍鞘，一把抓住胡小天的手臂，全力一拉，將胡小天的身軀拖了上來，讓胡小天再次趴在馬背之上。

此時莫紹麟又是一箭射出，黑色羽箭以驚人的速度穿越雨幕，正中慕容飛煙的左肩，從前方射入，鏃尖卻從她的後肩鑽了出來，慕容飛煙痛得險些沒暈了過去，她緊緊咬住櫻唇，忍痛反手一掌擊在馬臀之上，那馬兒負痛發出一聲嘶鳴，摔開四蹄朝著遠方狂奔而去。

莫紹麟再想施射，那馬兒已經奔出了他的射程之外。

雨水和著血水滴落在胡小天的面頰上，有些流淌過他的唇邊，帶著鹹澀的味道。因為他趴在馬上，所以看不到慕容飛煙的具體情況，只能憑藉不停滴落的血水判斷出慕容飛煙應該受了傷。

慕容飛煙臉色蒼白，不知是失血過多還是落雨的緣故，她的視野變得越來越模糊，隱約看到風雨中出現易元堂的招牌，慕容飛煙再也無法支撐下去，嬌軀一軟，撲倒在胡小天的身上。

胡小天雖然四肢無法動彈，可是他還有嘴巴，大吼道：「來人啊，救命……救命……」

易元堂內終於有人聽到了動靜開門出來，看到眼前的狀況都是一驚，沒過多久，又從裡面叫出了幾個人，前去牽了白馬，將慕容飛煙和胡小天抬入室內。

胡小天並沒有受傷，只是穴道被制，易元堂的二當家袁士卿一眼就認出了他，至於慕容飛煙更是易元堂的熟人。

袁士卿先幫胡小天解開了穴道，胡小天顧不上解釋到底發生了什麼，第一時間來到了慕容飛煙的身邊，羽箭仍然留在慕容飛煙的體內沒有取出。

這支羽箭和尋常的箭矢不同，箭桿之上生有倒刺，只有當射入人體的時候，才會觸發箭桿內的機關，箭桿上的倒刺彈射出來，如果強行取出，肯定會對慕容飛煙造成極大的傷害。袁士卿也沒有見過這麼古怪的箭矢，在搞清箭矢的原理之前，不敢輕易動手。

慕容飛煙此時從短暫的昏迷中甦醒了過來，她皺了皺眉頭，看到胡小天無恙，顫聲道：「你的命倒是很大。」

胡小天笑道：「賤命一條，沒那麼容易死。」心中卻對慕容飛煙暗暗感激，不過他不會無聊到在這種時候致謝，想辦法將箭矢從慕容飛煙的體內取出，才是當務之急。

慕容飛煙的美眸朝箭矢的尾羽上看了一眼，她低聲道：「犬齒倒鉤箭……這箭桿之上有機關……不可以強行牽拉……」一句話沒有說完，痛得她又無力維繼。

胡小天道：「你知不知道機關在何處？」

慕容飛煙搖了搖頭。

袁士卿道：「難道是在尾羽之上？」

胡小天搖了搖頭道：「應該是在箭桿穿透肉體的時候觸發了機關。」他沿著鏃尖開始尋找，發現箭桿暴露在外的部分並沒有機關。排除了外面的部分，剩下的只有一個可能，那就是機關剛好留在了慕容飛煙的體內。也就是說，必須要進行手術探察，而探察必須要擴大慕容飛煙的傷口，如果在過去，如果胡小天的手上有現代化的醫療器械，這一切自然不會成為問題，可是在缺醫少藥的這種時代，哪怕是施行一個最為簡單的外科手術，都具有著相當大的難度，也充滿了極大的風險性。

袁士卿雖然是易元堂的二號人物，醫術在大康也是頗為有名，但是他對慕容飛煙的傷情也有些束手無策，低聲吩咐手下弟子，讓他們去請李逸風，也就是易元堂的大當家。

胡小天找人要來紙筆，當即在紙上畫出必要的手術器械，分別是手術刀、止血鉗、布鉗、剪刀、鑷子、組織鉗、持針器、縫合針、縫合線。

袁士卿望著胡小天繪製出的這些圖譜，不由得一頭霧水：「胡公子，這些是……」

胡小天道：「想取出慕容捕頭體內的這支箭，就必須要借用一些工具，這些工具的圖譜我都是按照同樣的比例繪製出來的，不知易元堂可不可以找到相仿或者相近的東西？」其實胡小天說這句話的時候也沒抱太大的希望，想在這個時代找到西醫用的手術器械，可能性微乎其微。

袁士卿盯著那圖譜看了一會兒，用手指向剪刀道：「這個倒是有，只是大了一些！」

胡小天道：「有沒有其他辦法可以找到？」

袁士卿道：「我讓人想想辦法！」他將圖譜出示給負責倉庫的庫管，易元堂畢竟是傳承數百年的老字號醫館，歷代相傳的藥材工具不知有多少，甚至連袁士卿這位易元堂的二當家也不清楚他們到底有沒有類似的器械。

胡小天又讓人去找烈酒紗布之類的東西，又讓人找來蒸鍋，將找來的一柄匕首和剪刀先行消毒。無論他們找不找得到襯手的器械，最後總得想辦法將慕容飛煙體內的這支犬齒倒鉤箭取出來，就算這支箭沒有毒性，畢竟已經在她的肩頭形成了貫通傷，而且流血不止，時間越久，感染的可能就越大。

安排完這些事情，胡小天方才想起尚書府的那幫家丁不知要急成什麼樣子，慌忙委託袁士卿派人分別前往尚書府和京兆府報訊。

約莫過了一袋煙的功夫，那倉庫的庫管重新回來，他根據圖譜上所繪製的情況，找到了小刀、剪刀、鉗子，讓胡小天驚喜的是，他居然還找到了弧形縫合針，當然這支針並不是特地為了縫合人體皮膚準備的，可是在外型上和過去所用的手術縫合針有了八分相似，到底有什麼用處，連庫管也不清楚。

胡小天選了勉強將就能用的器械，一股腦扔入鍋內煮沸消毒，然後再上籠蒸餾。在他對器械進行消毒的時候，易元堂的大當家李逸風也到了。

李逸風算得上是見多識廣，他一眼就認出射中慕容飛煙的這支箭是犬齒倒鉤箭，也知道必須要先找到箭桿上的機關，將犬齒收回，方才能將這支箭從她的體內拔出。在這一點上他和胡小天的判斷相同，認為機關就在慕容飛煙的體內。至於如何從慕容飛煙的體內找到機關，他就沒有太好的辦法了。

過去曾經有過這樣的病人，通常做法就是將傷口擴大，找到機關，往往會造成更大的創傷和出血，有些傷者因為傷情加重而死亡。

胡小天悄悄將李逸風請到一邊，把自己的處理方案告訴了他，李逸風聽說胡小天要切開擴大慕容飛煙的傷口，通過這種方式找到箭桿上的機關，不由得皺了皺眉頭，其實除了這個方法，並沒有其他的辦法，李逸風道：「只是這樣一來，會不會給慕容姑娘造成更大的傷害，甚至可能會傷及她的元氣，而且擴大傷口會讓以後的傷痕變得更大。」話雖然這麼說，但是李逸風心中明白，換成他來處理，肯定也得採用這樣的方法。

胡小天道：「沒有其他的選擇，時間耽擱越久，感染機率就越大，我有信心在切開最小傷口的前提下，找到箭桿上的機關。」

李逸風道：「會不會有問題？」

胡小天道：「如果說有問題，就是術中可能出現的出血，還有一個就是術後的縫合，我沒有合適的縫線。」

李逸風瞪大了雙眼：「你是說，要將她的傷口縫合起來？」

胡小天點了點頭道：「擴大的傷口必須要採用這種方式才能將皮損對合，促進傷口痊癒的同時，也可以避免留下太大的疤痕。」

李逸風道：「我在醫書上也曾見過縫合傷口的記載，只是並沒有親眼見別人這麼做過。」

胡小天當然沒機會看過這一時代的醫學典籍，心中一動道：「他們縫合用的是什麼線？」縫線是現在最困擾胡小天的一個問題，在這裡找到符合標準的手術縫線幾乎是不可能的，實在不行只能用普通的棉線代替，可預後就很難把握了。

李逸風道：「桑皮線！」

其實手術絕非西醫的專利，更不是西醫所發明。根據記載，中醫外科手術始於扁鵲，等到華佗的時候，中華外科達到了一個高峰，華佗所研製的麻沸散解決了手術病人的疼痛問題，至於抗感染也從內服中藥和外敷中藥粉或者生草藥渣得到了解決。不過這一時代的外科學顯然還沒有起步，胡小天的行為在他們的眼中已經算得上天方夜譚匪夷所思了。讓胡小天驚喜的是，李逸風所提到的桑皮線纖細而拉力強度很大，摩擦係數很低，類似於他過去在術中常用的聚丁烯酯合成線。

李逸風畢竟是易元堂的大當家，他雖然沒有辦法將犬齒倒鉤箭從慕容飛煙的體內取出，但是他在止血和止痛方面還是有些辦法的。服用了李逸風烹煮的草藥之後，慕容飛煙感覺傷口的疼痛稍減。

胡小天東拼西湊找來的手術器械也終於消毒完成了，他讓袁士卿摒退閒雜人等，室內只剩下他和李逸風、袁士卿三個，這倒不是胡小天想保密，而是他要儘量避免感染的機會，爐火上一鍋陳醋已經滾沸，室內充滿了強烈的酸味兒，胡小天能想到的消毒手段全都用上了。

這一時代是沒有無影燈的，為了解決術中照明問題，胡小天讓他們找來了蠟燭和銅鏡，同時點燃了二十支蠟燭，然後利用銅鏡的反光將光芒投射到慕容飛煙身上。還專門讓李逸風手持銅鏡，隨時調節光線的角度，便於自己在術中的操作。至於袁士卿就臨時充當了器械護士的角色，胡小天讓他消毒雙手之後，在自己的身邊及時為自己送上醫療器械。

慕容飛煙望著這廝忙前忙後的樣子，實在是有些琢磨不透，要說這廝是裝模作樣，可看他此刻的表情如此認真，應該不像，可他分明就是個不學無術的紈綺子？什麼時候學的醫術？

李逸風和袁士卿兩人之所以對胡小天表現出這樣的服從和支持，一是因為他們兩人面對犬齒倒鉤箭束手無策，還有一個更重要的原因，是胡小天之前為老者接骨的事情被袁士卿親眼看到，而他又將這件事告訴了李逸風，兩人雖然不知道胡小天師承何人，可他們都相信胡小天在外傷治療方面有著相當的水準。

胡小天回到慕容飛煙身邊，向她笑了笑道：「為了方便幫你取箭，麻煩慕容捕頭把外衫給脫了。」

慕容飛煙俏臉一熱，蒼白的容顏上浮現出少許的紅暈，這為她滿臉的病容增添了些許的亮色。不過慕容飛煙生性豁達，倒也不拘小節。

胡小天道：「知道你不方便，還是我幫你吧！」

這貨拿了剪刀將慕容飛煙左肩的衣服剪開，消毒之前，不忘塞了塊白紗在慕容飛煙的嘴中。他也用白布紮住口鼻，只露出一雙眼睛，然後用鉗子夾起白紗，蘸取烈酒為慕容飛煙的傷口進行消毒。

雖然事先服用了李逸風配置的止痛藥，可是當烈酒滲入傷口的剎那，慕容飛煙的一雙劍眉立時緊緊皺了起來，疼痛的滋味宛如刀割。眼前的胡小天鎮定自若有條不紊地為她以烈酒擦去傷口周邊的血污，露出慕容飛煙凝脂般的肌膚，此時的胡小天卻絲毫沒有邪念，在他的眼中，慕容飛煙只是自己的病人那麼簡單。慕容飛煙望著這廝篤定而專注的目光，忽然推翻了既往那個無惡不做的紈絝子弟形象。

初步消毒之後，利用煮好烘乾的白布作為洞單，將慕容飛煙身體的其他部分分離開來。缺少醫用膠布和止血鉗，胡小天利用消毒後的夾子將洞單之間固定在一起。

胡小天有條不紊地做著這一切，完成一個步驟之後，他就會在烈酒內洗手完成一遍消毒，盡可能地避免術中感染。李逸風和袁士卿這兩個在易元堂頂尖的醫學領軍人物，如今已經徹底淪為了配角，如果說剛開始的時候他們對胡小天能否取出犬齒狼牙箭還存在質疑，可當胡小天拿起小刀切割慕容飛煙肌膚的剎那，他們已經完全被這廝穩健的手法和精妙的刀法所震驚了。

小刀輕薄如柳葉，外形像極了胡小天過去用過的手術刀，只是刀刃和刀柄連成一體，不可拆卸，刀刃極其鋒利，一下就將傷口嬌嫩的皮膚劃開，粉紅色的肌肉被分裂開來，隨之殷紅色的鮮血湧出，胡小天用乾淨的白紗壓了壓傷口，旋即又切了第二刀，憑著他豐富的人體解剖學知識，他知道劃開的組織部分並沒有大的神經和血管經過，少許的滲血不足為慮。

隨著傷口的擴大，插入體內的箭桿越來越多的暴露出來。

慕容飛煙痛得嬌軀發抖，看來李逸風的麻藥並沒有起到胡小天想要的效果，他暗自感歎的同時，也不得不佩服慕容飛煙對疼痛的忍耐能力，想要結束她的痛苦，就必須要盡可能地加快手術過程。

「鉗子！」胡小天伸出手去。

袁士卿慌忙用消毒後的鐵夾，夾起尖頭鉗子遞給了胡小天，這鉗子因為形似組織鉗，所以臨時用來代替。這些在他們看來有些多餘的程序，卻是胡小天為了避免感染而採取的必不可少的步驟。他接過鉗子，利用鉗口的擴張來將傷口擴大，肉體撕裂的疼痛一直深深鑽入慕容飛煙的內心，她緊咬牙關，嬌軀不受控制地顫抖著。

李逸風舉著燭火將銅鏡的反光投射到傷口上，利用反光讓胡小天盡可能地看清傷口的內部。

胡小天終於找到了箭桿上的突起，他用手術刀的尖端壓住這一凸起，稍稍用力，咔嚓一聲，箭桿上的犬齒全部收攏回去。鏃尖和羽箭已經提前被他剪去。

胡小天沉聲道：「快，抽出去！」

袁士卿用白紗包裹在箭桿的前端，用力一扯，將整根箭桿從慕容飛煙的肩頭抽離出去，慕容飛煙因為劇烈的疼痛，嬌軀猛然後仰，螓首甩向後方。

胡小天在她倒下去之前，伸出手臂勾住她的纖腰，將她顫抖的嬌軀緩緩放在床上，幫助她保持側臥，傷口處的鮮血不停湧出，只是滲血，無需結紮。胡小天用白紗摁住傷口，然後將袁士卿提供的生肌金創藥塗抹在肩頭前後的傷口內。再次將雙手消毒之後，胡小天用鉗子夾起縫針，利用桑皮線將慕容飛煙肩頭前後貫通的傷口縫合。

整個手術持續的過程不到十分鐘，可對胡小天來說，這次的小手術卻可以和前生最為困難艱險的一次手術相提並論，縫合完最後一針，他將雪白的布單蓋在慕容飛煙的嬌軀之上。將染血的鉗子、刀具和針線扔到銅盆內，整個人如同脫力一樣坐了下去，慢慢拽下臉上的白布，腦子裡一片空白，好半天都沒有回到現實中來。

不知過了多久，李逸風走過來輕輕拍了拍他的肩膀，低聲道：「胡公子，胡公子！」

胡小天這才回過神來，有些生硬地向他笑了笑道：「她怎樣了？」說話的時候朝慕容飛煙望去，看到慕容飛煙躺在床上已經沉沉睡過去了，從她的表情來看安祥了許多，只是俏臉之上毫無血色，猶如一朵蒼白的山茶花，光潔的額頭上仍然佈滿了細密的汗珠兒，如同晶瑩的晨露，慕容飛煙此時表現出前所未有的柔弱之美，更讓人從心底自然產生一種呵護之情。

胡小天不敢相信，他現在正在一個未知的陌生年代，在這個外科手術仍然沒有萌芽的陌生世界，沒有襯手的工具，沒有有效的麻藥，他竟然做了一台手術，這在過去看來無比簡單的手術過程卻又如此的不凡。手術成功了！

直到手術完成了很久，胡小天的心底方才響起了這個聲音，他的內心深處有一種說不出的感觸在湧動，其實這只是一台普普通通的手術，他忽然意識到，自己在過去的名譽和聲望，並不是因為他的醫術如何高超，而是別人贈予他的，藥物、技術、設備、知識，如果沒有這一切，他就只剩下一個掏空內在的可憐軀殼，一個連怎樣減少疼痛，甚至連縫針都不知如何運用的庸醫。

在過去的從醫生涯中，他一直在追求著最新的科技和醫療技術上的改進，精心地選擇每一台手術，力求將每一台手術做到完美無缺，通過不斷地提升手術的成功率而獲得更高的讚譽和名聲。近乎完美地將醫療行為和追逐名利結合在了一起，力求將自己的醫療技術利益最大化。可他卻忽略了一個醫生的本質，救死扶傷！

親手將箭矢取出慕容飛煙的體內，這簡單的手術，卻在不經意中讓胡小天找回了自己，感動了自己。

整個手術中沒有私心沒有雜念，他所擁有的只是對生命的尊重。

第八章

庖丁解牛

胡小天道：「我從小有個不為人知的癖好，
喜歡拿刀肢解小動物，開始時是雞鴨貓狗這些小動物，
後來發展到豬馬牛羊這些大牲口，到了後來⋯⋯」
胡小天停頓一下，笑得陰森可怖：「肢解您懂嗎？」
李逸風怎麼會不懂肢解，聽到這裡內心直發毛了：
「您是說⋯⋯庖丁解牛⋯⋯」

李逸風望著胡小天的目光中充滿了驚奇和讚歎，這台在現代來說平淡無奇的手術，帶給李逸風的震撼和衝擊是前所未有的，他從沒有想過有人可以採用這樣的方法為人療傷，剛才胡小天所做的一切，顛覆了他長久以來對醫學的固有觀念。他的心中有太多的話想問，可李逸風也明白現在並不是提問的時候。

京兆府和尚書府都來了很多人，兩邊加起來竟然有一百多人，連易元堂的大廳都已容納不下，有不少人不得不站在易元堂門外的屋簷下。

連京兆尹洪佰齊都親自趕到，胡小天為慕容飛煙在裡面施行手術的時候，洪佰齊一直都在大廳內踱步，他的不安不僅僅是出於對下屬的關心，也因為胡小天，如果這位尚書公子發生了不測，戶部尚書胡不為肯定會追責到底，這小子還真是一個麻煩啊。

看到胡小天完好無恙地走了出來，洪佰齊心中的石頭總算落地，在他看來，胡小天的性命比起慕容飛煙還要重要一些，後者只是一個得力的助手罷了，而前者卻是朝廷重臣的獨生子，兩者的重要程度取決與他們對自己仕途的影響力。洪佰齊快步迎了上去，握住胡小天的手臂道：「賢侄，你有沒有事？」

胡小天笑著反問道：「洪大人，你看我像有事的人嗎？」

洪佰齊搖了搖頭。

胡小天道：「洪大人，慕容捕頭為了救我而被賊人所傷，此時已經脫離了危險。」

洪佰齊哦了一聲，雖然慕容飛煙受傷，好在性命沒有大礙，這次也算得上是有驚無險。此時他方才考慮一個問題，究竟什麼人這麼大膽子，居然敢在光天化日之下刺殺胡小天。洪佰齊當然不會認為慕容飛煙是被刺殺的主角，胡小天已經說得夠明白，她之所以受傷，完全是因為保護胡小天。

胡小天道：「大人，我有個不情之請！」

「但說無妨！」

囚室的房門被人一腳踹開，飛賊有些惶恐地抬頭望去，卻見胡小天濕漉漉地出現在他的面前，胡小天衣袍的不少地方都沾染著血跡。

那飛賊充滿不安道：「你……想幹什麼？」

胡小天一言不發，衝上前來照著他當胸就是一腳，將這名飛賊踹倒在地上，然後抽出匕首，抵在這廝的心口之上，怒吼道：「混帳東西，竟然敢設計害我！」

飛賊慘叫道：「我沒騙你，我發誓，我拿我全家的身家性命發誓，我沒騙你，我知道的全都告訴你了……」他的精神已經崩潰，竟然因為恐懼而尿了褲子。

胡小天望著他褲襠下濕漉漉的那一大片，心中暗罵這廝實在是個慫包，還沒怎麼嚇他就已經尿褲子了，料想這廝不敢說謊。他緩緩收回了匕首。趙正豪、莫紹麟也許全都是對方佈局的一部分，莫紹麟的名字是他們故意洩露出去的，其目的就是要給他們這條線索，讓他們通過這條線索找到莫紹麟，從而再次落入對方的圈套，局中有局，背後策劃這次事件的人絕不是普通人。

如果不是自己太過好奇，如果不是他非得要親自前往，這場刺殺或許就不會發生，自己剛剛來到這個世界不久，按理說不應該有什麼仇人，為什麼對方要殺自己而後快？既然昨晚在尚書府的那場竊案意在聲東擊西，他們真正的目的在於竊走丹書鐵券。可在他們的目的達到之後，為什麼還要設計刺殺自己？這其中一定另有隱情，難道是因為父親的緣故？

回到尚書府的時候已經是深夜，梁大壯引著那幫家丁，齊刷刷跪在胡小天的面前，這兩天他們實在是被這位少爺給折騰怕了，他們倒不是害怕胡小天出事，真正擔心的是這貨要是出了什麼事情，他們這幫家丁都要跟著倒楣，飯碗被砸了還是小事，搞不好皮都得讓人給扒了。胡小天擺了擺手，他明白這幫人的意思，是想勸他少惹是非。可此時身心疲憊到了極點，連話都懶得說上一句。正準備返回自己院落的時候，忽然聽到有人通報道：「老爺回來了！」

胡小天頗感詫異，想不到父親居然這麼快就從東都趕了回來，可算算這件事又不太可能，從京城往東都就算日夜不停的趕路，也需要花去整整一天的時間，胡安就算趕到了東都，父親也只能是剛剛收到消息，即便是馬上動身返程，也要到明天夜晚才能抵達。

雖然滿心迷惑，可無論如何父親回來了就好。胡小天並沒有馬上去迎接父親，而是回房迅速洗了個澡換了身衣服，這才前往父親的房間去跟他會面。

胡不為並不在房間內，胡小天問過家僕方才知道，父親回來之後馬上趕往了集雅軒。

細雨濛濛，胡不為獨自站在集雅軒被火焚燒後的廢墟之上，臉色變得陰沉不定。他的目光也失去了昔日的從容淡定，流露出些許的不安，雖然他竭力掩飾自己的不安，可仍然不可避免地在臉上表現了出來。

胡小天緩步來到他的身後，恭敬道：「孩兒給父親大人請安！」

胡不為似乎被人嚇了一跳，因為他專注於眼前的一切，並沒有留意到兒子的到來，身軀明顯顫抖了一下，然後霍然轉過身來。

胡小天還從來沒有見過父親這般的表情，心中不由得一沉，看來丹書鐵券失竊之事對父親的打擊不小，他低聲道：「爹，您遇到胡安了？」

胡不為的嘴唇抿了抿，朝四周看了看，然後壓低聲音道：「跟我來！」

胡小天從父親凝重的表情就已經知道，恐怕麻煩大了，就像胡安之前所說，弄丟了丹書鐵券，那可是欺君大罪，搞不好是要砍頭的。

父子兩人回到房內，胡不為讓胡小天將房門關上，上下打量了他一眼道：「有沒有見到胡安？」

一句話就把胡小天給問得愣在那裡，滿臉錯愕道：「胡安不是去東都找您去了，集雅軒被焚，他說……」說到這裡，胡小天內心產生了一個極度不祥的念頭，難道說胡安根本沒有前往東都，他跟自己所說的那些事，到底有多少是真實可信？

「他說什麼？」

胡小天低聲道：「他說集雅軒被燒，我們家祖傳的丹書鐵券被竊賊盜走，所以我才讓他即刻前往東都，當面向您稟報……只是我沒想到您這麼快就回來了，我還以為您在中途遇到了他。」

胡不為長歎了一口氣，一臉頹然之色：「丹書鐵券乃是明宗皇帝御賜之物，你以為我會將這麼重要的東西收藏在哪裡告訴一個下人？」

胡小天暗叫糊塗，自己怎麼就這麼糊塗，連這麼簡單的道理都沒想透，胡不為既然將丹書鐵券的下落瞞著自己和母親，足見他對此物的重視程度，御賜免死金牌，這麼重要的東西，他當然要妥善收藏，不可能將丹書鐵券的下落隨隨便便告訴其他人。自己一時不察，居然被胡安那個老傢伙給蒙了，胡小天氣得牙根癢癢，低聲道：「爹，您是說，那胡安是內奸？」

胡不為緩緩站起身來，在室內來回走了幾步，他沒有回應胡小天的話，而是低聲道：「咱們胡家的確有丹書鐵券，那丹書鐵券也的確被盜了。」

胡小天聽到這個消息被證實，內心不由得一涼，此事非同小可，如果丹書鐵券被盜，而且這件事和胡安有關，那麼只要消息洩露出去，當今皇帝必然會追究下來，如果治他們胡家一個欺君之罪，免不了是個滿門抄斬的下場。天啊！我這才剛剛活過來半年，連媳婦都沒來及娶呢，該不會真要這麼慘？真要是這樣稀裡糊塗掉了腦袋，豈不是冤枉透頂？

胡不為道：「胡安這畜生，我待他不薄，想不到他竟然吃裡扒外做出這等陰損無德的事情。」

胡小天道：「爹，那丹書鐵券不是從明宗那時候傳下來的，已經過了這麼久，都快成文物了，就算弄丟了也算不上什麼大罪，不如乾脆向當今皇上說個清楚，也許能夠獲得他的諒解。」

胡不為緩緩搖了搖頭道：「換成過去或許沒事，可現在卻是非常之時，陛下這兩年來龍體欠安，變得喜怒無常，一件小事或許就會將他觸怒。」胡不為暗自歎了一口氣，伴君如伴虎，皇上的心思也如同六月的天，說變就變，讓這些做臣子的無從琢磨。

胡小天道：「爹，您對大康社稷勞苦功高，皇上對您也是非常的信任，他不至於因為這件小事就會降罪於我們吧，更何況我們並不是有意弄丟了這件東西，而是有人故意設計陷害。」

胡不為道：「最近有不少人在皇上面前詆毀於我，皇上對我疏遠了不少，如果在這種時候突然爆出我們胡家遺失了丹書鐵券的事情，你以為會有怎樣的後果？」他還是第一次在兒子面前提起朝廷上的事情。

胡小天心中一凜，老爹既然這樣說應該不會錯，看來他這段時間在皇上面前已經漸漸失寵，胡小天曾經熟讀歷史，對皇上的喜怒無常是有所瞭解的，即便是寵臣，在皇上眼裡也不過像一隻螻蟻一樣，只要他不高興，隨時可以奪走這隻螻蟻的性命。

胡小天道：「知道這件事的沒有幾個！」

胡不為道：「胡安在咱們府中已經有幾十年，我一向待他不薄，不知他因何會背叛我，可我知道他盜走丹書鐵券，必有所圖。」

胡小天點了點頭道：「如果他想利用這件事坑害咱們胡家，說不定早就將這消息散佈出去了，根本不用等到現在。我看，他是要利用這丹書鐵券來要脅我們，胡安的背後肯定還有他人指使。」

胡不為對兒子的這番分析深表贊同，他驚喜地發現兒子的頭腦的確已經恢復了正常，甚至可以稱得上思維縝密，胡不為因此而感到些許安慰。誠如兒子所說，胡安的背後一定有他人指使。胡不為堅信胡安肯定是被某人脅迫或者利誘，方才做出背叛自己，背叛胡家的事情。

胡小天道：「看來丹書鐵券應該是他們手中的一張牌，不到萬不得已的時候，他們絕不會動用，所以暫時咱們還是安全的。」

胡不為緩緩點了點頭，雖然兒子分析得很有道理，但是這丹書鐵券找不回始終都是一個隱患。在對方出手之前，自己還有時間做出應對。他低聲道：「你將昨晚發生的事情仔仔細細向我說一遍。」

胡小天於是將昨晚發生的事情從頭到尾講了一遍，說到兩名飛賊聲東擊西，吸引了胡府家丁注意力之後，放火點燃了集雅軒，因為胡安的背叛，胡小天今天回頭再看這件事已經有了新的推斷，他推開隔窗望著不遠處集雅軒的廢墟道：「此時我方才想起，當時抓飛賊的時候，胡安並不在場，他當時應該是趁亂盜走了丹書鐵券，然後偷偷放火，因為大家的注意力全都集中在那兩名飛賊身上，所以他才會從容得手。」

胡不為道：「他得手之後故意向你洩露這件事的秘密，借著前往東都向我通報的機會逃離，這老東西在我身邊隱藏了這麼多年，連我都沒有發現他的狼子野心，居然敢勾結外人陷害於我。」胡不為氣得咬牙切齒，如果胡安此刻出現在他的面前，他一定要將此人千刀萬剮方解心頭之恨。

胡小天忽然又道：「不對！」

胡不為詫異道：「有什麼不對？」

胡小天道：「如果說那兩名飛賊和他勾結，可那兩名飛賊卻對他一無所知，他們供出的那個人叫趙正豪，我和京兆府的捕快前往馱街去尋找趙正豪下落的時候，卻是一個圈套，他們的目的是想殺我！」想起當時的情景，胡小天仍然心有餘悸，如果不是慕容飛煙當時奮不顧身的營救自己，恐怕自己已經死在了莫紹麟的箭下。

胡不為雖然沒有親眼目睹當時刺殺胡小天的情景，可現在聽來仍然恐懼不已，他只有一個兒子，倘若就這麼不明不白的死了，他到哪兒去買後悔藥去。

胡不為拍了拍兒子的肩頭，充滿關懷道：「你有沒有受傷？」

胡小天搖了搖頭：「還好，我運氣還算不錯。」

胡不為道：「一個人不可能永遠走好運。」幾乎在瞬間，他就做出了一個重要的決定：「天兒，為父有個想法，不知你意下如何？」

胡小天微笑道：「那也總得讓我知道是什麼事情？」

胡不為將花窗拉上，壓低聲音道：「皇上的身體一日不如一日，我看距離傳位之日已經不遠，每逢皇位交接之時必然不會太平，近日這京城之中暗潮湧動，大有山雨欲來之勢。」胡不為停頓了一下又道：「我身在朝中，很難確保自己不受到這場風雨的波及，我已經老了，即便是真有什麼禍患降臨到我的身上，即便是要了我的身家性命，為父也絕不會皺一下眉頭，只是我這心中還有一個最大的牽掛，那就是你……」胡不為這番話說得情真意切，真情流露。

胡小天雖然對他包辦婚姻的做法極為不爽，可是看到他如此關心自己，心中也難免一陣感動，父子連心，血濃於水，胡不為對自己這個親生兒子的關心肯定是發自內心。

胡不為道：「其實前兩天我就有了讓你離京為官的想法。」

胡小天一聽心中竊喜，外出為官，豈不是讓自己離開京城，那就意味著可以過上海闊憑魚躍，天高任鳥飛的日子。這廝心中雖然高興，可表面上卻裝出一臉的不情願：「孩兒捨不得離開爹爹。」

胡不為道：「爹不可能照顧你一輩子，總有一天，你會獨當一面。」讓兒子遠離京城外放為官的想法已經由來已久，胡不為早就預料到皇位交替的這段時間，京城肯定會掀起一場空前猛烈的暴風驟雨，雖然太子之位早已傳給了六皇子龍燁慶，但是朝內的一幫老臣子對此極為不滿，有不少人正在密謀策劃捧大皇子龍燁霖出山，此次陪同皇上前往東都，胡不為悄悄探過皇上的口風，老皇帝似乎對當初廢除大兒子龍燁霖的太子之位流露出悔意。

跟在皇上身邊這麼多年，多少也瞭解了他的一些脾氣，越老越是喜怒無常，翻臉比翻書還快，別看龍燁慶現在還是太子，說不定哪天老皇帝興頭上來，就會讓其他的兒子取而代之，反正這老傢伙也不缺兒子，一輩子播種無數，單單是皇子就有二十七個，只差一個就湊成二十八宿了。

胡不為之所以能夠歷經兩代君王，在朝中的地位穩如泰山，和他成熟的為官之道有著直接的關係，雖然他已經做出了種種準備，可現在越是臨近新老皇帝交接之時，這心中反倒越發忐忑，倘若這宮中發生變動，首當其衝受到波及的就會是他們這幫京城的官員，正所謂一朝天子一朝臣。誰也無法保證在新皇即位之後，他們仍然能夠得到重用。

值此多事之秋，偏偏發生了丹書鐵券被盜的事情，這就讓胡不為不能不多想。和李家的聯姻只是他其中的一步棋，這步棋能否成功，是否巧妙，完全取決於太子龍燁慶能否順利地繼承皇位。在前往東都之前，胡不為一直以為皇位之事不會有任何的變化，可老皇帝無意中流露出的那番話，卻讓他沒了過去的那種把握，胡不為甚至開始考慮，是不是應該將寶全都押在龍燁慶一個人的身上？

一個成熟的政治家需懂得未雨綢繆，胡不為一直都在不顯山不露水地進行著佈局，可丹書鐵券的突然遺失打亂了他佈局的節奏，以胡不為的老辣和城府也不禁感到有些措手不及了。

正是這一事件促使胡不為下定決心，要讓兒子離開京城這個是非之地，遠離即將到來的這場政治風暴。

胡小天道：「爹，您打算讓我去哪裡？」

胡不為道：「西川！」

胡小天這段時間還是對大康的地理歷史做過一番瞭解的，西川地處大康西南，地理位置偏僻，向南和苗疆接壤，向西和沙加交界。地理上的偏僻還在其次，最大的問題還在於，西川是他未來岳父的地盤。他未來的岳父大人就是劍南西川節度使李天衡。那可是雄霸一方的封疆大吏，老爹要將他送往西川做官，應該是出於這個考慮。

胡小天眨了眨雙眼，盯著他老子看了半天，看得胡不為也有些不自在了，心想老子又沒把你往火坑裡推，還不是一片苦心，想讓你遠離政治風暴，老子是想保住咱們老胡家的這棵獨苗。

胡小天憋了半天方才道：「敢情你是準備讓我倒插門啊？」

胡不為搖了搖頭道：「天兒，為父只有你這麼一個兒子，你以為我會害你嗎？」

胡小天心中暗忖，那可說不定，你是我爹不假，可你首先還是一個政治家，像你這樣的政治家往往對親情友情都是淡漠的，為了政治利益可以犧牲一切，如果當初你真為我著想，就不會讓我和李家的那個癱瘓女兒定親。不過這番話他只是在心中嘀咕著，沒有挑明。

胡不為道：「婚約是一回事，做官是另外一回事……」說到這裡他歎了口氣道：「你強搶唐文正女兒的事情，李家已經知道了。」

胡小天心中一陣竊喜，知道了更好，如果李家看不慣自己的惡行，取消了這婚約最好不過。

胡不為道：「李家提議將你們的婚期推遲兩年，我想了想還是答應下來。」

胡小天道：「兩年？他們想推遲就推遲嗎？眼中還有我們胡家嗎？爹啊，我看他們根本就沒把您放在眼裡，這門親事退了也罷。」

胡不為的面孔頓時沉了下來，冷哼了一聲。其實他心中另有打算，自從看出老皇帝在繼位人選上還有猶豫，胡不為的內心深處就開始猶豫，成者為王敗者為寇，皇子在皇位上的爭奪之殘酷他是親眼見證過的，如果太子龍燁慶順利繼承大統，那麼胡李兩家的這次聯姻堪稱完美，可是如果中途有變，龍燁慶最終沒能登上皇位，那麼他將面臨輕則放逐，重則被殺的命運。作為他堅決擁護者的李天衡難保不會受到牽累。

萬一事情當真發展到了最壞的一步，自己或許很可能因為李天衡的姻親關係而被連坐。李家主動提出將婚禮延後兩年，反而正中胡不為下懷，兩年的時間皇位之爭必然塵埃落定。即便是最壞的情況發生，胡不為仍然能有足夠的機會去大義滅親，取消這紙婚約。胡不為知道，這位未來的親家也不是普通人，他之所以提出推遲婚禮，應該不僅僅因為聽說了兒子的惡行，肯定是基於政治上的某種考慮。

其實婚約在胡不為的眼中無非是錦上添花的一紙文書，並沒有什麼實際上的約束意義，他當然能夠看出兒子在婚事上表現出的抗拒和不滿，胡不為能夠體諒兒子的感受，但是他認為兒子還不夠成熟，男子漢大丈夫何患無妻，即便是娶了李家的女兒進門，又不是說你要一輩子守著這個癱瘓，只要我的政治地位不變，胡家就不會改變，你癱瘓的老婆自有下人伺候，又沒有人阻止你去納妾。你娶的不是老婆，娶的是政治地位和家庭背景。

只是這番話，胡不為不能向兒子明說。雖然他從骨子裡對什麼忠悌孝義是不屑的，可在兒子面前終歸還是要營造一個正面形象。

胡不為道：「吏部尚書史不吹和我相交莫逆，我找他幫你安排這件事。」

胡小天故作失落道：「爹既然決定了，孩兒也沒什麼話好說。」其實這貨巴不得早一點離開胡不為的身邊，山高皇帝遠，哪怕是去邊遠地區當個小官也好。

胡不為道：「我有個想法，此次離京為官，儘量不要讓太多人知道，為父不想你受到太多的干擾。」

胡小天道：「爹，您的意思是，不想外人知道咱們之間的關係？」

胡不為點了點頭道：「即便是李家那邊我也不想他們知道，你從小在我身邊長大，一直養尊處優，從未經歷過什麼風吹浪打，這次出去，借此機會剛好可以好好錘煉一番。」

胡小天深深一躬道：「爹的苦心，孩兒明白。」

胡不為看到兒子如此懂事，心中又生出不捨之意，輕聲嗟歎道：「你娘那裡我還未曾跟她說過，倘若讓她知道，肯定不會同意。」

胡小天心想千萬別改變念頭，好不容易才有了單飛的機會，您老可得狠心把我給送出去，嘴上卻假惺惺道：「孩兒也不捨得離開娘親！」虛偽，虛偽到了極致。

胡不為道：「此事已定，你娘那裡我自會解釋。」

接下來的幾天，胡安如同石沉大海不知所蹤，丹書鐵券被盜的事情也沒有洩露出去，一切看來似乎重新回歸了平靜。胡小天老實了許多，家裡發生的事情或多或少還是給他的心理上造成了影響，也許不知哪天禍患就會降臨到胡家，而他身為胡家的一員，很可能就是被連坐的結局。

胡不為一如往常般平靜，從東都返回的第二天，他的生活就重新回歸了正軌，每日不是上朝就是處理公務，看起來似乎已經不再為丹書鐵券的事情擔心，又似乎忘記了安排胡小天離京為官的事情。

胡小天的內心明明很想走，可又不能將自己內心的渴望表現在父親面前，隨著時間的一天天推移，他的心情變得煩躁起來，難不成這位老爹又突然改變了讓自己離京為官的念頭？

自從發生了駅街遇刺的事情之後，胡不為又增強了對兒子的保護，過去六名家丁的陣容如今擴展到了八名，而且他叮囑這八人，在兒子外出的時候要寸步不離的進行保護，即使他上廁所也不例外。

這樣的日子根本沒有任何的自由可言，胡小天如同一隻被關在籠中的鳥兒，越是如此，心中越是渴望自由。

一晃七日已過，當天一早，胡小天就來到了易元堂，今天是個較為特別的日子，是慕容飛煙傷口癒合，可以拆線的日子。

胡小天抵達易元堂的時候，發現易元堂的大當家李逸風，二當家袁士卿都在那裡等著。胡小天心中暗忖，這兩位先生倒是敬業，患者沒到，他們先到了。

袁士卿本來就在這裡坐診並不稀奇，至於李逸風今天卻是專門奔著胡小天過來的，自從那天親眼目睹胡小天為慕容飛煙療傷，李逸風被胡小天嫺熟的開刀手法深深震撼，不誇張地說，胡小天讓他突然認識到一個全新的醫學領域，在此之前，他只是在醫學典籍中讀過一些手術故事，什麼刮骨療傷，什麼剖腹取物，可現實中他從未見過一次。李逸風原本以為胡小天是哪位醫學聖手的傳人，可後來得知這廝是戶部尚書胡不為的獨生兒子，不由得大吃一驚，說起來他和胡小天還有一段淵源。

因為胡小天從出生到十六歲一直都是個傻子，胡不為夫婦兩人為了這孩子的病情也是勞心勞力，幾乎將大康所有的名醫全都請了一遍，李逸風在六年前曾經去胡府為胡小天診病，當時他就對這位尚書公子下了定論。診斷結果他記憶猶新，無藥可醫，無能為力！

李逸風當時認定了這小子會癡傻一生。當半年前傳出胡小天突然恢復了正常的消息，他根本不相信，李逸風對自己的醫術還是很有自信的。傻子變成聰明人，比啞巴突然學會說話還來得荒誕可笑，可這兩件奇蹟居然同時發生在胡小天身上。

李逸風雖然聽到這方面的傳言，一直都是嗤之以鼻，認為外面只是在以訛傳訛罷了，可當他真正見到恢復正常的胡小天，而且還親眼目睹這個傻了十六年的小子居然掌握了一手神乎其技的醫術，心中的感觸即便是用震撼兩個字也無法形容。

胡小天讓他的八名跟班在易元堂外面等著，畢竟易元堂內病人很多，帶著八名跟班進去不但招搖，而且會佔據不少的空間，造成不必要的恐慌，病人不知道他們的身分還以為他們是醫鬧呢。

袁士卿忙著為人診病，無法起身相迎，只是遠遠朝胡小天頷首示意，算是打了個招呼，這幫大夫骨子裡都清高得很，雖然他們不得不對這些達官顯貴強顏歡笑，可心底多數時候是看不起這幫人的，但是胡小天不同，他在醫學上表現出的才華已經在不知不覺中獲得了這幫名醫的尊重和認同。

有人專門將胡小天引領到了地黃閣內，易元堂的各個診室都以中草藥來命名，特徵非常明顯。

李逸風看到胡小天來了，慌忙從太師椅上起身相迎，微笑道：「胡公子大駕光臨，老夫有失遠迎，還望恕罪恕罪！」客氣不是衝著胡小天的出身地位，而是因為胡小天的醫術，想讓這幫醫者打心底佩服你尊敬你，就必須要有讓他們佩服的本事。

胡小天笑瞇瞇朝李逸風拱了拱手：「李先生太客氣了！」

李逸風邀請胡小天在長几旁落座，又讓手下人送上香茗，胡小天道：「慕容捕頭還沒來？」眼看就是午時，已經過了預先約定的時間。

李逸風道：「看來慕容捕頭有事耽擱了。」他做了個邀請的手勢，請胡小天用茶。

胡小天端起茶盞咕嘟灌了一口，易元堂的茶水都帶著一股子藥草味道，胡小天喝不慣這玩意兒，不由得皺了皺眉頭。

此時外面進來一位中年人，卻是掌管易元堂倉庫的倉頭，他向李逸風行禮後，將手中的一個長方形木匣放在桌面上，然後又向胡小天恭恭敬敬作了一揖，然後慢慢倒退了三步，等到了門口方才轉身離去。從手下倉頭對李逸風的恭敬態度，足可看出他在易元堂說一不二的威望。

李逸風抖了抖長袖，將雙手暴露出來，這古代的袍服就是麻煩，雖然看起來飄逸瀟灑，大袖飄飄，似乎有幾分仙氣，可畢竟太過累贅。胡小天就不喜歡這樣的衣服，他特地讓人給自己作了幾身武士服，全都是清爽的束袖。

李逸風當著胡小天的面將木盒打開，卻見其中放著一套堪稱精緻的手術器械，胡小天不由得目光一亮。

李逸風道：「胡公子，這些工具全都是我委託京城最富盛名的天工行，根據您那日所繪製的圖譜打造而成。」

胡小天這才明白，敢情人家是在事後專門打造了這些器械，手術刀片、刀柄、持針器、手術針、止血鉗一應俱全。他伸手拿起止血鉗，在手中握持了一下，居然做得絲毫不差，不但功能上全都具備，而且細節上比起他既往用過的止血鉗還要精美許多，更難得的是，在止血鉗的把手上還特地雕刻了精美的紋路，當然這些紋路有畫蛇添足之嫌，可還是能帶給人不少的視覺美感。

胡小天一會兒拿起這個，一會兒放下那個，對這套手術器械可謂是愛不釋手，真是江山代有才人出，想不到這大康的匠人如此手巧，單憑自己繪製的圖譜就能打造出這麼精美的器械。

李逸風道：「這套工具是我特地送給公子的禮物。」

胡小天聽他這麼說，馬上動起了心思，天下沒有免費的午餐，我跟你李逸風沒什麼交情，你憑什麼會花費心思送這麼一套精美的器械給我？別說是仰慕我的醫術，被老子高超的醫術，高尚的醫德所折服，這話我可不相信，胡小天微笑道：

「無功不受祿，李先生的心意我領了，只是這禮物我不能收。」他將木匣合上，然後慢慢推還給了李逸風。

李逸風道：「寶劍贈壯士，紅粉送佳人。天下間沒有比胡公子更配得上這套工具的人。」

這話胡小天愛聽，他也認同，放眼這個世界上，談到外科手術，能超過他的只怕一個都沒有。

李逸風道：「老朽的一番心意，胡公子千萬不要拒絕。」

胡小天心想反正不是什麼了不得的禮物，既然你死皮賴臉的非要送給我，我也就勉強收下來吧，他笑道：「既然李先生一番美意，那麼我只能收下來了。」

李逸風看到胡小天終於肯收下自己的這份禮物，臉上也是笑顏逐開，他咳嗽了一聲道：「胡公子，老朽有件事一直都想請教。」

胡小天點了點頭，心想這禮下於人必有所求果然是有道理的，拿人的手軟，現在要求就來了。

李逸風道：「我看公子為慕容捕頭療傷之時，手法嫻熟，技藝精巧，卻不知公子師承何人？這樣的療傷技巧我前所未見，卻不知屬於何種流派？」

這個問題還真是有些難於回答，胡小天要是跟他說在醫學院裡學會的，這老傢伙也不會相信，可真要是不回答他，這李逸風還不知會做出怎樣的猜想，這事兒傳出去也未必是什麼好事，人怕出名豬怕壯，真要是名聲遠播，以後豈不是看病的都要把自己的門檻給踏破了，普通人還好拒絕，要是遇到皇公貴族，將相王侯，不能拒絕，不敢拒絕的怎麼辦？在這個時代，當醫生也不是什麼好職業，給普通老百姓看病倒還罷了，真要是給王公貴族看病，萬一看不好，搞不好就是要掉腦袋的事情。

胡小天當時只顧著救人，並沒有想到自己救人後可能引發的後果，這會兒不免有些後悔了。他旁敲側擊道：「李先生是不是有什麼事情？」總覺得李逸風打聽自己的師承沒那麼簡單。

李逸風倒也坦誠，他點了點頭道：「實不相瞞，晉王殿下因為墜馬折斷了左臂，已經過去了三個月，卻始終遷延不癒，所以我想請胡公子過去看看。」

胡小天暗罵，果然沒有好事，且不說那晉王的病情是否嚴重，骨折過了三個月，都沒有癒合，證明十有八九被你們給耽擱了，你們解決不了，於是想讓我過去幫忙擦屁股，我看請教是假，坑我才是真的，假如我也無能為力，那晉王說不定會遷怒到我身上。老傢伙，你打的一手如意算盤，當我是傻子，老子上輩子就對醫生這職業已經厭倦了，好不容易重活了一回，一切都想重新來過，這種吃力不討好的事情你們愛找誰找誰，老子才懶得蹚這淌渾水。

假如李逸風所說的只是一個普通百姓，也許胡小天就會毫不猶豫地答應了，聽說晉王的身分，胡小天馬上就打起了退堂鼓，這小子狡猾得很，知道明哲保身的重要性，尤其是在胡家最近風雨飄搖的時候，還是多一事不如少一事，少給家裡添麻煩為妙。

胡小天道：「李先生，我根本不懂醫術啊！」

李逸風明明親眼看到他給慕容飛煙治病，現在他說不懂醫術，只當他在謙虛，嘿嘿笑道：「胡公子過謙了。」那表情分明在說，你騙誰啊？我可親眼看到了。

胡小天道：「我打小就不懂什麼叫謙虛，李先生，我看您也是個厚道長者，所以我也不瞞著您，我一沒有什麼老師，二沒有研究過什麼醫術。」

李逸風道：「胡公子為慕容捕頭療傷的時候，老朽就在一旁。」非得要我拆穿你，小子啊，你太滑頭了。

胡小天道：「這事兒說起來真是有些難以啟齒，我要是不說，李先生肯定以為我在撒謊，李先生，我把實情告訴您，不過您可得千萬為我保守秘密。」

李逸風看到他鄭重其事的樣子，心中又是好奇又是懷疑，於是點了點頭道：「公子但說無妨，我一定為你保守秘密。」

胡小天故意看了看四周，方才向李逸風靠近了一些，壓低聲音道：「其實我哪懂什麼醫術，我之所以能夠幫別人接骨，之所以能將慕容捕頭體內的箭矢取出來，是因為我對人體的結構熟悉啊。」

李逸風道：「沒學過醫術，又怎麼可能熟悉？」

胡小天歎了口氣道：「我有毛病啊！」

李逸風微微一怔，還真沒遇到過幾個這麼說自己的，他眨了眨眼睛，一臉的迷惑不解，有毛病？有什麼毛病？

胡小天道：「我從小就有個不為人知的癖好，我喜歡拿刀肢解小動物，開始的時候是雞鴨貓狗這些小動物，到後來發展到豬馬牛羊這些大牲口，到了後來……」胡小天故意停頓了一下，笑得頗為陰森可怖：「肢解您懂嗎？」

李逸風怎麼會不懂肢解，聽到這裡他內心已經直發毛了：「您是說……庖丁解牛……」

胡小天道：「差不多，可還是不一樣，庖丁解牛只是肢解一頭牛的骨骼關節肌肉，我連內臟經脈都不放過，我稱之為解剖！」這貨的目光變得灼熱，顯得非常興奮。

李逸風卻有點不寒而慄了：「這樣……啊……」

「何止這樣，到了後來，我感覺解剖豬馬牛羊都不過癮了，於是我就將興趣轉移到了……」胡小天一雙眼睛盯住李逸風。

李逸風感覺脖子後的汗毛都豎起來了，他知道胡小天在暗示什麼，顫聲道：「你是說肢解……」人字到了嘴邊李逸風終究還是忍住了沒說，在他看來這已經是驚世駭俗的恐怖事件，他不願相信，可又覺得胡小天說得煞有其事，很有可能。

胡小天點了點頭道：「你猜到了。」

李逸風感覺自己肚子裡翻江倒海，有東西在往上泛，他好不容易才將這噁心的感覺強行壓制了下去：「可那是國法不容的。」

胡小天道：「我當然知道，所以活的自然不行，於是我就花大價錢收購死去的，把他們拉回某個秘密的地方，一點點的解剖，一點點的研究。」

聽到這裡，李逸風似乎看到這廝揮舞著小刀，正在解剖屍體的場面，鮮血淋漓，慘不忍睹，忽然一種難以抑制的噁心感湧上心頭，李逸風捂住嘴巴以驚人的速度衝向後院。

沒過多久，胡小天就聽到這廝痛苦嘔吐的聲音，這下可把李逸風給坑慘了，只怕連膽汁都要嘔出來了，在過去被視為自然科學的門類，在這個時代卻被人視為洪荒猛獸，荒誕不經，恐怖如斯，難怪過去會有人因為研究解剖學遭受冷眼甚至犧牲生命了。

胡小天所說的有真也有假，在這裡他是一次解剖實驗都沒做過的。不給李逸風一些猛料，這老傢伙怎會放棄讓自己給晉王看病的想法，在知道自己有這種癖好之後，想必李逸風再見到自己恐怕要敬而遠之了。胡小天發現經營形象很重要，今天的這番對話，馬上將自己從一個仁心仁術的醫生包裝成為了一個嗜血的肢解狂魔。

慕容飛煙在午時準時抵達了易元堂，胡小天的手術做得及時精妙，李逸風的金創藥也非常靈驗，再加上慕容飛煙本身良好的身體素質，所以她的身體康復得很快，再次出現在胡小天面前的時候，慕容飛煙已經恢復了過去的颯爽英姿。

不過看到胡小天，慕容飛煙仍然沒給他什麼好臉色，每次見到這廝嬉皮笑臉的樣子，總覺得他不懷好意，一個人怎麼可以長成這個樣子，明明長得也算是英俊啊，可怎麼看都是一臉的邪氣，怎麼看都像是一個壞蛋。

胡小天嘿嘿笑道：「慕容捕頭來了，我等了你好半天了。」

慕容飛煙道：「麻煩胡公子久等了，剛剛我去處理一些公務，所以來晚了。」

胡小天道：「慕容捕頭真是敬業啊，受了工傷，還要堅持工作在第一線，真可謂是輕傷不下火線。」

慕容飛煙已經習慣了他說話的這種奇怪方式，要說胡小天這個人還真是深藏不露，過去一直都以為他是個不學無術的紈絝子弟，卻沒有想到他居然還懂得一些醫術，應該說醫術相當的不錯，放眼整個京城，能夠將犬齒倒鉤箭成功取出的人沒有幾個，胡小天不但成功將箭矢取了出來，而且還為她將兩邊的傷口處理得相當漂亮，幾乎沒留下什麼疤痕。

此時慕容飛煙也聽到後院的嘔吐聲，舉目望去，卻見李逸風一手撐著廊柱，躬著身子在那邊吐個不停，皺了皺眉頭道：「李先生是不是生病了？」

胡小天道：「病得不輕！」心中暗自好笑，不就是講了個解剖人體的故事，居然把李逸風嚇成了這般模樣。

慕容飛煙今天穿著公服過來的，她的身上有著這一時代少有的中性氣質，英姿颯爽，顯得非常幹練，這種氣質算得上特立獨行。

胡小天道：「坐！」

慕容飛煙在一旁的太師椅上坐了，將手中的長劍放在長几之上。因為捕快的身分，她的坐姿也偏於男性化一些，大剌剌坐在那裡，雙腿分得很開，和尋常女子完全不同，胡小天最近見到的女子都是將雙腿夾得很緊，連條縫兒都看不到，像慕容飛煙這種還真是少見。

慕容飛煙意識到這貨的目光一直奔向自己的兩腿之間，雖然有外袍蓋著，明知他看不到什麼東西，仍然做出了本能反應，雙腿突然就夾緊了，併攏在一起。

胡小天剛巧喝了口茶，看到慕容飛煙的這一動作，感覺非常的滑稽，一時沒忍住，笑了起來，被這口茶給嗆到了，轉身噴在了地上。

慕容飛煙俏臉緋紅，心中暗罵這廝無恥，非禮勿視，你盯著我這裡看幹什麼？正想發作之時，卻看到李逸風臉色蒼白有氣無力地走了進來，李逸風算是讓胡小天給折騰慘了，看到慕容飛煙，勉勉強強向她拱了拱手算是打了個招呼。

胡小天笑道：「李先生沒事吧？」

李逸風點了點頭。

胡小天將錦盒給打開，李逸風看到那些手術器具，不知為何眼前又浮現出這廝揮舞工具肢解人體的場面，嘴巴一鼓，趕緊用雙手捂住，轉身又朝後院中跑去。

胡小天歎了口氣道：「病得不輕！」

慕容飛煙此刻也相信他病了，輕聲道：「李先生妙手仁心，心繫病患，實在是太辛苦了一些。」

胡小天道：「誰活得都不容易。」心想是我救的你，我才是妙手仁心好不好。

慕容飛煙有些不滿地看了他一眼道：「倒也未必，這世上總有一些人不勞而獲，尸位素餐，揮霍無度，全然不知人世間疾苦。」

胡小天當然知道她是在說自己，臉上的笑容突然一斂：「脫衣服！」

慕容飛煙俏臉一熱，這廝實在是太無恥了一些，這種話怎麼能夠直接了當地說出來。

其實她今天過來就是拆線的，既然是拆線，肯定是要脫衣服的，可胡小天說話的方式實在是讓人難以接受。

胡小天似乎對她充滿憤怒的眼光毫無感覺，起身將房門給插上了，順手又把窗戶給關上，然後笑瞇瞇道：「是你自己脫，還是我幫你脫？」

「無恥之尤！」慕容飛煙怒斥道。

胡小天歎了口氣道：「有沒有搞錯，我是想幫你拆線，沒有任何無恥的想法，我不求你知恩圖報，咱也不能恩將仇報吧？」

慕容飛煙冷哼一聲，抓起桌上的長劍，起身欲走，她雖然是個捕快，可畢竟是個女孩子，胡小天剛才的那番話太傷自尊了，你讓我脫我就脫啊，我成什麼人了？不看在你幫我療傷的份上，我非揍你不可。

胡小天道：「七天了，你可要考慮清楚，這線必須得拆了，不然就會感染、紅腫、化膿，留下疤痕不說，搞不好還得影響到你的性命，我沒別的意思，慕容捕頭，你就算生我氣，也別拿我的錯誤懲罰你自己啊！」

慕容飛煙心中一琢磨，的確是這麼回事兒，自己一走了之不是跟自己過不去嗎？她轉過身去，冷冷看了胡小天一眼道：「不需要你來拆線，我去找李先生。」

胡小天笑道：「李先生只怕是泥菩薩過江自身難保了，再說了，解鈴還須繫鈴人，你的傷口是我給你縫上的，當然要由我來拆線，慕容捕頭難道對我的醫術不信任嗎？」

慕容飛煙雖然對他的人品有所不齒，可對這廝的醫術卻還是持有肯定態度的，別的不說，能夠將犬齒倒鉤箭取出，又能將自己的傷口處理得這麼好的絕不是普通的醫生，她曾經見過被犬齒倒鉤箭射中之後留下的疤痕，哪個不是疤痕叢生觸目驚心。想到這裡，慕容飛煙終於還是回到剛才的位置上坐下，狠狠瞪了胡小天一眼警告他道：「你最好給我放尊重一些。」

胡小天笑道：「其實我這人心腸蠻好的，就是嘴欠了點，那啥，慕容捕頭，請寬衣！」這貨說出了一個自認為比較文雅的詞兒。

慕容飛煙真是有些無可奈何了，脫衣和寬衣能有什麼區別？她搖了搖頭，俏臉扭過去不看胡小天。然後將左側的外袍脫去，露出雪白細膩的香肩。

胡小天心想這慕容小妞也夠裝的，寬衣跟脫衣服還不是一樣？讓你脫衣服你就跟我橫眉冷對的玩性格，讓你寬衣才能接受？總有一天，老子讓你乖乖的給我把衣服全都寬他個乾乾淨淨。

邪惡的念頭稍閃即逝，取而代之的馬上就是自責，我啥時候變得這麼無恥？我是醫生噯，人家是患者，醫生面對患者的時候怎麼能夠產生這麼無恥的念頭？即使這個患者再有性格，再怎麼漂亮，身為一個醫生怎麼可以產生把患者衣服給扒光的念頭？我真是太卑鄙了。醫德，老子過去一直都是有醫德的人。

心中把職業操守反反覆覆地背誦了幾遍，可這會兒功夫，胡小天的眼睛也沒耽誤了，雪白細膩，曲線玲瓏，這樣的美肩不看豈不是浪費了？還算胡小天有些職業操守，看歸看，終究抑制住心頭的欲望，沒伸手過去摸上幾把，當然還有個重要的原因，他見識過慕容飛煙的武功。真要是一把摸上去，恐怕得到的回報很可能是一通暴風驟雨般的痛揍，權衡利弊，還是收起大尾巴，裝個有良知有醫德的君子為妙。

慕容飛煙的傷口癒合得很好，胡小天手術做得成功，縫合也非常漂亮，雖然前後都有一個紅色的傷痕，可經過一段時間的恢復，應該可以基本恢復正常，如果不仔細看應該是看不出來的。話說這年代的女人也不流行露背裝晚禮服啥的，估摸著除了她以後的男人，別人是沒機會看到她肩上小疤的。

胡小天點燃事先準備的烈酒，將拆線剪和鑷子在火中烤了烤，然後開始為慕容飛煙拆線，前後各縫了三針，拆後背縫線的時候，慕容飛煙看不到他的表情，感覺還自然一些。可當胡小天為她拆肩前縫線的時候，總感覺這廝的喘氣聲明顯變粗，熱氣呼哧呼哧地噴到自己脖子上了。

慕容飛煙羞不自勝，一張俏臉一直紅到了脖子根。胡小天倒沒覺得有什麼不自在，拆除了最後一根縫線，然後用烈酒給慕容飛煙消了消毒，直起腰來。慕容飛煙已經飛快地將衣袍拉了上去，遮住了裸露的香肩。

胡小天從肩後拆到肩前，似乎為了化解兩人間的尷尬氣氛，笑道：「我給你說個笑話，說有個男人和一個女人睡在一張床上，女人在床中間畫了條線，對男人說：如果晚上你敢過線的話你就是禽獸。結果第二天早晨女人發現男人真沒過線，就對男人說：你連禽獸都不如！」

慕容飛煙的俏臉騰地一下紅了起來，她的手自然而然又握到了劍柄上，心中暗罵胡小天禽獸不如。

胡小天看出這小妞面皮薄，有點欠缺幽默感，趕緊岔開話題道：「傷口恢復得很好，最近不要曬日光浴，以免形成色素沉著。」

慕容飛煙愕然道：「日光浴？」

胡小天道：「就是光屁股曬太陽。」

「下流！」慕容飛煙馬上送給他兩字評價。

胡小天道：「嗨，跟你溝通實在是費老勁了，這不是下流，只是一種生活方式，我家鄉那邊，男男女女都喜歡脫光衣服躺在沙灘上曬曬太陽。這叫日光浴，人想要活的健康，陽光、空氣、水缺一不可，這麼簡單的道理你也不懂？」

慕容飛煙將信將疑道：「你家鄉？我不信，怎麼會有這麼不知廉恥的男女？」這下打擊面有點大，連胡小天老家的人一起罵上了。

胡小天道：「你這叫封建，通過陽光的照射可以促進人體一種維生素的形成，而這種維生素又是吸收某種礦物質的關鍵，是不是很複雜？」

慕容飛煙可不懂什麼維生素和礦物質，她不屑道：「不複雜啊，就是曬太陽啊！可曬太陽未必一定要把衣服給脫掉啊！」

胡小天眨了眨眼睛：「你知不知道我的膚色為什麼這麼健康，為什麼這麼的好看？」

慕容飛煙拿起長劍，用劍柄指向胡小天：「黑不溜秋的有什麼好看，我警告你，最好別讓我看到你幹出有傷風化的事情，不然我一定抓你！」

胡小天笑道：「那好，改天天氣晴好陽光燦爛，你去我家的後院，我一定在那兒曬日光浴，歡迎來抓我！」

「無恥！」慕容飛煙感覺沒有比這個詞更適合胡小天的了。

胡小天收好那包手術器械的時候，慕容飛煙拉開了門栓，李逸風和袁士卿兩人正準備敲門呢，此時李逸風的一張臉變得越發蒼白了，連隔夜飯都吐乾淨了，還能站著堅持沒倒下已經很不容易了。

袁士卿也不知道這位大當家到底發生了什麼事，微笑迎了上來，向兩人拱手行禮道：「胡公子、慕容捕頭，已經是午時，我們當家特地在燕雲樓設下酒宴，還請兩位賞個薄面。」

胡小天笑眯眯朝李逸風看了一眼，一點殺氣沒有，和和善善的，純粹是友好的笑容，可李逸風卻被他笑得毛骨悚然，一轉身，沒走兩步就噴了。

第九章

設計精巧的工具

袁士卿的目光落在那染血的血管鉗上，
這鉗子還真是個奇妙的東西，
只是往鮮血湧出的地方一夾，就止住了鮮血，
而且鬆緊程度可以通過把手上的排齒進行咬合，
這樣設計精巧的工具，真不知胡小天是怎麼想出來的？

胡小天沒走，好不容易才出來透口氣，他才不想這麼早回去。

慕容飛煙也不好拒絕袁士卿的美意，畢竟她這次受傷，易元堂給了她不少的幫助。想起易元堂對自己的幫助，慕容飛煙方才念起胡小天的好處來，如果不是這小子出手幫忙，只怕那犬齒倒鉤箭沒那麼容易取出。雖然承認胡小天對自己做了一件好事，可慕容飛煙仍然不認為胡小天是個好人。舉止輕薄，言行無狀，就算是有點歪才，也是有才無德！

不是慕容飛煙不懂得感恩，而是她認為自己並不欠胡小天什麼。當日在馱街一戰，如果不是自己及時趕回，拚盡全力保護他，只怕胡小天早就死在了殺手的箭下。自己先救了他的性命，然後才是他幫助自己取出了犬齒倒鉤箭，大不了兩人扯平了。不能說是扯平，根本就是這小子占了大便宜，更何況他還白看了自己的身體呢，慕容飛煙因為自己的這個念頭而感到俏臉發燒，悄悄看了看胡小天，發現這廝正跟袁士卿聊得熱火朝天，並沒有注意到自己，這才暗自鬆了口氣。

原本說好了李逸風也要跟他們一起前往燕雲樓吃飯，可李逸風接連吐了幾次，這會兒虛弱得連走路的力量都沒有了，更別提去吃飯。多數人都以為李逸風是突然生了急病，這其中的隱情只有胡小天一個人明白。

剛剛走出易元堂的大門，胡小天的八名家丁就圍了上來，胡小天擺了擺手，示意這幫人趕緊散開，畢竟人太多了，走哪兒都像是聚眾鬧事的。他清了清嗓子道：

「我和袁先生、慕容捕頭去燕雲樓吃飯，你們自己隨便吃點吧。」

袁士卿笑道：「我已經跟那邊的宋老闆打過招呼，在一樓給各位開了一桌。」

袁士卿畢竟是易元堂的二號人物，出手相當的大方，做事也非常周到。

胡小天將李逸風送給自己的那個錦盒交給梁大壯，叮囑他們道：「別跟前跟後的，有慕容捕頭貼身保護我，不會有什麼問題的。」

慕容飛煙對胡小天的這句話卻極為不滿，這小子把自己當成他的保鏢了，狠狠瞪了胡小天一眼，趁著無人注意時，低聲向胡小天道：「再有人刺殺你，我才不管呢，一定讓你這種無恥之人自生自滅！」

胡小天笑道：「保護市民的生命和財產安全是你的責任，慕容捕頭，你這麼敬業，怎麼可能對我的事情坐視不理呢？」

慕容飛煙看到這廝一副吃定自己的樣子，不由得恨得牙根癢癢。

他們剛剛走了兩步，迎面走來一位健壯的青年，那青年二三十歲年紀，穿著樸素，身材不高，皮膚黧黑，人雖然長得瘦削了一些，可是絲毫沒有孱弱的感覺，一雙眼睛銳利如鷹，整個人顯得精明強悍，手中拎著兩隻大雁，大雁的脖子上還插著一根箭，乍看沒什麼特別，可仔細一看，就會發現是一支箭射中了兩隻大雁的脖子，如果這支箭不是後來插上去的，那就是一箭雙雕，胡小天只是在傳說中聽到過這樣的故事，親眼見到還是第一次。

看到陌生人迎面而來，八名家丁馬上將胡小天護住，自從長街刺殺事件之後，這幫家丁明顯有些警惕過度，遇到風吹草動都會嚴陣以待。

袁士卿已經笑道：「沒事，自己人！」原來那青年他是認識的，作為一個旁觀者，袁士卿也覺得胡小天的這幫家丁有些反應過度了。

那青年人恭敬道：「袁先生，我剛剛射了兩隻大雁，特地送來給先生打打牙祭。」

袁士卿笑道：「展鵬，我給你介紹，這位就是胡公子，那天就是他仗義出手救了你的父親。」原來這位年輕人居然是那天被胡小天救下老者的兒子。

展鵬聽說真正的恩人在此，慌忙上前深深一揖，神情極盡恭敬：「胡公子，在下展鵬，多謝胡公子仗義解救家父，展鵬這廂有禮了！」他對胡小天的感謝發自內心，這一揖幾乎要拜服到了地上。

胡小天趕緊上前攙住他的手臂道：「展兄，你太客氣了，區區小事又何必介懷呢？」

梁大壯打量了一下展鵬，總覺得這人有些熟悉，仔細一想，方才記起展鵬曾經到尚書府來過，上次好像是帶著一頭野鹿過來的，說是要給少爺送禮，只不過被看門的家丁給擋了回去。梁大壯道：「我好像見過你啊！」

展鵬笑道：「我曾經去過尚書府，本想當面向胡公子致謝，只是看門的家丁懷疑我的身分，所以沒讓我進去。」

胡小天轉身瞪了梁大壯一眼，梁大壯暗罵自己多嘴，其實這事兒跟自己沒關係，自己又不是看門的，可多了一句嘴，顯然讓胡小天誤會了。

展鵬將那兩隻大雁遞給袁士卿道：「袁先生，這兩隻大雁你們拿去燉了吧，等以後打到好的獵物，我再給胡公子送到府上去。」

胡小天不知為何對這個展鵬有著異乎尋常的好感，他笑道：「尊父的腿傷怎樣了？」

展鵬道：「承蒙公子及時相救，這兩天好多了，目前在我大哥家裡休養，袁先生說恢復的情況不錯。」

袁士卿微笑道：「胡公子接骨準確及時，我們將展老爺子帶回易元堂，為他敷上易元堂秘製的續骨膏，如果一切正常的話，三個月後就可以下地行走。」

胡小天點了點頭：「太好了！」

慕容飛煙一旁聽著，心中越發感到不解了，這個無惡不作的紈綺子居然還會做好事，如果之前他幫助自己可以理解為報恩還情的話，他救一位素不相識的老人又是為了什麼？總不能簡單地用一時興起頭腦發熱來解釋。

展鵬是專程送獵物過來，湊巧遇到了解救父親的恩公，剛好當面致謝，也算補償了多日以來的心願。他本想告辭，可胡小天盛情相邀他一起前往燕雲樓吃飯，胡小天這叫順水人情，這頓飯反正不用他花錢，他這位戶部尚書的公子當然不會在乎這點錢，主要的原因還是看到展鵬一箭雙雕的射術，心中吃驚之餘又暗自欣賞，不覺產生了攀交之意。

有能力的人在任何社會都有市場，也都會受到別人的另眼相看。展鵬本是一個普通的獵戶，過去很少跟上層人物打交道，可胡小天是救了他父親的恩人，胡小天的邀請他自然卻之不恭，心中卻暗暗抱定決心，回頭一定要先把這頓酒錢給結了。

袁士卿邀請胡小天、慕容飛煙、展鵬一起來到燕雲樓三層雅間坐下，至於胡小天的那八名跟班是沒資格跟胡小天同桌的，被袁士卿安排在一樓落座，一樣是好酒好菜招待。

易元堂和燕雲樓相鄰，兩家一直都很熟悉，平日裡袁士卿沒少來這裡吃飯，胡小天發現古代的醫生地位也是相當崇高的，比起現代社會更受人尊敬，他們所到之處，袁士卿但凡遇到了熟人，那些人紛紛起身行禮作揖，目光中滿滿的都是感激和尊敬，醫患關係那是相當的融洽。想起自己上輩子當醫生的時候，患者多是對醫生的敬畏，少有這種發自內心的尊敬，更有甚者，甚至將醫生當成仇人看待，卻不知醫患關係經歷了幾千年的發展，最終怎麼會發展到水火不容的境地。

施救者和被救者之間怎麼會存在這麼多的誤解？到底是社會改變了人，還是人的本性就是如此？胡小天暗自嗟歎，看來文明的發展和善良的人性並不是一個完全正比的關係。

袁士卿將展鵬送來的兩隻大雁交給了燕雲樓的宋老闆，大家是近鄰，長久以來易元堂對燕雲樓的生意照顧不少。正所謂，靠山吃山靠水吃水，燕雲樓有一多半的生意都是易元堂給他們帶來的，在這一層面上又可以說易元堂等同於他們的衣食父母，所以宋老闆對袁士卿是相當的恭敬客氣。

宋老闆拎著大雁離去的時候，慕容飛煙也盯住大雁脖子上的羽箭多看了一眼，在武功方面她可是個行家，一個普通的獵戶只怕沒有一箭雙雕的本事。

胡小天道：「展英雄！」

展鵬道：「恩公，我可算不上什麼英雄，您直接叫我名字就是！」

胡小天笑瞇瞇道：「一箭就射下兩隻大雁，不是英雄是什麼？」

展鵬這才知道他稱呼自己為英雄的原因，他笑道：「只是湊巧罷了！我瞄準了其中一隻大雁，沒想到箭射出去居然命中了兩隻，我從十三歲打獵，至今已經有十二個年頭了，一箭雙雕的事情還是頭一次遇到。」展鵬才二十五歲，不過看他一臉風霜的樣子，長得實在是有點著急，說他三十五歲胡小天都能相信。

慕容飛煙道：「我練習射箭也有十多年了，可是這樣的事情卻一次都沒遇到過。」言外之意她並不相信展鵬只是湊巧，如果說是湊巧，為什麼我沒有遇到？

胡小天道：「術業有專攻，聞道有先後，運氣這種東西不可能落在每一個人的頭上，這跟人品也有點關係。」

慕容飛煙當然能夠聽出這廝在暗諷自己人品不行，氣得悄悄抬起腳來，趁著眾人沒注意狠狠踩在胡小天的左腳上，胡小天痛得倒吸了一口冷氣：「咦！」

眾人都被他的反應弄得一驚，順著他的目光望去，卻見房門打開了，宋老闆帶著一對父女走了進來，長者五十多歲，矮小瘦弱，笑瞇瞇頗為和善，牽著少女的手，那少女雖然布衣荊釵，可是容顏也長得頗為清秀，只是一雙美眸雖然很大卻黯淡無光。

胡小天從這少女的目光，判斷出她是個盲人。

宋老闆笑道：「各位貴客，我請他爺倆兒給各位唱歌曲兒助興。」趁著上菜的功夫，讓客人喝喝茶聽聽曲兒，這可是貴賓才有的待遇。

袁士卿笑道：「好啊！」

這對父女姓方，父親叫方知堂，女兒叫方芳，平日裡就在這附近的酒樓唱歌賣藝為生，說起來和袁士卿還是有些淵源的，之前這父女兩人並不是本地人，他們是西川人氏，這方芳小時候也不是瞎子，只是在十二歲的時候突然視線變得模糊，家裡四處求醫，錢也花了無數，藥也不只吃了多少，幾乎什麼偏方都試過了，可惜非但沒有效果，反而這視力是越來越差，兩年前，即便是人站在面前一尺遠的地方都已經看不清了，方知堂不甘心女兒就此目盲，於是變賣田產帶著女兒輾轉來到了京城，認為京城名醫雲集，聖手輩出，或許能夠找到高人治好女兒的眼睛。

只可惜命運多舛，來京的途中又遇到劫匪，雖然僥倖保全了性命，可是盤纏被搶了個一乾二淨，父女兩人沿途賣唱來到京城。他們先去找青牛堂，青牛堂看過之後就斷定方芳的眼睛無藥可醫，帶著僥倖的心理，他們來到了易元堂，袁士卿宅心仁厚，不但免去了他們的診金還親自為他們診斷，試了幾付藥之後，仍然沒有好轉，袁士卿也沒有了辦法。

京城三大醫館之中，只有玄天館這父女兩人沒有去看過，可玄天館門檻極高，診金不菲，想要請玄天館館主親自為方芳診病，若非地位超然的王公貴胄，就要付出五兩黃金的不菲診金，對方家父女而言，這筆錢顯然是天文數字。

其實袁士卿也已經告訴他們，即便是去了玄天館也未必能夠治好方芳的眼睛，可這方知堂性情極其倔強，頗有點不到黃河不死心的念頭，於是他就在京城中留了下來，一邊賣唱，一邊積攢診金。

袁士卿可憐他父女二人的遭遇，於是就介紹他們來燕雲樓賣唱，幾乎每次過來都會點他們父女來唱曲。因為方芳長得清秀周正，歌喉美妙，所以很受客人們的歡迎，宋老闆也憐惜他們父女的遭遇，免費讓他們在酒樓內賣藝，分文不取，這一年多以來，父女兩人也積攢了不少的銀子，眼看距離他們的目標已經越來越近。

袁士卿道：「唱個一剪梅吧！」

胡小天聞言一怔，不會吧！這時候已經有了一剪梅？這傳唱度也太強了吧，難不成真有那麼一首歌曲擁有可以穿越時空的力量？

方芳淺淺到了一個萬福，父女兩人坐下，方知堂撥動琵琶，樂曲迴旋動人，方芳輕啟朱唇唱道：「紅藕香殘玉簟秋，輕解羅裳獨上蘭舟，雲中誰寄錦書來，雁字回時月滿西樓，花自飄零水自流，一種相思兩處閒愁，此情無計可消除，才下眉頭卻上心頭……」歌喉婉轉低柔，如泣如訴，一時間將眾人聽得都呆在那裡。

胡小天望著這盲女呆呆入神，剛剛聽袁士卿說過這父女二人可憐的身世，心中自然生出一些同情的感觸，可現在聽到方芳的歌喉，不覺感動了起來，是真正被方芳的歌聲所感動，是藝術對心靈的觸動，他真是沒有料到這個盲女唱得居然如此聲情並茂，感人肺腑。

胡小天的藝術修養一直都不錯，他不敢說自己的品味絕對高端，可一直都不低俗，能讓他感動的往往可以讓多數人感動，慕容飛煙也很感動，但是她卻不認為胡小天感動了，看到這廝望著方芳呆呆出神的陶醉樣子，馬上就給出了四個字的評價，色授魂與，她不認為胡小天雙目表現出的是認真和專注，只是認為這廝的目光實在是太色瞇瞇了，人的偏見是很難改變的。慕容飛煙心中暗忖，若是這紈絝子生出什麼非分之想，敢欺負這可憐的盲女，自己絕不會放過他。

一曲唱罷，眾人齊聲喝彩，袁士卿拿出了一兩銀子，慕容飛煙摸了摸自己的錢袋，將裡面的碎銀全都賞給了這對父女，算起來一兩只多不少。

展鵬只是個獵戶，身上本沒有多少銀兩，百多個銅板全都打賞給了他們，這下連結帳的錢都沒有了。

慕容飛煙目光盯住胡小天，在座的人中胡小天肯定是最有錢的一個，這對父女那麼可憐，這廝但凡是個人好歹得有點愛心吧，假如胡小天此次要是拿出他的愛心，慷慨那麼一下，或許能夠讓慕容飛煙對他的印象有所好轉，重新估量這廝的人品。可胡小天有打賞的心，沒打賞的錢，這貨出門什麼時候帶過半個銅板，平日裡有花錢的地方都是家丁搶先去付了，這年代真正有身分的人誰拿著錢袋子晃蕩，帶少了不禁花，帶多了跟別著一啞鈴似的，反正有的是家丁跟著，錢也是他們幫忙拿著。胡小天從來沒有付錢的概念。

這貨動作倒是做出來了，可兜裡沒錢，事實上他身上壓根就沒兜兒，方知堂陪著笑躬著腰，來到胡小天的面前等著這廝賞賜，可胡小天掏了半天也沒掏出一個銅板，這貨尷尬了：「呃……那啥……我沒帶錢……」

聽到胡小天這麼說，方知堂倒是沒什麼，大康民風淳樸，打賞這種事，愛給不給，給多給少全憑心意，勉強別人給錢的事情這父女倆還從沒幹過，給不給，方知堂都是笑容謙恭，向女兒道：「方芳，謝謝幾位大爺的厚賜，咱們走了！」

胡小天尷尬地撓了撓頭，正盤算著是不是下樓找家丁去要點錢，慕容飛煙白了他一眼，那表情實在是不屑極了。

胡小天覺得這輩子加上上輩子都沒那麼尷尬過：「我……是真沒帶錢……」

「沒關係，沒關係！」袁士卿笑道。

胡小天看著慕容飛煙道：「你別這麼看著我啊，搞得我跟為富不仁似的。」

慕容飛煙淡然笑道：「我不瞭解胡公子的為人，也不關心！」

連展鵬這個局外人都看出來了，看樣子慕容捕頭對自己的這位恩公有些成見，從胡小天可以對自己的父親，一個素不相識的路人都能施以援手熱心相助來看，胡小天肯定不是一個小氣之人。

胡小天被慕容飛煙的這種態度給刺激到了，慕容小妞，老子這輩子不把你寬衣正法了，我就跟你姓，其實人家慕容飛煙也沒得罪他，這貨不知怎麼就偏激了，看來這副身板兒裡本身就有邪惡基因，所以胡小天邪惡的念頭也會層出不窮。

袁士卿慌忙出來打圓場道：「沒帶錢就算了，也不是非得要打賞。」

胡小天心想你老傢伙說得輕巧，方家父女跟你這麼熟，一看就知道你在故意幫他們，聽曲是假，幫人一把應該是真的，胡小天道：「這麼著吧，等我回去就讓人送五兩金子過來，不就是診金嗎，這事兒我給他們解決了。」以他的家境，這五兩金子還真算不上什麼事兒，索性慷慨一次，再助人為樂一次。

袁士卿聽胡小天說得如此慷慨，趕緊替方家父女致謝，又要出去叫他們回來感謝胡小天的大恩大德。慕容飛煙卻搖了搖頭道：「不急，就怕有些人說過就忘了，現在答應得這麼好，吃完這頓飯就忘了個乾淨，豈不是害得人家父女兩個空歡喜一場？」

胡小天算是看出來了，慕容飛煙使的是激將法，生怕自己不兌現承諾，他笑道：「慕容捕頭說得也是，等這頓飯吃完，你跟我一起回家。」

慕容飛煙瞪了他一眼道：「我跟你回家幹什麼？」

「拿金子啊！你信不過我，總能信過你自己吧。」

慕容飛煙道：「去就去，誰怕誰？」

此時小二過來上菜，袁士卿叫了一罈美酒，展鵬起身接過酒罈主動給幾人倒酒，論年紀，慕容飛煙和胡小天都比他要小，可人家一個是官府中人一個是官二代，胡小天更是他的恩人，所以展鵬這酒倒得心甘情願。

袁士卿雖然做東，可酒量不行，原本李逸風是酒中高手，可惜剛才被胡小天噁心的嘔吐不止，只能臨陣缺席。胡小天雖然上輩子酒量不錯，可他對現在這副身板兒的酒精耐受能力沒多大把握，事實上他到現在連一口酒都沒喝過。

胡小天試探著喝了一口，這時候的酒度數都不高，不過味道甘醇，畢竟是糧食釀造，不同於過去的酒精勾兌，胡小天本著蹚水慢慢來的原則，先喝了一碗，感覺毫無反應，頭腦清醒，吐字清晰，看來自己酒量並沒有在跨越時空的過程中完全荒廢。

不過喝酒的時候胡小天表現得還是非常靦腆和客氣的，畢竟心裡沒底，他口口聲聲的不勝酒力，只差沒說自己酒精過敏了。

展鵬是個海量，這個時代在酒桌上表達敬意的方式就是敬酒，雙手端起胡小天的酒碗去敬他，胡小天接過酒碗在手，有點為難道：「展兄，你這都敬我第三碗了。」

展鵬道：「胡公子的大恩大德，三碗酒是不夠的，三十碗都不嫌多。」

胡小天心想，三十碗，你這是要把恩人往死了喝的節奏，這不叫報恩，這根本就是報仇啊！你可真夠實誠的，可轉念一想，未必，今兒是袁士卿請客啊，你敞開了肚子喝，以為花的不是你的錢？這貨總是把壞心眼兒放在前面。

慕容飛煙看到胡小天推來讓去，每次喝酒都費一番周折，一旁忍不住道：「能喝就喝，不能喝就不喝，堂堂七尺男兒，一點都不爽利。」

胡小天道：「你爽利，你連喝三大碗給我看看！」

展鵬和袁士卿兩人對望一眼不由得莞爾，這兩人敢情是冤家啊，從他們見面就開始嗆。

慕容飛煙道：「三碗算什麼，咱們整罈喝！小二，來兩罈酒！」

胡小天一聽就愣了，誰說女子不如男，慕容飛煙不但武功高強，這酒量也是相當嚇人啊。

慕容飛煙冷眼看著胡小天的表情：「害怕啊！」

胡小天道：「怕了我就是你生的！」

慕容飛煙是雲英未嫁之身，聽他這樣說，一張俏臉頓時紅了，啐道：「無恥！」其實原本想罵他禽獸的，可一想胡小天講過的那個故事，禽獸這兩個字是不好說出口了。

胡小天看了看送上來的兩罈酒，這罈子裡面至少有三斤酒，再加上罈子本身的重量，應該在五斤左右，放在桌上沉甸甸的，看著就嚇人，搖了搖頭道：「算了，我還是不喝了，真要是喝下去，命要沒了，我怕還不行嗎？」

慕容飛煙真是拿這廝無可奈何了，剛說怕就是自己生的，現在又說害怕，豈不是等於承認說自己生了他，自己還是個未出閣的大閨女啊，怎麼可能生孩子？這小子實在是太可惡了，跟他在一起的時候，自己怎麼都占不了便宜，怎麼都得吃虧。道不同不相為謀，自己也真是，怎麼會跟這個紈絝子弟坐在一起吃飯？

此時外面忽然傳來喧鬧之聲，胡小天趁機起身道：「我去看看外面發生什麼事情了。」他算是看出來了，跟女人鬥自己占不了什麼便宜。

展鵬道：「胡公子您坐，我去看看！」他本身就坐在靠近門口的位置，出來進去也方便，不等胡小天起身已經開門出去了。

傳來動靜的是二樓，展鵬不看則已，一看肺都要氣炸了，卻見方家父女被一群衣著華貴的富家子弟圍在中心，那盲女方芳有些惶恐地躲在父親身後，方知堂不停向為首的一人道歉，那帶頭的公子一身綠色錦袍，身材高大，臉色很白，雙目浮腫，一看就是被酒色淘空身體的模樣，雙眼充滿淫邪越過方知堂，盯住盲女方芳道：「丫頭，你摔壞了我的寶物，打算怎麼賠我？」

地上散亂著數片碎玉，原來這群人是準備上三樓飲酒的，方家父女從樓梯上下來迎頭遇上，方知堂看到有人過來，於是牽著女兒在樓梯旁側身站著等那幫人過去，可沒想到這綠衣公子從她身邊經過的時候，碰了她一下，然後玉佩就不知怎麼落在了地上，摔成了數瓣。

於是一群人上來將這父女兩人圍住索要賠償，方知堂嚇得趕緊將女兒護住，顫巍巍將今日所得捧了出來，送到那綠衣公子面前：「公子，您看這些錢夠不夠？」

綠衣公子目光朝他手中一瞥，冷哼一聲，一巴掌拍在他的手上，方知堂手中的銀錢頓時飛了出去，散落了一地，不少沿著樓梯叮叮噹噹地不停滾落，綠衣公子一把揪住方知堂的衣襟道：「你知不知道，那塊玉佩乃是御賜之物，價值連城，這點銀子也敢輕言賠償。」

方知堂哀求道：「少爺……小女目盲不能視物，剛才老朽拉著她在樓梯邊等著，並沒有衝撞公子……」

「老東西，你是說本公子故意誣陷你來著？」綠衣公子抓住方知堂的衣襟一扯一拉，方知堂畢竟上了年紀，再加上他身體瘦弱，根本禁不住對方的撕扯，一時間立足不穩竟然從樓梯之上嘰哩咕嚕地滾落下去，盲女方芳聽到父親的慘呼，不知發生了什麼事情，尖叫道：「爹……」她想去找父親的時候，迎面被人攔住，她沒有來得及停下腳步，一下就撲入了對方的懷中。

那綠衣公子哈哈大笑，張開雙臂，一副守株待兔的架勢，方芳撞在他的胸前，這廝還無恥叫道：「哎呦，撞到我胸了，好痛，好痛……」周圍的一幫同伴跟著淫笑不已。

方芳向後閃開，想要繞開他去尋找自己的父親，可她往哪兒走，那綠衣公子總是擋住他的去路，笑道：「投懷送抱，嘿嘿，到底是賣藝之人，就是懂得風情。看在你長得還算清秀，不如跟我回家，陪我住上三天，只要伺候的本公子舒服開心高興，這玉佩說不定我就不讓你賠了！」

一幫狐朋狗友跟著起哄道：「史公子真是有愛心啊，憐香惜玉真乃我年輕一代之楷模！」又有人道：「給你機會了，還不謝過公子，趕緊讓公子舒服舒服……」這群人顯然都不是什麼好鳥，一邊說著低級的話語，一邊發出下流的笑聲。

方芳聽到父親的呻吟聲，苦於看不清父親的狀況，急得哭了起來，哀求道：「求各位公子開恩，讓我過去好不好，求求你們……」

那綠衣公子淫笑道：「不是不可以，你岔開雙腿從我身上跨過去唄！」一干人等又狂笑起來。

方知堂從樓梯上滾了下去，摔倒在二樓的地板上，竟然無力起身了，周圍雖然食客不少，看到眼前的情況也都是義憤填膺，但基本上都是敢怒不敢言，因為大都從這幫人的衣著打扮看出他們不是普通人，而且對方有六人之多，誰也不敢冒著挨揍的風險去抱打不平。

展鵬還沒有趕到近前就已經鬧出了這麼大的事情，他怒道：「光天化日之下，調戲良家婦女，你們還有沒有王法！」說話的時候，他已經從三樓的欄桿上騰空飛躍而下，身體如同大鳥一般俯衝下去。

綠衣公子一愣，可這廝的武功居然不弱，揮動右拳，向展鵬一拳打去。

展鵬也是一拳迎上，雙拳撞擊在一起，發出蓬地一聲悶響，那綠衣公子蹬蹬蹬，接連後退了數步方才止住後退的勢頭，臉色不由得一變，跟他一起過來的那五人趕緊過來圍住他。

展鵬將方芳從這幫人的手中解救出來，輕聲道：「方姑娘，你沒事吧？」

方芳聽出展鵬就是剛才在雅間內聽曲之人，搖了搖頭，含淚道：「我爹爹……」

展鵬帶著她來到二樓，方知堂躺在地上，如同死去了一般，動都不動了，歪著腦袋，枕後流出一灘鮮血。方芳握著父親的手，大聲痛哭起來。

此時胡小天、慕容飛煙和袁士卿也聽到動靜隨後趕了出來，看到眼前的情景都是大吃一驚。袁士卿當即就來到方知堂的身邊，驚呼道：「方兄，方兄！」一摸方知堂的腦後，竟然摸了一手的鮮血。卻見他的右側額頭上鮮血仍然在汩汩不斷地流出，袁士卿慌忙用手壓住。處理方法倒是正確的，壓迫止血。

胡小天來到他身邊，提醒他道：「用力壓住！」從方知堂的症狀來看，應該是淺側頭動脈的分支斷裂，所以出血的情況才會如此嚴重。

此時胡小天的那幫家丁也聞聲趕來，他們最近被這位少爺給弄怕了，只要一有什麼風吹草動就懷疑跟少爺有關係。胡小天讓梁大壯和胡佛兩人幫忙將方知堂移動到附近的房間內，順便將裝有手術器材的木盒拿了過來。

綠衣公子那群人看到可能鬧出了人命，也不敢繼續逗留，趁著眾人的注意力集中在方知堂身上，轉身就想溜走，可沒走兩步就聽到一個憤怒的聲音吼叫道：「全都給我站住！」

展鵬指著那綠衣公子道：「傷了人命，想一走了之嗎？」

綠衣公子冷笑道：「要你多管閒事！是不是活得不耐煩了！」

展鵬大吼一聲，衝了過去。

慕容飛煙幾乎和他同時殺到，慕容飛煙看到那綠衣公子，心中不由得一怔，因為那位綠衣公子不是普通人物，卻是吏部尚書史不吹的獨生兒子史學東，吏部統管官吏的升遷任免，在六部之中地位超然，即便是當朝一品二品的大員對吏部尚書史不吹也表現得非常客氣。

慕容飛煙認出史學東之後，暗忖今天的事情只怕麻煩了。京城之中共有三大惡少，這史學東就是其中之一，胡小天雖然最近惡行不少，但是和史學東相比，他只是一個後來者，算得上小巫見大巫了了。

在胡小天十六年癡呆歲月中，人家史學東就已經作惡多端，惡貫滿盈，以至於揚名立萬，臭名昭著了，至於史學東身邊的幾名同伴也都是官員之子，這幫衙內整天遊手好閒橫行無忌，在京城中招惹了不少的是非。

慕容飛煙這位京城執法者自然和他打了不少的交道，如果說慕容飛煙對胡小天有那麼一點點的鄙視，對史學東那就是深惡痛絕，恨不能除之而後快了，雖然多次交鋒，可慕容飛煙到最後都以失敗告終，人家的後臺太硬，不但父親是戶部尚書，幾位叔叔伯伯也都在朝中為官，他二伯就在京兆府任職京兆府少尹。就算將他抓到京兆府，到最後還是不了了之的結果。

因為這些事，慕容飛煙還不止一次被上司訓斥，可以說她對這幫官宦子弟是深惡痛絕的。慕容飛煙是個眼睛裡揉不得沙子的人，看到眼前一幕豈能坐視不理，她正想上前執法的時候，展鵬已經先衝了出去，和史學東那幫人戰在了一起。

外面打得再熱鬧，胡小天也顧不上，方知堂傷得不輕，必須要先幫助他急救，先解決出血問題再說。胡小天讓袁士卿前往易元堂取來烈酒，雖然燕雲樓並不缺酒水，可普遍酒精度偏低，起不到殺毒滅菌的作用。

胡小天利用錦盒內的止血鉗，簡單消毒之後，夾住斷裂的血管。然後將傷口周圍的頭髮用剪刀剪掉，袁士卿這會兒功夫已經前往易元堂取來了需要用的工具，順便又帶來了兩位助手。胡小天讓閒雜人等全都出去，房間內只留下袁士卿和傷者的女兒方芳。

錦盒內有粗細不同的針線，不得不佩服李逸風考慮得還是非常周到的，只是胡小天也沒想到這些工具這麼快就派上了用場，他挑選了合適的針線，首先將斷裂的血管縫合起來。桑皮線非常好用，從慕容飛煙的預後效果來看，這種線和現代的手術縫線很像，幾乎能夠完美替代。

雖然醫療條件相對差了一些，肯定無法符合無菌手術的操作要求，但是這一時代的致病菌顯然沒有現代社會那麼多，感染的機率似乎也小得多。

胡小天檢查了一下方知堂的傷口，發現傷口並沒有傷及頭骨骨膜，接下來只要將頭皮的傷口縫合就可以了。再次利用烈酒消毒之後，胡小天方才將方知堂的頭皮縫合上。

袁士卿始終站在一旁，需要他幫忙的地方很少，雖然已經是第二次看到胡小天為別人縫合傷口，可是看到胡小天熟練的縫合手法，袁士卿仍然從心底有種被震撼到的感覺，這樣的醫術真是神奇啊，過去他們從未嘗試過要為一個人將傷口縫合，所以往往外傷會失血很多，即便痊癒，最後留下的疤痕也會很大。

袁士卿的目光落在那染血的血管鉗上，這鉗子還真是個奇妙的東西，只是往鮮血湧出的地方一夾，就止住了鮮血，而且鬆緊程度可以通過把手上的排齒進行咬合，這樣設計精巧的工具，真不知胡小天是怎麼想出來的？

胡小天為方知堂縫好傷口之後，又用白色紗布將他的傷口包紮好，這些紗布都是上次給慕容飛煙治療後剩下的，雖然不能算得上嚴格無菌，可比起普通的紗布要乾淨許多。

方知堂此時甦醒過來，這才感覺頭痛欲裂，畢竟手術是在沒有麻醉的前提下進行，還好剛才他昏迷過去，不然胡小天幫他縫合的時候肯定沒那麼老實。他醒來的第一件事就是尋找女兒，方芳在袁士卿的引領下來到父親身旁，握著父親的手，喜極而泣。

胡小天道：「這兩天要注意靜養，如果兩天內病情沒有反覆，就應該沒事了，等七天後拆線，傷勢即可痊癒。」

方芳雖然目盲，可是心裡非常清楚，她朝著胡小天的方向噗通一下雙膝跪倒在地，胡小天趕緊快步上前扶起她的雙臂，想讓她起來。

剛巧這時候慕容飛煙推門進來了，看到眼前情景，不由得怒道：「胡小天，你想幹什麼？」

胡小天還真是冤枉，看來這慕容小妞對自己的誤會挺深，自己明明在做好事，可能又被她給誤會了，難不成她以為自己這種時候會調戲一個盲女？自己還不至於這麼道德敗壞。胡小天放開方芳的手臂道：「慕容捕頭，你還是幹好自己份內的事情，那鬧事的富家子抓到了嗎？」

慕容飛煙道：「什麼富家子？在我眼中，王子犯法庶民同罪！」

胡小天道：「切，老說這種話，過時了，我再教你一句，法律面前人人平等！」他來到外面，雖然有了一定的心理準備，可看到外面的情景還是吃了一驚。

史學東那幫人已經盡數坐倒在地上，由胡小天的那幫家丁押著。原來胡小天剛才忙於為方知堂做手術的時候，這幫傢伙也沒閑著，看到展鵬和慕容飛煙出手教訓史學東那幫人，他們也衝上去幫忙，原本展鵬和慕容飛煙的武功就超出史學東那幫人許多，有了這八名家丁的幫忙更是如虎添翼，沒費太大的力氣，就將對方六人全部制住。至於展鵬這會兒反倒沒了影子，不知何時已經走了。

看到胡小天出來，梁大壯趕緊過來表功：「少爺，少爺，我們把那幫壞蛋全都給抓住了！」

胡小天點了點頭，一雙眼睛盯住那綠衣公子史學東，皮笑肉不笑地走了過去。慕容飛煙一把抓住胡小天的胳膊，低聲提醒他道：「你別多事，公事公辦，回頭我把他們帶到京兆府發落。」

胡小天道：「這孫子是什麼人啊？」

慕容飛煙道：「跟你一樣，是個衙內。」停頓了一下，壓低聲音對胡小天道：「他爹是個正五品官呢！」既回答了胡小天的問題，又拐彎抹角地罵他也是個孫子。

胡小天懶得跟慕容小妞一般計較，他的胸雖然大不過慕容小妞，可胸懷要比這小妞大多了。雖然不知這史學東是什麼來路，一聽說是五品，頓時嘿嘿笑了起來，五品啊！麻痹的，我就鬧不明白了，一個五品官的兒子囂張什麼？我爹正三品，我都不敢做出這麼缺德的事情，你一五品官的兒子居然敢當街調戲良家婦女，這不是找死嗎？衙內？屁的衙內。跟我比，你就是一坨屎！

胡小天走了過去，史學東兩隻眼睛惡狠狠看著他，他穴道被制住了，不但手腳無法動彈，啞穴也被點了，連話都說不出口，不過他才不怕，被官府拿住的事情不是第一次發生了，哪次他老子都能出面解決，最後倒楣的總是那幫捕快，所以史學東是一臉的狂妄，傲慢無比地望著胡小天。他也不認識胡小天，史學東在京城內也算橫行多年，惡名滿京城的時候，胡小天還在家裡當二傻子呢。

胡小天道：「光天化日，調戲良家婦女，欺凌弱小，你要不要臉啊？」

史學東張開嘴巴，做出撕咬的樣子，意圖嚇退胡小天，胡小天揚起手來，啪啪兩個大嘴巴子就抽了過去：「你大爺的，我跟你說話你聽不見？打你是要讓你長點記性。」

胡小天剛剛在慕容飛煙那裡受的窩囊氣全都爆發出來了。打人也是一種減壓的方式，其實剛才胡小天在動手術的時候也承受了不小的壓力，兩個大嘴巴子抽出去，感覺心裡舒坦多了，懲惡揚善，爽啊！

袁士卿出來看到眼前狀況也是一驚，雖然胡小天的出身不凡，可史學東也不是尋常人家的孩子，要說他們兩人的老子都是同殿為臣，一個戶部尚書，一個吏部尚書，按理說應該認識啊，怎麼胡小天出手毫不留情？他有些不解地看了看慕容飛煙，卻見慕容飛煙俏臉之上充滿得色，似乎樂見其成。袁士卿心中越發感到迷惑了。

胡小天打了史學東兩巴掌之後，發現這廝仍然一聲不吭，這才意識到他的啞穴可能被點了，轉向慕容飛煙道：「嗨，把他穴道解開，我倒要看看他有什麼話說。」

慕容飛煙卻是故意點了史學東的啞穴，剛才又給胡小天一個誤導，告訴他史學東只是一個五品官的兒子，所以胡小天才會表現的如此囂張跋扈，衝上去就打臉，要說這慕容飛煙也夠陰的，分明是故意在給胡小天拉仇恨。

慕容飛煙走過去將史學東的啞穴給解開了，史學東被胡小天這兩巴掌打得面頰高腫，眼前金星亂冒，他怒吼道：「小子，你給我記住，我要是不把你碎屍萬段，我跟你姓！」

胡小天冷笑道：「恐嚇朝廷命官，罪加一等！跟我姓，有你這樣的兒子，我早氣死了！」囂張？我爹是戶部尚書，我都沒這麼囂張，你還真不知道死字該怎麼寫，胡小天衝上去一腳就踹在史學東的肚子上，史學東穴道被制，只有挨打的份兒，他咬牙切齒道：「你們等著……你們等著被砍頭吧……」

慕容飛煙看著胡小天耀武揚威的樣子，心中忽然感覺到有點內疚了，自己這麼坑他是不是有點太過了，這良心上好像有點過不去噯。

第十章

爐火純青的政治基因

史景德暗歎，到底都是大官的兒子，這政治基因非同一般啊。
這倆小子加起來還不如自己的年紀大，
可陽奉陰違、兩面三刀、口蜜腹劍這事兒都玩得爐火純青了，
這種素質為什麼要整天蒙混度日，根本就應該去當官啊。

此時燕雲樓的宋老闆慌慌張張趕了回來，他剛剛出門辦事，聽說酒樓出事了，這才趕了回來，可沒想到終究還是晚了一步，看到眼前的情景不由得暗暗叫苦，宋老闆找袁士卿詢問事情到底怎麼回事的時候，京兆府的捕快和史學東的二伯史景德一起趕到了，史景德是京兆府少尹，從四品下官階。

慕容飛煙雖然出手制住了史學東，可她也知道這件事就算鬧到京兆府還是不了了之的結局，剛才只是將史學東那幫人的穴道制住，並沒有進一步為難他們，一面讓人前往京兆府報訊，又叮囑展鵬離開，畢竟展鵬只是個普通獵戶，今天他打抱不平，惹了史學東這個惡少，留下來肯定會惹來不少的麻煩，所以慕容飛煙才讓他趁著對方沒有搞清他身分之前離開。

展鵬雖然有些不情願，可是他也知道以胡小天的身分應該可以化解，自己留下來也只是添亂，還是早走為妙。

慕容飛煙知道自己肯定要因為這件事受到斥責，搞不好還會被降職責罰，可她突然就靈機一動，把胡小天給拖下水了。這叫臨死拉個墊背的，反正她一直對胡小天沒什麼好感，挑動惡少鬥惡少，就算他們拚個兩敗俱傷，也算是為民除害了。算盤雖然打得巧妙，可真正看到胡小天痛毆史學東的時候，她並沒有感到多少快感，反而有些內疚了，真感覺到自己今天陰胡小天有點過火了。

史景德穿著官服氣喘吁吁地來到了燕雲樓二層，高呼道：「住手，全都給我住手！」

史景德之所以這麼快趕過來，是怕這侄子鬧出什麼大事。別人不清楚史學東是什麼貨色，他們自己家人還能不清楚，這些年史景德沒少給這個寶貝侄子擦屁股。

史景德一到，現場形勢頓時發生了改變，本來史學東被胡小天痛揍一頓，囂張氣焰剛剛被打下去了一些，這會兒看到二伯來了，頓時又有了底氣，史學東叫道：「二伯，把他們抓起來，他們串通一氣，密謀造反！」

胡小天一聽就冷了，這孫子還頗有點自己那種顛倒黑白的本事，居然敢誣衊他們謀反，要知道謀反可是要殺頭的重罪，搞不好是要誅九族的。胡小天心想夠狠，今兒我倒要看看，究竟是你狠還是我狠。

胡小天這邊醞釀著要跟史學東鬥狠的時候，閒雜人等都退到了一邊，即便是袁士卿也明白這種時候還是遠離為妙。

胡小天從官服上已經判斷出史景德是個從四品，剛剛慕容飛煙說過，這綠衣惡少的老爹是五品官員，可沒想到他還有個從四品官階的二伯，不過胡小天也沒覺得有啥分別，從四品又如何？自己老爹可是當朝正三品，你們敢奈我何？

史景德也不認識胡小天，他皺了皺眉頭道：「怎麼回事？」說話間來到史學東面前照著他的背後輕輕一拍。

史學東感到身體猛然一鬆，被制住的穴道已然被二伯解開。

胡小天雖然不懂武功，可是看到原本不能動的史學東被史景德拍了一下馬上獲得了自由，也能夠推斷出史景德的武功應該不錯。

史學東獲得自由之後，馬上就向胡小天衝去，試圖報復，卻被史景德一把抓住，怒道：「到底怎麼回事？」問的是史學東，目光卻望向慕容飛煙。

慕容飛煙是他的屬下，史景德對這個屢破大案，正義凜然的女捕頭並沒有多少好感，如果不是他的上司京兆尹洪佰齊罩著她，史景德早就將這個不聽話的丫頭清除出京兆府的隊伍，在史景德的印象中，這也不是慕容飛煙第一次和他們史家作對了，即便是侄子做錯了事情，也不至於鬧出這麼大的動靜，這根本是給他難堪。

慕容飛煙上前拱了拱手，簡單將事情的經過說了一遍，這番敘述陳詞中並沒有提到胡小天，只說是史學東傷人，為了不至於將事情鬧大，所以她才先出手將這幫人控制了起來。

史學東怒道：「你信口雌黃，分明是那瞎子想要偷我的玉佩，被我發現之後，她驚慌失措，將玉佩掉在了地上，摔了個粉碎，我找她理論，她的同夥衝上來就想打我，自己立足不穩，從樓梯上摔了下去，我身邊的人都可以為我作證！」

史學東的那幫狐朋狗友此刻也獲得了自由，看到史景德前來，一個個頓時又囂張了起來，齊齊幫助史學東叫屈。

慕容飛煙道：「事情不是這樣……」

史景德以目光制止住她說話：「他們衝突之時，你可曾趕到？」

慕容飛煙咬了咬嘴唇，最早發生衝突的時候她的確不在現場，只能搖了搖頭。當時的證人只有展鵬，可是慕容飛煙考慮到展鵬只是個毫無背景的獵戶，不忍見他牽涉到這麻煩中來，所以讓他先走了。

史景德冷哼一聲，讓人將盲女方芳帶過來。

方芳何時見過這麼大的場面，雖然眼睛看不到現場的情況，單單是聽到那幫捕快的呼喝，就嚇得雙腿一軟跪在了地上，顫聲道：「民女方芳，參見大人……」

史景德在眾人面前倒是表現得和顏悅色，他溫言道：「姑娘，你不用害怕，將事情的經過說出來，我自會給你做主。」

方芳點了點頭，小聲將剛才的事情經過講了一遍，說到在樓梯口和史學東相遇，被他撞了一下的時候，史學東插口道：「分明是你想偷我的玉佩，現在竟敢信口雌黃，這種賤人不給她一點厲害，她就不可能說實話。」

方芳嚇得大哭：「大人，冤枉啊……民女是個盲人，怎麼可能去偷他的東西。各位客官，各位父老鄉親，麻煩你們為我做主，為我說句公道話啊！」

周圍圍觀的客人雖多，也都對方芳這可憐的盲女抱有同情，可誰都知道史學東這種人是招惹不起的。

胡小天忍不住了：「剛剛誰說這玉佩是御賜之物？」他不知何時從地上撿到了

玉佩的碎片，胡小天對玉器之類的東西還算是稍有研究，一看就是尋常的玉石，不是什麼寶物，這上面的雕功也相當普通，皇宮之中想要找到這麼粗劣的玉器肯定比大海撈針還難，所以胡小天才有此一問。

史學東道：「當然是御賜之物，是皇上賞賜給我們家的，你們摔碎玉佩就是對皇上不敬，就是欺君，就是謀反！」這貨以為自己占盡了上風，馬上囂張起來。

胡小天嘿嘿笑道：「這種玉佩，路邊攤上一個銅板能買幾十個，還真看不出來，你是個碰瓷高手啊！」

史學東不知碰瓷是什麼，怒視胡小天，指著他的鼻子道：「他和這瞎子是同黨，把他們全都抓起來。」

胡小天道：「你說什麼就是什麼？你當自己是誰啊？御賜之物，就你這種慫懶貨色，皇上有功夫見你嗎？」

「你……」

胡小天道：「這玉佩值不值錢我且不說，你敢說是皇上御賜之物，證明這一點並不難，大不了咱們就去皇上那裡理論，真要是皇上賜給你的，我把它給吃了。」

史學東恨極了這小子，咬牙切齒道：「吃了豈不是便宜你了？損壞皇上御賜之物，那是滿門抄斬的大罪。」

胡小天故作惶恐：「滿門抄斬？怕！我好怕！」身後家丁跟著哄笑起來，幫襯主子原本是他們的職責所在。

史學東冷笑道：「現在才知道害怕，豈不是太晚？」

胡小天向前一步，嘿嘿笑道：「可如果這玩意兒不是皇上賜給你的，是你從地攤上買來的破爛貨，那你就是欺君之罪，假冒皇上之命招搖撞騙，敗壞皇上的名聲，這罪名不但滿門抄斬，而且要滅你九族！」

這句話讓史學東臉色倏然一變，這玉佩根本就是他從地攤上買來的廉價貨，整天拿著招搖撞騙，可謂是屢試不爽，在遇到胡小天之前從未有過失手，可沒想到今天遇到了胡小天，一眼就識破了玄機。

胡小天冷冷望著史學東周圍的那幫狐朋狗友道：「別跟他站得這麼近，滅九族的時候會把你們一起算上！」

嘩啦，一幫狐朋狗友同時後撤，只剩下史學東一個人和胡小天單獨相對，這年月最不值錢的就是義氣。

史景德心中暗暗叫苦，這個混小子，當真什麼話都敢往外說，皇上何時賜給他們史家玉佩了，有這件事我怎麼會不知道？這個侄子可真不省心，今天遇到了對頭，這小子究竟什麼人？難道不知道我們史家的厲害？他悄悄向慕容飛煙問道：「他是哪個？」

慕容飛煙看到史學東的氣勢徹底被胡小天給壓制住，心中暗自高興，看來今天把胡小天拖下水的決定完全正確，聽到史景德發問，她當然不敢有所隱瞞，附在史景德耳邊低聲將胡小天的身分告訴了他。

史景德一聽方才恍然大悟，搞了半天是戶部尚書胡不為的兒子，難怪這小子如此囂張。

史學東怒道：「你知不知道我是誰？我爹乃是當朝三品大員，吏部尚書史……」

「住口！」史景德一聲怒吼打斷了侄子的信口胡言，這種時候，在眾目睽睽之下抬出老爺子的招牌，簡直是愚不可及，別人不黑你，你自己主動往史家的門臉上抹黑，這個侄子簡直愚蠢。

雖然史學東的話被叔叔打斷，可胡小天也聽了個明白，三品？慕容小妞不是說他爹是五品嗎？三品吏部尚書，那不是史不吹嗎？我爹的至交好友啊！

胡小天此時方才明白自己被人給陰了，陰他的不是別人，正是慕容小妞，胡小天心中這個怒啊！讓他更加惱火的是，這小妞居然連看都不看自己一眼，是心虛，還是得意？冤有頭，債有主，老子跟你沒完，你把我給坑了，我卻把我爹給坑了，今兒不是演了一齣現實版的坑爹劇，真要是讓老爹知道了，他肯定不會放過自己。

史景德沉下臉來：「把他們兩個都給我帶走！」事情發展到這種時候，已經不需要觀眾了，再搞下去麻煩只會越來越大。

慕容飛煙不擔心胡小天，以他的背景，史景德不可能將他怎麼樣，她真正關心的是方知堂父女兩個，悄悄詢問史景德要將方家父女如何發落，史景德顯然沒心境料理這種小事，得知方知堂性命無恙，擺了擺手道：「給他們父女兩人二十兩銀子，讓他們不要聲張。」

並非是史景德不想為侄子討還這個公道，而是搞清楚了今天事件的來龍去脈，他也明白，事情肯定是侄子搞出來的，這孩子越玩越大，居然調戲起了盲女，說出去這史家的臉面都讓他給丟光了。本來史景德也沒必要拿出二十兩銀子息事寧人，可因為胡小天的介入，這件事就變得有些棘手。

史不吹和胡不為之間的交情史景德是清楚的，尤其是在這種時候，兩家不應該發生矛盾。史景德讓人將這兩個不省心的小子帶了出來，等到無人之處，方才遣散眾人，將他們兩人叫到了風雨亭內。

史景德這會兒也知道了胡小天的身分，兩人雖然彼此相望仍然充滿仇視，可誰也沒跟誰惡語相向，因為他們都清楚，這事情鬧大了對誰都沒有好處，這也算得上是官員子弟的一種涵養和境界，大局觀上天生強於普通的老百姓。

史景德歎了口氣道：「真是大水淹了龍王廟，一家人不識一家人，你們的父親若是知道你們兩個在外面做出這種事，鬧個你死我活，你們覺得他們會作何感想？」

胡小天耷拉著腦袋沒說話，雖然心中對史學東鄙視得狠，可今兒自己是被人給陰了，被慕容飛煙當槍使了，那種挫敗感難以言喻。

史學東也沒說話，他沒說話是因為理虧，到底是怎麼回事他最清楚，因為看盲女方芳有些姿色，所以才略施小計，經過她身邊的時候，故意撞了過去，隨手將玉佩扔在地上，摔了個粉碎，誣陷方芳，只是沒想到後面會發生這樣的事情，史學東暗叫倒楣之時，心中又恨極了胡小天，他本來就是心胸狹窄之人，在眾人面前被胡小天連打了兩個大嘴巴子，奇恥大辱焉能不報，可今天絕不是報仇的時候。

史景德語重心長道：「你們的父親同朝為官，相交莫逆，輔佐聖上，鞠躬盡瘁，你們兩個小子就算無法為父親分憂，也不要終日惹事給他們增添煩惱，今天的事情還好沒有鬧大，我看還是就此作罷，有道是不打不相識，以後見面你們還是兄弟。」史景德出面當起了和事老。

胡小天倒沒說什麼，這貨習慣了兩面三刀，雖然心中鄙視史學東，可今天他是占盡了便宜，所以顯得格外大度，更何況眼前作裁判的是史學東的親二伯，人家將這一局判平已經給足了自己面子，所以胡小天也沒想不依不饒，識時務者為俊傑，雖然史學東不是個東西，可表面功夫還是要做的。

史學東雖然心中恨極了胡小天，可這貨畢竟是官家子弟，從小在這種家庭長大，耳濡目染，對於官場中的虛情假意陽奉陰違可謂是駕輕就熟，居然硬生生擠出一絲笑容：「胡兄弟，我真不知道你是胡叔叔的兒子，慚愧慚愧，真是大水淹了龍王廟，一家人不識一家人，鬧出了這樣的誤會，怪我，全都怪我。」

胡小天也順著桿往下滑，親切上前握住史學東的手道：「史大哥，今天的事情全都怪我。你要是生我氣，就狠狠揍我一頓，我絕不還手。」

史學東心中暗罵，揍你一頓豈不是太便宜你了，我殺了你都不解恨，小子，這事兒我跟你沒完！

這倆小子都是虛偽到了極點，握手寒暄，親切無比，看著跟沒事人似的。史景德看到兩人這樣，心中也是倍感安慰，畢竟冤家宜解不宜結，真要是鬧出了什麼大事，對史胡兩家都沒有好處。

史學東道：「胡老弟，我有個不情之請。」

胡小天看到這廝到現在都拽著自己的手不放，正想掙脫開，又聽到這貨有求於自己，心中不禁警惕暗生，這貨該不是死心不改，還想著那盲女方芳吧，難不成想讓自己別插手他的事情？不行！原則問題寸步不讓！臉上卻笑瞇瞇的如同和煦春風：「史大哥請說！」

史學東道：「不打不相識，雖然咱們初次相識不快，可不知為何，我這心中對老弟非但沒有怨恨，反而覺得跟你親近得很，我有意和老弟結為兄弟，不知老弟意下如何。」

胡小天一聽這頭就大了，你也不撒泡尿照照你自己，聲名狼藉，道德敗壞，臭名昭著，我要是跟你結拜，那不是等於給自己招黑嗎？

史學東心胸雖然狹窄，可表面功夫還是一流的，滿臉期待地望著胡小天。不得不承認史學東這一手的確稱得上高妙，他是通過這種方式告訴胡小天，我不但沒記恨你，我還大度跟你講和。

胡小天是真不想和這廝結拜，但是在眼前的形勢下他要是不答應，等於不給史學東面子，不給史學東面子就是拒絕史家，倘若史學東的老爺子只是個五品官還倒罷了，可人家老爹也是正三品，掌管吏部，在大康的政治地位不次於自己家老爺子。胡小天思來想去，這事兒還真不能拒絕，馬上露出一副陽光燦爛的笑容：「史大哥，我是擔心自己高攀不起啊！」

史學東笑道：「什麼高攀不起，除非你心裡還在怪我！」

胡小天趕緊搖了搖頭道：「哪裡的事，其實我見史大哥第一眼就覺得頗具眼緣，史大哥高大威猛，玉樹臨風，風流倜儻，真乃人中龍鳳，兄弟怎能不想攀交？」心中卻暗罵，空長一個好皮囊，一肚子壞水，無節操，無人品，下賤，齷齪，卑鄙，無恥！

史學東握著胡小天的手，也是一副相見恨晚的樣子：「胡老弟，你坦誠正直，性情爽快，快意恩仇，我最欣賞的就是你這種不做作不虛偽的真漢子！」心中恨得癢癢的，你大爺的，居然敢打老子耳光，以後不讓你跪地求饒，喊我一千遍爺爺我跟你姓。

史景德老奸巨猾，他當然不相信這倆小子會真心結拜，不過冤家宜解不宜結，這倆小子如能就此講和倒也是一件好事，史景德笑道：「難得你們都有這樣的心思，我幫你們做個見證。」

胡小天算是明白了，今天是騎虎難下，這老虎騎也得騎，不騎也得騎，史學東拉著他的手就跪了下去，當即堆土為爐插草為香，史學東的狐朋狗友滿京城，不知拜了多少把子，所以對結拜的事情算得上是輕車熟路，和胡小天一起八拜為交，口中道：「我史學東和胡小天今日結為異姓兄弟，不能同年同月同日生，但願同年同月同日死。」一念叨的時候笑瞇瞇看了胡小天一眼，心中暗道：「要死也是你先死，結拜兄弟？老子這是逗你玩！」

胡小天心想跟你同年同月同日死，我呸，你惡貫滿盈，多行不義必自斃，早晚都得橫死，你是死是活幹我屁事？老子今天是被逼結拜，蒼天啊大地啊！這不算，我跟他不是兄弟！胡小天道：「我胡小天今天和史大哥結為異姓兄弟，以後必兄弟同心，我會好好對待我大哥，我相信大哥一定會加倍地對我好，如若不然，天打雷劈，五雷轟頂，萬箭穿心，不得好死！」

史學東聽得清清楚楚，什麼叫你對我好，我一定會加倍對你好？憑什麼？這毒誓好像是在說我啊，怎麼聽都像是我吃虧，你小子可夠陰的。他覺得胡小天陰，其實他也不差，結拜的初衷只是為了要迷惑胡小天，而不是真的出於對他的欣賞。史學東絕不是善類，他繼續道：「我一定會加倍對我兄弟好，我相信我兄弟一定會加倍對我好，如若不然，腸穿肚爛，口舌生瘡，遍體流膿，生不如死！」

胡小天暗罵，史學東，夠狠，夠毒！比老子還要毒一百倍。想想史學東的二大爺就在一旁站著，就算史景德願意，自己還不願意呢，今兒這虧吃大了。

史學東和胡小天都是不能吃虧的人，兩人互發毒誓，其實都是詛咒對方的，嘴上罵得惡毒，臉上還裝得親切無比，兩人雙手緊握，這角色轉變的不是一般的快，突然就成仇人變成了兄弟。

史景德心中暗歎，到底都是大官的兒子，這政治基因非同一般啊。這倆小子加起來還不如自己的年紀大，可陽奉陰違、兩面三刀、口蜜腹劍的事兒玩得都已經爐火純青了，這種素質為什麼要整天蒙混度日，根本就應該去當官啊。

史學東大有將虛偽進行到底的架勢，盛情邀請胡小天一起去喝酒，其實這也是人之常情，兄弟結拜，怎麼都得弄幾杯小酒喝喝作為慶賀。

胡小天只說自己家裡有事，必須得回去，改日他來做東請大哥喝酒，推辭是因為胡小天根本信不過史學東，誰知道這貨會不會在酒中下毒？就算他不敢下毒，他們倆還沒喝血酒呢，真要是他提出放點血喝血酒怎麼辦？瞧這貨酒色過度的那張臉，搞不好還有梅毒愛滋啥的，他的血白給老子也不喝啊！

胡小天好不容易才推掉了史學東的盛情邀請，帶著他的八名家丁離開了風雨亭。

史學東揮舞著手臂道：「兄弟，別忘了找我喝酒啊！」

胡小天拿捏出一副依依不捨的表情：「大哥，放心吧，等我忙完馬上給你打電話啊！」

史學東聽得一頭霧水，打電話？打電話是個啥？

胡小天也知道自己說漏嘴了，屈起右手中間的三根手指，伸直了拇指和小指貼在耳邊做打電話狀。

史學東以為這是某種告別禮節，也學著他的樣子，依樣畫葫蘆。目送胡小天離開，他臉上的笑容瞬間收斂，目光中流露出陰森殺機，當著二伯史景德的面咬牙切齒道：「不報此仇，誓不為人！」

此時天空一道霹靂閃過，隨即又滾過一連串的悶雷，史學東嚇得脖子一縮，不會吧？剛說天打雷劈，這就來了，大吉大利，有些話還真是不能亂說。

胡小天也縮了縮脖子，他並沒有馬上回家，而是先去易元堂看了看，袁士卿已經將方家父女兩人接到了這裡暫時休養，方知堂的情況已經穩定，血完全止住了，只是傷口還是疼痛。袁士卿給他開了付止痛藥，已經讓徒弟拿去煎了。

方知堂已經通過袁士卿知道今天能夠躲過這場劫難全虧了胡小天，看到胡小天過來，他掙扎著想下床去給恩人磕頭，胡小天慌忙上前阻止他下床：「你傷還沒好，要臥床休息。」

方知堂道：「芳兒，趕緊幫我給恩公磕頭。」

盲女方芳又要跪下，胡小天道：「不用，不用，剛剛已經謝過了，其實我也沒幫上什麼忙。」看到方知堂的意識已經恢復了清醒，胡小天也放下心來。

袁士卿一旁看著，心想外界都傳言胡小天是個無惡不作的衙內，可根據他所見過的幾次來看，胡小天雖然出身官家，可這個人身上卻並沒有太多的架子，而且他對待平民百姓的態度相當寬厚，今天史學東欺凌方家父女的時候，正是他挺身而出為這可憐的父女二人解圍，看來傳言多不可信。

胡小天離開的時候，袁士卿將他一直送到大門外，胡小天道：「最近我可能要出門，這拆線我就不能親自過來了，到時候勞煩袁先生親自動手了。」剛剛他抽時間指點了一下袁士卿正確的拆線方法。

袁士卿點了點頭道：「胡公子放心，你教給我的那些步驟，我都牢牢記住了。」其實拆線手法本來就很簡單，他看了一遍就掌握得差不多了。

胡小天笑道：「記住就好。」他想起自己應承過要送給方知堂父女五兩金子的事情，低聲道：「回頭我準備好金子讓人送過來，你幫我交給他們父女兩個。」

袁士卿感慨道：「公子真是宅心仁厚。」

胡小天道：「算不上宅心仁厚，只是說過的話就得兌現，我對眼科方面沒什麼研究，不過我看方芳的眼睛失明太久，恐怕康復的希望不大。」

袁士卿深有同感的點了點頭道：「我也是這樣說，只是方知堂性情倔強，他只有這一個女兒，如果不找到玄天館館主為她診斷，他是不會離開京城的。」

胡小天道：「父愛如山，人之常情！我會儘快讓人把錢送過來，你幫我轉告他們，無論前往玄天館看病的結果如何，都不要繼續賣唱了。」

袁士卿明白胡小天的意思，他是擔心史學東會因為今天的事情記恨方家父女，以後再來找他們的麻煩，心中對胡小天的評價又高了不少，別看胡小天如此年輕，可考慮問題還真是周到。袁士卿認為今天的事情自己多少要承擔一些責任，畢竟是他擺了這場酒席，沒想到鬧得不歡而散，想要跟胡小天說聲抱歉，又不知從何說起，猶豫之時胡小天已經飄然遠去了。

胡小天料定這件事很難瞞過父親的耳朵，果不其然，當晚胡不為回到家裡，就將胡小天叫到了自己的書房內。

看到父親陰沉的臉色，胡小天猜到父親十有八九已經聽說了自己和史學東之間的衝突。

胡不為看到胡小天進來，手掌重重在書桌之上拍了一下，怒吼道：「給我跪下！」

在胡小天的印象中，這位老爹還從沒有生過這麼大的氣，看來今天真是把這位老爹惹火了，胡小天噗通一聲就跪了下來，嘴中嘟囔著：「跪就跪！父讓子跪，子不得不跪。」

胡不為道：「錯！父讓子死子不得不死！」

「不會吧，爹，我可是您親生的，看您的樣子不像是大義滅親的人啊！」

胡不為聽他這麼說不由得有些想笑，可他又知道現在並不是笑的時候，板起面孔怒視胡小天道：「混帳東西，你當我不敢大義滅親嗎？」

胡小天道：「爹，我還是收回剛才的那句話，您大義滅親也不是第一次了。」

胡不為道：「放肆！」

胡小天道：「給我找了一個癱子做老婆，等於把我下半生的幸福和下半身的幸福全都給喀嚓了，這叫不叫大義滅親？」

「呃……」

「我沒什麼宏圖大志，也不想什麼建功立業，只想留在京城跟在您和我娘的身邊盡盡孝心，可這麼點要求您都不能滿足我，非要把我給送到西川去，這又算不算大義滅親？」

「這……」

「事不過三啊，您都滅我兩次了，今天還要大義滅親，我相信您肯定狠得下心來，也幹得出來，爹啊，您要是真看我不順眼就把我給滅了吧，反正我這條命是您給的，您就算殺了我我也毫無怨言。」

「啊……這……真真真……氣死我也！」胡不為一捂腦袋，踉蹌後退了兩步，一屁股就坐倒在太師椅內，別看胡不為在朝廷之上巧舌如簧，可面對這個兒子還真沒什麼辦法。過去的十六年，他因為兒子癡癡傻傻不知傷透了多少腦筋，好不容易才盼到老天有眼，讓兒子一夜之間聰明了起來，可沒想到聰明倒是聰明了，卻開始不停給自己招惹麻煩，而且事情一次比一次鬧得大，上次惹的是個六品官，現在直接就惹到了吏部尚書史不吹的頭上。要說自己和史不吹在政治上還是同一陣線，最近還特地找史不吹幫忙，給這小子謀求一官半職，這孩子可真是不省心啊。

胡小天道：「爹，您可千萬別生氣，年紀大了，心境一定要平和，您罵我幾句，打我幾下都行，可不能用我的錯誤來懲罰你自己對不對？真要是把您給氣病了，不還是得由我來照顧？咱們爺倆兒多大仇啊？非得弄個兩敗俱傷？」

胡不為聽到這小子的這番歪理，心中又是好氣又是好笑，終於忍不住罵道：「臭小子，你是真想把我給氣死啊……」說到這裡忍不住笑了起來。本想繃住面孔，橫眉冷對，給兒子一個深刻教訓的，可居然被他的插科打諢給弄得無可奈何。

胡小天看到老爹笑了，知道這件事應該沒啥大問題了，他湊到老爹面前：「爹，您到底為了什麼生我氣啊？」

胡不為橫了他一眼道：「我讓你起來了？」

胡小天道：「膝蓋都跪腫了，我倒不是怕自己傷著，我是害怕您為我操心啊，真要是我因此生病，您不得心疼啊，就算您不心疼我，我娘總得心疼吧？她回來只要知道這件事肯定找您算帳啊，清官難斷家務事，這後院一旦失火，那後果可是不堪設想啊！」

胡不為望著兒子，冷笑道：「威脅我？」

「不敢！」

胡不為道：「三天之後，你動身前往西川！」

「啥？」胡小天雖然早有了心理準備，可這件事真正來到面前時還是不由得吃了一驚。旋即內心中又湧現出難言的喜悅，本來他還以為老爹已經忘記了這件事，想不到一直都在進行中。這貨裝模作樣道：「爹，我不想離開您！」

胡不為道：「由不得你！你留在這京城除了招惹是非還能幹什麼？不讓你出去歷練，你就不會懂得何謂人世艱辛，你就不會懂得珍惜這來之不易的大好時光。」

他站起身，拍了拍兒子的肩膀道：「小天，非是我這個當爹的狠心，有道是玉不琢不成器，人不學不知義。行萬里路要比讀萬卷書更加來得有效。」

胡小天道：「爹，您真要讓我去西川給李家當上門女婿？」他一直懷疑父親讓自己前往西川的動機，總覺得不僅僅是要讓他離開京城暫避政治風暴那麼簡單。

胡不為淡然笑道：「我既然放你出去，就是要讓你好生錘煉，我沒打算將你的身分告訴當地官員，只要你不張揚，李家當然不會知道，西川地域廣闊，李家在西州，你去的地方叫做青雲，此去青雲，你擔任的是青雲縣丞。李家何等身分，統管整個西川，又怎會注意到一個小小的青雲縣？」

胡小天眨了眨眼睛，他本以為老爺子讓自己外出為官，應該不會把自己弄到窮鄉僻壤，這青雲縣聽起來名字倒是吉利，平步青雲嘛，我從青雲起步，豈不是意味著以後這官位要節節升高。只是聽老爹的意思青雲應該很小。縣丞他知道，在一個縣裡面算不上一把手，也就是相當於副縣長，上頭還有縣令。

胡小天道：「我這縣丞算幾品官？」

胡不為被他問住了，縣丞這官實在是太小，品階方面他還真沒留意，想了好一會兒方才道：「應該是正九品……下！」

胡小天剛聽到要給他自由放他出去為官的時候還滿心興奮，可聽到老爹的這句話，頓時感覺被人兜頭澆了一盆冷水，正九品還下！那還叫官嗎？胡小天道：「爹，敢情您托朋友找關係，到最後就給我弄了這麼一個芝麻官，呃，我說錯了，也就是半個芝麻官。」

「怎麼？不高興？」

胡小天道：「我倒沒什麼，可您是正三品啊，朝廷的三品大員，我弄個九品還得帶個下，說出去您覺得好看嗎？我事先聲明，我無所謂啊，只要您不覺得丟人，我無所謂！」

胡不為焉能看不出這廝的彎彎腸子，說一千道一萬還是嫌棄官太小，他微笑道：「你不用多慮，我沒打算告訴別人你是我兒子，你害怕給我丟人，上任之後千萬別說是我兒子。」

胡小天徹底傻眼了：「爹啊，我怎麼感覺您又大義滅親一回呢？」

胡不為道：「我是一片苦心啊，兒子，其實你去西川最多也就是錘煉兩年，那西川風光美好，地傑人靈，你去那邊權當是消遣放鬆也好。」

其實胡不為還真捨不得將兒子放走，只是眼前面臨皇權更替，這朝中暗潮湧動，還不知會發生什麼變化，剛巧在這時候，他們家的丹書鐵券又被人盜走，雖然到現在事情都沒有敗露，可一天沒有找回，便終究是一個隱患，如同一座沉重的大山壓在胡不為的心頭。

胡家只有胡小天一根獨苗，將他送往西川，也是胡不為給家裡留下的一條後路，應該說是他深思熟慮之後做出的決定。

胡小天道：「您既然已經決定了，我也無話可說。」

胡不為還真以為兒子不想離開自己身邊，輕聲道：「天兒，人總得有長大的一天，你待在京城待在我的身邊，就始終如同溫室中的花朵，難以真正成長起來，我也難以真正做到對你放手，兒啊！爹雖然老了，但是並不糊塗，爹知道只有放手，你才能飛翔！」

胡小天內心一震，他忽然發現這位老爹的教育理念一點都不封建，絕對符合現代化的教育方式，是啊，只有放手才能飛翔，溫室裡的花朵根本禁不起風雨。胡小天點了點頭道：「爹，我明白了！」

胡不為不知這小子是真明白還是在糊弄自己，不過聽他這樣說已經倍感欣慰，他歎了口氣道：「你和史家小子的事情我聽說了。」

胡小天道：「事情已經解決了，我還跟他結拜了兄弟！」

胡不為道：「感情不能用結拜與否來衡量，忠義這兩個字也不是一成不變的，即便是親兄弟又能如何？爹為官多年，看到親生兄弟反目成仇者不計其數，人活在世上，首先要考慮到的是自己啊！」

胡不為的這番話說得雖然並不高尚，但是很現實，人性本來就是如此，人不為己，天誅地滅！

胡小天道：「爹，這次不好意思，給您惹了這麼大的麻煩。」

胡不為微笑道：「塞翁失馬焉知非福，任何事情都有兩面性，你是我兒子，咱們爺倆永遠不要說客套話。」

出行的一切是無需胡小天多慮的，他甚至無需親自去吏部領文書和官印，不過還是抽空流覽了一下文書，瞭解了一下自己未來的待遇，按照吏部的規定，官員的俸祿通常分成三部分，一是祿米，二是土地，三是俸料。胡小天這種九品官只有祿米，他的祿米是三十石，一百二十斤為一石，一石相當於十斗，折算起來也就是三千六百斤，這點俸祿合起來一天十斤，應該是餓不死，吃是吃不完的，多出的糧食能夠換點銀錢，估計也僅僅夠滿足日常生活之用。反觀老爹的俸祿，單單是每年的祿米就有四百石，四萬八千斤，難怪說官大一級壓死人，單單是多處的祿米就能把人給壓死。

大康的官制分成九品三十階，一品到九品各分成正從，自正四品到從九品又各自分成上下階，胡小天要是從正一品往下數不好查清自己第幾，可要是倒數倒是非常清楚明瞭，他是正九品下，比他低的官階就是從九品上下，他倒著排行老三，假如把三十個級別視為臺階，想要一路爬上去還差二十七個臺階，想想真是頭疼啊。

雖然京城並非胡小天的家鄉，可離開的時候仍然不免會產生些許的離愁，連綿的陰雨總會對心情造成了一些影響，胡小天想起了一些事，也忘記了一些事，因為事情太多，他居然忘記了要給方家父女送金子的事情。

有人忘記也有人記得，胡小天沒想到慕容飛煙會主動來府上找自己，更沒有想到這小妞居然是來找自己討債的。

聽說慕容飛煙前來找自己，胡小天馬上讓梁大壯將她請了進來，臨行之時，胡小天方才發現自己在京城還沒有一個朋友，慕容飛煙雖然算不上自己的朋友，但是多少也算得上一個老相識了，離開之前，有個人陪著聊聊天說說話也是好事。

慕容飛煙穿著一身深藍色的武士裝，事實上胡小天認識她也有一段時間了，唯一見她身穿女裝就是那天在馱街遇刺的時候。

慕容飛煙的身上有著這一時代女性少有的颯爽英姿，手中的紅色摺傘色彩極其鮮豔，宛如雨中盛開的一朵嬌豔的鮮花，雨水沿著紅色摺傘的邊緣絲絲縷縷的滴落下去，宛如珠簾般遮住了她的倩影。

胡小天坐在水榭內，微笑望著從雨中走來的慕容飛煙，她的出現為這陰暗的天地增添了一抹亮色。

慕容飛煙走入長廊，收起了雨傘，將摺傘靠在廊柱之上，明澈而深邃的美眸找尋到了水榭中的胡小天。

胡小天躺坐在水榭的長椅之上，身軀半躺半靠在後方的牆壁上，臉上的表情懶洋洋的，似乎剛剛睡醒，眼睛也是半睜半閉，提不起精神，在慕容飛煙看來這幅表情充滿了慵懶和倦怠，只有衣食無憂無所事事的公子哥才會有這樣的表情。

慕容飛煙緩步走向胡小天，胡小天就這樣看著她，目光一動不動，身體也一動不動，等慕容飛煙來到自己面前，方才道：「慕容捕頭有何指教？」

慕容飛煙道：「我剛好路過尚書府，所以過來提醒你一件事。」

胡小天愕然道：「什麼事？」

慕容飛煙伸出兩根纖纖玉指在胡小天的面前晃了晃。

胡小天道：「二啊！我認識，我說慕容捕頭，咱們一見面你就罵人啊？我跟你是不是上輩子有仇？」

慕容飛煙瞪了他一眼道：「少裝傻，是誰答應了給人家五兩金子？」

胡小天一聽這才想了起來，這兩天因為即將離京前往西川任職的事情，他居然忽略了這件事，將送錢給方家父女的事情忘了個乾乾淨淨，不由得拍了拍腦袋，從長椅上坐直了身子：「哎呦喂，你不說我還真給忘了！」

慕容飛煙站在那裡，居高臨下地望著他，一臉的鄙視，她才不相信胡小天是不小心給忘了，這廝狡猾得很。

胡小天朝梁大壯招了招手，梁大壯趕緊點頭哈腰地湊了過去。

胡小天道：「大壯，去帳房那邊支取五兩金子，馬上給易元堂的袁先生送去，讓他幫我轉交給方家父女。」

梁大壯道：「少爺，五兩金子可不是小數目，我去要，帳房未必給。」

胡小天怒道：「哪那麼多廢話，他敢不給，你讓他過來見我，我直接跟他說！」

梁大壯應了一聲走了。

慕容飛煙聽到他們主僕之間的對答，這才相信胡小天可能真是忘了，其實自從胡小天幫她取出犬齒倒鉤箭之後，她對胡小天的印象在不知不覺中已經改變了許多，認為這廝並沒有開始自己認為的那麼壞。那天在燕雲樓，如果不是胡小天出面，方家父女的麻煩肯定會很大，在那件事上，慕容飛煙是故意把胡小天拉下水，事後想想還是有些內疚的。看到胡小天已經兌現承諾，慕容飛煙道：「我走了！」

胡小天道：「別急啊，既然來了，就坐下聊兩句。」

慕容飛煙明顯有些猶豫。

胡小天道：「你怕我啊？」

慕容飛煙橫了他一眼道：「怕你？自古以來邪不勝正，對奸惡之徒我從來都沒怕過。」她果然在胡小天的對面坐了下來。

胡小天盯住慕容飛煙的俏臉，慕容飛煙開始跟他對視著，可過了一會兒終究還是被胡小天肆無忌憚的目光看得有些不好意思了，怒道：「看什麼看？你知不知道盯住別人看很不禮貌？」

胡小天道：「我就是納悶，要說咱倆也沒什麼不共戴天的深仇大恨，你那天陰我幹什麼？」

慕容飛煙當然知道他指的是什麼事情，雖然理虧，可嘴巴卻很硬：「我沒覺得陰你啊！不過那天你表現得很有正義感，為方家父女出頭打抱不平，總算做了件好事，噯，你該不會因為這件事而後悔吧？害怕了？」

胡小天道：「我怕誰啊？你這麼坑我我都不怕，你說我會怕誰？」

慕容飛煙故意道：「史學東可是吏部尚書史大人的寶貝兒子，你打了他，就不怕他以後報復你？」

胡小天笑了笑：「你故意不告訴我他的身分，是不是想我們倆鬥個你死我活，最好兩敗俱傷，你好坐收漁人之利？丫頭，沒看出你這心腸可不太好。」

慕容飛煙居然點了點頭：「的確這麼想過，反正都不是什麼好人，真要是同歸於盡了，大康也少了兩個禍害。」

胡小天道：「你還真是恨我，只可惜啊，你的如意算盤到底還是落空了。」

慕容飛煙道：「我現在算是明白什麼叫臭味相投，你們原本就是一路貨色，惺惺相惜也是難免。」她說話直來直去，倒不怕得罪這位尚書公子，她也聽說了這兩個惡少拜把子的事情。

胡小天不怒反笑，呵呵笑了起來，笑聲過後突然將臉一板道：「你這麼坑我，不怕我找你的上司告你的黑狀，將你逐出京兆府？」

慕容飛煙淡然道：「你已經如願了！大人已經將我停職，這下你大仇得報，心滿意足了！」

胡小天明顯愣了，敢情慕容小妞已經被革職了，可這跟老子有什麼關係，我可沒去京兆府告你黑狀，難怪這慕容小妞看到自己鼻子不是鼻子眼睛不是眼睛的，原來她把被免職的事情算到了自己的頭上，這下就算自己解釋，她也不會相信了。胡小天也懶得解釋，反正在慕容飛煙的眼裡，自己從來都不是好人。

慕容飛煙道：「現在你心裡是不是特別開心，有種大仇得報的感覺？」

胡小天居然真地點了點頭。

慕容飛煙道：「這世上是有報應的，你不怕報應啊？」

胡小天道：「我請你喝酒！」

慕容飛煙以為自己聽錯：「什麼？」

胡小天道：「我後天就要離開京城了，忽然發現身邊連一個朋友都沒有，要說熟悉，好像咱倆還算得上熟悉，如果你不介意，陪我喝幾杯酒，說幾句話行不？」

慕容飛煙一雙美眸怔怔地望著他，這廝居然要離開京城？且不說這番話是真是假，不過她仔細想了想，自己好像並沒有拒絕他的理由，輕聲道：「天然居吧！」

梁大壯和帳房老秦一起過來了，倒不是老秦不願意給他五兩金子，專門跑過來求證，老秦過來還有一件事情，是想問問這位少爺還需要準備什麼，雖然有專人為他準備，可畢竟不能想得事事周全。

胡小天道：「我一時間也想不起來，這樣吧，你給我準備點錢，我自己出去逛逛，興許看到什麼就想起來了。」

老秦道：「少爺，不如我跟著您過去！」自從胡安神秘失蹤之後，老秦就臨時接替了管家的工作。

胡小天搖了搖頭道：「你別跟著我，我跟慕容捕頭一起壓馬路，不用你這個大燈泡跟著晃眼！」

老秦和慕容飛煙都聽不懂他這番話的意思，什麼大燈泡？燈就是燈為啥還要加個泡？梁大壯倒是習慣了少爺的說話方式，知道他經常語出驚人，說這種莫名奇妙的話，應該是過去癡呆留下的後遺症。

兜裡揣著銀票逛街感覺自然踏實而舒服，胡小天讓胡佛備了馬車，邀請慕容飛煙同乘，雖然他輕車簡行，可保鏢仍然是要帶的，除了車夫胡佛以外，李錦昊和邵一角兩人也騎馬緊跟護衛，這次前往西川上任，老爹也給他派了個四人全程陪護，除了他們三個之外還有梁大壯，先是準備前往慕容飛煙所說的天然居吃飯。

坐在胡小天的馬車內，慕容飛煙卻始終一言不發，目光望著車外，馬車剛剛駛入天街，雨變小了很多，迷迷濛濛的，讓視野中的景物變得柔潤起來。或許是為了打破這種沉默的氛圍，胡小天詩興大發，吟了一句：「天街小雨潤如酥！」

在任何時候佳人都是青睞才子的，尤其是在詩詞大行其道的古代，慕容飛煙雖然尚武，可對詩詞也是有所涉獵的，聽到這句詩不由得內心一顫，好美的詩句，好貼切的形容，真是想不到這個不學無術的紈絝子居然能夠吟出一句意境這麼美的詩。

好的詩詞如同心靈雞湯，可以悄無聲息地浸潤你的心田，讓人的心情變得愉悅，讓人的精神得到昇華，慕容飛煙顯然被胡小天的這句詩驚豔到了，事實上她對胡小天的觀感在不知不覺中已經改變，和他接觸得多了，方才發現這個傢伙並非她最初印象中一無是處的紈絝子，更不是無惡不作，如果說他幫助自己取出犬齒倒鉤箭只是基於報答自己的救命之恩，後來他對方家父女的幫助就是路見不平了，證明他的心腸並不壞。

慕容飛煙對胡小天的印象雖然改變，可嘴上仍然是不服氣的，哼了一聲道：「哪兒拾來的牙慧。」

胡小天的這句詩的確是拾人牙慧，可在這一時空裡，他就算厚著臉皮說是自己的原創，韓愈也不會冒出來追砍自己，討還他的著作權。

拾人牙慧就不要臉皮了，胡小天道：「不知怎麼突然我就詩興大發了呢。」

慕容飛煙道：「就此一句，也能叫詩？」

胡小天道：「沒看出我在醞釀情緒，觸景生情，我再醞釀醞釀。」

慕容飛煙笑道：「你再醞釀一會兒就過天街了！」

胡小天突然叫道：「停車，停車！」

胡佛趕緊勒住馬韁，將馬車緩緩停了下來。胡小天推開車門走了下去，向慕容飛煙招了招手道：「慕容捕頭，咱們來個雨中漫步，醞釀醞釀情緒，等我詩興大發，才能把這首詩續完。」

慕容飛煙搖了搖頭，俏臉之上不禁露出笑意，居然真的走了下去，不忘拿著她的那把紅摺傘，雨並不大，如煙似霧，道路旁邊草色青青，兩旁栽植的垂柳隨風輕搖，如同綠色絲條，走在絲絲春雨裡，沐浴著迎面吹來的沁涼，頓時感覺心中的煩惱減輕了許多。

胡小天道：「天街小雨潤如酥……」

「切！還是這一句啊！」

「……別打岔，我在醞釀呢。」胡小天向前走了一步，向慕容飛煙笑了笑道：「我若是作出一首千古絕唱，慕容捕頭願不願意為我打傘呢？」

請續看《醫統江山》卷二　神醫手段

醫統江山 卷1 丹書鐵券

作者：石章魚
發行人：陳曉林
出版所：風雲時代出版股份有限公司
地址：10576台北市民生東路五段178號7樓之3
電話：(02) 2756-0949
傳真：(02) 2765-3799
執行主編：劉宇青
美術設計：許惠芳
行銷企劃：林安莉
業務總監：張瑋鳳

初版日期：2019年12月
版權授權：閱文集團
ISBN ：978-986-352-760-2
風雲書網：http://www.eastbooks.com.tw
官方部落格：http://eastbooks.pixnet.net/blog
Facebook：http://www.facebook.com/h7560949
E-mail：h7560949@ms15.hinet.net
劃撥帳號：12043291
戶名：風雲時代出版股份有限公司

風雲發行所：33373桃園市龜山區公西村2鄰復興街304巷96號
電話：(03) 318-1378
傳真：(03) 318-1378
法律顧問：永然法律事務所 李永然律師
北辰著作權事務所 蕭雄淋律師

行政院新聞局局版台業字第3595號 營利事業統一編號22759935

定價：270元

國家圖書館出版品預行編目資料

醫統江山 ／石章魚 著. -- 臺北市：風雲時代，
2019.11- 冊；公分

ISBN 978-986-352-760-2（第1冊；平裝）

857.7 108014766